पद्मा सचदेव की लोकप्रिय कहानियाँ

पद्मा सचदेव की लोकप्रिय कहानियाँ

पद्मा सचदेव

प्रभात पेपरबैक्स
www.prabhatbooks.com

प्रकाशक

प्रभात पेपरबैक्स

4/19 आसफ अली रोड, नई दिल्ली–110002

फोन : 23289555 • 23289666 • 23289777 ❖ फैक्स : 23253233

इ–मेल : prabhatbooks@gmail.com ❖ वेब ठिकाना : www.prabhatbooks.com

संस्करण

प्रथम, 2017

मूल्य

एक सौ पचहत्तर रुपए

अ.मा.पु.स. 978-93-86300-45-4

मुद्रक

आर–टेक ऑफसेट प्रिंटर्स, दिल्ली

———— ★ ————

PADMA SACHDEV KI LOKPRIYA KAHANIYAN

Published by **PRABHAT PAPERBACKS**
4/19 Asaf Ali Road, New Delhi-110002

ISBN 978-93-86300-45-4

₹175.00

भूमिका

कहानियाँ जो कहीं खो गई हैं मेरे नदीम।
मुहब्बतें जो फना हो गई हैं मेरे नदीम॥

जनाब फैज साहब की कहानियाँ जरूर खो गई होंगी, पर मेरी कहानियाँ 'साफ छुपते भी नहीं, सामने आते भी नहीं' की तर्ज पर थी। प्रभात प्रकाशन ने उनमें से कुछ को नया चोला पहनाकर प्रस्तुत करने का बड़ा सुंदर निर्णय लिया है, मैं आभारी हूँ।

कविता का जहाँ तक सवाल है, उसे कवि नहीं लिखता, वह खुद कवि को लिख जाती है। मैं कई बार अपनी कविता में कुछ शब्द इस्तेमाल होते देखकर भौचक रह जाती हूँ, जो न जाने मैंने कब सुने थे। कविता मेरे पास तब आती है, जब किसी दूसरे की साँस भी आसपास मौजूद नहीं होती। एक शायर ने क्या खूब लिखा है—

टूट जाते हैं कभी मेरे कनारे मुझमें,
डूब जाता है कभी मुझमें समंदर मेरा।

जब कविता आती है तब यही कैफियत होती है और कहानियाँ, जो आसपास छोटी बच्चियों की तरह घूमती रहती हैं, कई बार आपको छेड़ती हैं और चिढ़ाकर ये जा, वो जा हो जाती हैं। कहानीकार उन्हीं लम्हों में डूबकर कहानी लिखता है।

कहानीकारों का कहानी लिखने का अपना-अपना तरीका है। मैं कहानियों के पीछे तब तक नहीं भागती, जब तक वे मेरे पीछे-पीछे आती रहती हैं। उसके बाद मैं कहानी को अपनी गोद में बिठाकर, उसकी नोक-पलक सँवारना शुरू करती हूँ

और उसकी मनुहार के बाद उसे कागज पर उतारती हूँ। यह मेरा तरीका है। मेरी कहानियों के किरदार मुझमें घुल जाते हैं, फिर मैं कहानी लिखती हूँ। अकसर एक या दो किरदार मेरे देखे-भाले होते हैं, फिर उनके साथ कई और चेहरे आकर जुड़ जाते हैं।

जब मन ने महकना शुरू किया, डोगरी के लोकगीत सुनते हुए मैंने लोकगीतों में छंद जोड़ने शुरू किए और कविता तभी से मन के बाग में खिलनी शुरू हो गई। मेरे गाँव में ढक्की चढ़ती हुए जो दादियाँ, भाभियाँ हाथ में कागज लहराते हुए चिट्ठी लिखवाने आतीं तो मुझी से चिट्ठी लिखवातीं। शायद गद्य लिखने का मेरा ये पहला प्रयास था।

1971 में डोगरी की कॉन्फ्रेंस जम्मू में होनी थी। मैं सोचती अगर कॉन्फ्रेंस के बारे में धर्मयुग में छपे तो भारत में डोगरी का कितना नाम होगा। धर्मयुग में मेरी पहली पुस्तक की भूमिका कुछ कविताओं के संग छप चुकी थी। भूमिका 'दिनकर' जी ने भी लिखी थी। यही सूत्र थाम कर मैं डॉ. भारती से मिलने गई और उन्हें मुत्तासिर करने के लिए डोगरी के बारे में बताती रही। मैंने कहा अगर आप कॉन्फ्रेंस के बारे में छापेंगे तो जम्मू से कोई गद्यकार लिख देंगे। भारतीजी ने कहा आप क्यूँ नहीं लिखतीं, तो मैंने कहा कि मैंने गद्य कभी नहीं लिखा। उन्होंने कहा जिस तरह आपने बताया, वैसे ही लिख दीजिए। मैं मानो उड़कर घर गई और लिख दिया। वही छपा और मैं गद्यकार हो गई।

पुष्पा भाभी ने एक दिन भारती जी को कहा, 'देखिए न भारती जी, पद्मा ने कैसी अच्छी कहानी लिखी है।' भारती जी मुसकराकर अपने कमरे में चले गए।

कहानी छप गई और मैं कहानीकार भी हो गई। मेरी पहली कहानी थी 'पाँव तले'।

मैंने आजतक जितना भी गद्य लिखा है वो डॉ. धर्मवीर भारती का सदका है। ये कहानियाँ भारतीजी को समर्पित हैं, जो मेरे भैया हैं।

इन कहानियों को पढ़कर आपको उनका सिर-पैर ढूँढ़ना नहीं पड़ेगा। सब साफ-साफ दिखाई देगा। आइए, देख लीजिए, मैं झूठ नहीं कह रही!

—पदमा सचदेव

अनुक्रम

मेरा गुल्ला कहाँ है?

चारों तरफ पहाड़ों से घिरी वादी में डल लेक नगीने की तरह चमक रही थी। डल लेक की छाती पर हौले-हौले एक शिकारा आगे बढ़ रहा था। मैं अधलेटी सी हिमालय की बयार को अपने चेहरे पर महसूस कर रही थी। बीरबहूटी की तरह धीरे-धीरे मस्त बयार मेरे चेहरे पर रेंग रही थी। इसका कोई रंग न था। इसे मैं आँखें बंद करके ही महसूसना चाहती थी।

शिकारे के चप्पू गुल्ला के हाथ में थे। शिकारा हाउस बोटों की कतार से जरा सा आगे बढ़ा। पीछे लालीता, खुशामदीद, बहिश्त कई हाउस बोट बुजुर्गों की तरह सिर जोड़े बैठे थे। शिकारा चल रहा था। चप्पू की हल्की सी आवाज की लयात्मकता माहौल में रस घोल रही थी। लहरें जैसे लहरा दे रही थीं। सृष्टि हैरान सी खड़ी-की-खड़ी रहकर डल लेक में अपना चेहरा देख रही थी। अचानक गुल्ला के हाथ रुक गए। चप्पू चलना बंद हुआ तो संगीत रुक गया। मैंने जरा सी आँख की कोर खोली। सामने कमलों का फैलाव था। दूर तक फैले कमल, कमल-ही-कमल अपनी डंडियों पर इठलाते, बलखाते, शरमाते कमल झूम रहे थे।

आसपास छोटे डोंगों में बैठे बच्चों के हाथों में भी कमल थे। एक आठ-नौ बरस की नंग-धड़ंग लड़की अपने डोंगे से धड़ाम से जल में कूदी। पारदर्शी पानी के नीचे डल की घास इठला रही थी। निरंतर नहाती घास के पत्ते बेहद चिकने और फिसलवाँ हो रहे थे। इस पानी में लड़की की देह एक मछली की तरह उलटती-पलटती ऊपर को आई। उसने सिर बाहर निकालकर झटका और झटककर आँखें खोलीं। उसके हाथ में लाल गुलाब था। दूर चारचिनारी के चारों चिनार एक-दूसरे की तरफ पीठ करके खड़े मनुष्य हो गए। उनके हाथों में भी एक-एक लाल कमल था। लड़की ने हाँफते हुए मुझसे पूछा, "लाल कमल लोगी?"

मैंने आँखें मीचे-मीचे ही कहा, "नहीं।"

उसने कहा, "लो, लेना पड़ेगा। हर बरस तुम यहाँ आकर मुझसे कमल लेती

हो। अब क्यों नहीं लोगी? ये कमल तुम्हें लेना ही पड़ेगा।''

मैं हिमालय की गोद में झूलती रही थी। उसकी उद्दंडता पर अचरज से चौंककर मैंने आँखें खोलीं और गुल्ला की तरफ देखा। उसके हाथों में चप्पू तसवीर हो रहे थे। उसके दोनों हाथ में भी लाल कमल थे। मैंने ध्यान से देखा, उनमें से खून बह रहा था। गुल्ला के चेहरे पर दहशत थी।

अचानक लड़की की आवाज गूँजी, ''ले लो, ये कमल ले लो। एक रुपया ही दे देना।''

अब मैंने लड़की को देखा। वह पानी में खड़ी थी। डल का पानी जम गया था। वह शीशे की तरह चमक रहा था। आसमान बेरंग-बेनूर था। डल के जमे हुए पानी की चमक आँखों को चुभने लगी। मैंने देखा, लड़की जमे हुए पानी में अडोल खड़ी थी। उसके हाथों में लाल कमल थे। उनमें से खून चू रहा था।

टप-टप-टप!

जमी हुई झील पर खून की परतें-दर-परतें थीं। कमल की आँखों में उतरा हुआ खून बह रहा था।

लड़की की आवाज फिर गूँजी, ''लो न! कमल नहीं लोगी? देखो, इस बार डल में सिर्फ लाल कमल खिले हैं। पीले या सफेद कमल नहीं खिले। अब यहाँ कभी भी पीले या सफेद कमल न होंगे, सिर्फ लाल ही कमल होंगे। लो, ले तो न!''

मैंने अब पूरी आँखें खोल दीं। कमल के फूल से खून की बूँद ऐसे ही झरती, जैसे समंदर पर डूबते हुए सूरज की लाली की एक बूँद। लड़की एकदम बड़ी हो गई थी। वह अभी भी निर्वस्त्र थी। उसके बदन पर पानी की जगह खून की बूँदें थीं। उसके हाथों में कमल के फूल थे। उनसे गिरती लहू की बूँदें जमी हुई डल पर गिरतीं व फैलकर गोल हो जातीं।

मैंने लड़की को देखा। वह मुसकराई। उस हँसी में दहशत का दरिया पार कर लेनेवाली पीड़ा थी।

मुझे लगा, ये ललद्यद की तरह हँस रही है। जैसे ललद्यद की सास उसे पत्थर नीचे रखकर ऊपर चावल परोसकर देती थी, ताकि वो ज्यादा लगें और ललद्यद मुसकराती थी, वैसे ही वह लड़की हँस रही थी। उसे देखकर मुझे डर लगा। मैंने गुल्ला की तरफ देखा। वह वहाँ न था। मेरा शिकारा बिना मल्लाह के डोल रहा था। चप्पू डल पर नुचे हुए पंखों की तरह पड़े थे।

मैंने जोर से पूछा, ''गुल्ला, तुम कहाँ हो, कहाँ है मेरा गुल्ला, गुल्ला, तुम कहाँ हो, कहाँ हो?''

मैं हिचकियाँ लेकर रो रही थी। मेरी जाग खुल गई। मैं अपने घर में अपने सोने वाले कमरे में थी। थोड़ी देर तक मुझे समझ न आई कि मैं कहाँ हूँ। मैंने आँखें फाड़-फाड़कर चारों ओर देखा।

मैं लाल कमल के खून के आँसू रोते फूलों का नजारा भुला देना चाहती थी। अपनी आवाज सुनना चाहती थी। मेरी आवाज भीतर, कहीं बहुत भीतर, मेरी रूह की बावड़ी से नीचे, बहुत नीचे थी। मैंने कोशिश करके कहा, ''मैं कहाँ हूँ ?''

मैं घर में थी। अपने बिस्तर पर थी, पर मेरा गुल्ला कहाँ गया ? मैंने फिर चारों ओर देखा और रोकर कहा, ''मेरा गुल्ला कहाँ है ?''

मैंने अपनी आवाज सुनकर लौटने की कोशिश की। टेलीफोन पर ऐसे ही कोई काल्पनिक नंबर डायल किया। वह बज रहा था। सामने घड़ी में सुबह के चार बजे थे। घड़ी टिक-टिक कर रही थी।

तो यह स्वप्न था।

पर कितना सत्य, कितना मुखर, कितना उजला! इस भयानक सत्य ने फिर यह सवाल मेरे सामने आ रखा, कहाँ है मेरा गुल्ला ?

यह गुल्ला किसी किस्से का हीरो नहीं, किसी अफसाने का किरदार नहीं, किसी कहानी का राजकुमार नहीं, यह सचमुच का गुल्ला था। यह सचमुच का गुल्ला है। मेरा अपना गुल्ला, मेरा गुलाम मुहम्मद। हर वक्त हँसता रहता था। ड्यूटी पर आता तो भी खुश रहता, जाने लगता तो भी खुश रहता। उसकी उन दिनों नई-नई शादी हुई थी। सारा दिन शरमाया सा रहता था। मैं उसकी बीवी के बारे में पूछती तो शरमाकर भाग जाता और हँसने लगता।

इस बात को बत्तीस या तैंतीस वर्ष हो गए। मैं अस्पताल में दाखिल थी। वह वहाँ मेरे वार्ड में खिदमतगार था।

शुरू के दिनों में जब मैं बहुत बीमार थी, तबका गुल्ला तो बहुत याद नहीं, लेकिन होश में आने के बाद का गुल्ला याद है। उसका घर निशात बाग के पास था। उसका बाप दूध बेचता था। उनकी अपनी गायें-भैंसें थीं। गुल्ला वार्ड में आकर पूछता, ''क्या छुई खबर ?''

वह मेरा हाल हमेशा कश्मीरी में ही पूछता था। मैं मुसकराकर कहती, ''ठीक हूँ गुल्ला!''

वह खुश हो जाता।

एक दिन पूछने लगा, ''आप गाय को माँ कहते हो न ?''

मैंने कहा, ''हाँ।''

वह खचरी सी हँसी हँसकर बोला, "गाय को क्यों माँ कहते हो?"

मैंने बड़े इत्मीनान से कहा, "गुल्ला, जिसकी माँ नहीं रहती न, उसे भी गाय के दूध पर पाला जा सकता है। इसलिए यह माँ ही तो हुई।"

गुल्ला को नुकता समझ में आ गया। सिर हिलाकर बोला, "हाँ, यह ठीक है। फिर तो गाय सबकी माँ है।"

मैंने कहा, "हाँ, सभी की।"

"मैं गायों की खूब खिदमत करता हूँ। रोज सवेरे अँधेरे में जब मसजिद में अजान होती है, मैं उठ जाता हूँ। सकीना सोई रहती है।

मैंने मुसकराकर पूछा, "तुम्हारी बीवी न?"

"हाँ, तुम तो मोज हो भई।"

मैंने कहा, "हाँ, माँ से कुछ छुपा नहीं रहता।"

"फिर मैं तुम्हें मोज ही कहूँगा।"

"हाँ, मोज ही कहना।"

इस तरह गुलाम मुहम्मद उर्फ गुल्ला मेरा बेटा हो गया।

गुल्ला मुझसे सात-आठ साल ही बड़ा था, पर उसके चेहरे की मासूमियत किसी भी बच्चे जैसी हो सकती थी। मोज कहने के बाद न सिर्फ वह मेरा खास खयाल ही रखता, बल्कि इज्जत भी बहुत करता था। वह पहाड़ियों पर गायों को चरने छोड़ आता तो वहाँ से कोई अलभ्य फूल, कोई पत्ता मेरे लिए जरूर लाता। हर इतवार को वह पशुओं को गीले कपड़े से पोंछता या गरमियों में नहलाता था, फिर मुझे कहता, "गायें मुझे बड़ा प्यार करती हैं। शाम को चारा डालता हूँ तो प्यार से हाथ चाटती हैं, पोंछता हूँ तो एकदम चुपचाप खड़ी रहती हैं।"

मैंने कहा, "इनसान करें-न-करें, पर पशु खिदमत की कद्र करते हैं। देखो न, तुम मेरी इतनी सेवा करते हो! तुम मुझे बड़े अच्छे लगते हो।"

गुल्ला हँसा। मेरी चद्दर बदलते हुए बोला, "तुम तो मेरी मोज हो न!"

"हाँ गुल्ला!"

सवेरे दातुन या अखरोट के पत्ते भी मुझे गुल्ला लाकर देता। फिर कहता, "इससे दाँत एकदम सफेद होते हैं।" कभी-कभी कोई ऐसा फूल लाकर मेरे पास दवाई की किसी खाली बोतल में रखकर कहता, "इस साल ये फूल खूब खिले हैं। बस, एक तोड़ लाया हूँ। ऐसा फूल तुम्हें कभी नहीं मिलेगा।"

मैं जंगली फूलों को सूँघती। उनमें से खट्टी-मीठी खुशबू आती। जंगली गुलाब की महक निराली ही होती। उसके पीले चमकते रंग में भी गजब का निखार

और कशिश होती। उसकी खुशबू में हिमालय से आई बयार की ताजगी होती। मेरी चारपाई पर सारा दिन जंगली गुलाब अपनी महक-भरी उसाँसें छोड़ता रहता। अपने घर से बिछुड़ने का दु:ख किसे नहीं होता! पूरे कमरे में फैली उसकी महक में खोई-खोई मैं उसके दु:ख का नाप करती रहती।

एक रोज गुल्ला बड़ा खुश था। आते ही बोला, ''हे मोजी, आज असी ओस बख्शी साहेब आमुत।'' (हे माँ, आज हमारी तरफ बक्शी साहेब आया था।)

मैंने वैसे ही पूछ लिया, ''कौन बख्शी साहेब?''

''ओ मोजी, बख्शी साहेब को नहीं जानती? करे, कश्मीर के प्राइम मिनिस्टर। मोजी, तुम पागल हो?''

मैंने पूछा, ''जम्मू के नहीं?''

''हाँ, जम्मू के भी।''

मैंने उसे छेड़ते हुए पूछा, ''बख्शी साहेब ने तुम्हें क्या कहा?''

''मुझे क्या कहता? हमने सलाम किया। उसने भी सलाम किया। बस।''

मैंने फिर उसे छेड़ा, ''बख्शी साहेब ने तुम्हारा नाम नहीं पूछा?''

वह शरमा गया, फिर कहने लगा, ''तुम पागल हो? वह नाम क्यों पूछता? जो मेरा नाम, वह उसका नाम।''

मैंने कहा, ''पर तुम्हारा नाम तो गुल्ला है!''

वह लापरवाही से बोला, ''हाँ, जब वह छोटा होगा, तब उसका नाम भी गुल्ला ही होगा। कश्मीर में हर गुलाम मुहम्मद कभी-न-कभी गुल्ला जरूर होता है।'' मैंने उसे सवालिया निगाहों से देखा।

वह कहने लगा, ''यह सच है। देखो, जो गुलाम मुहम्मद रेडियो पर गाता है न, उसका नाम भी बचपन में गुल्ला था। उसने मुझे बताया था।''

फिर वह मेरी टेबल साफ करते-करते हब्बा खातून का गीत गाने लगा :

''वरिवैन सथ वारे छस नो
चार कर म्योन मालिन्यो हो
वरिवैन सथ...''

(ससुरालवालों के साथ निभ नहीं रही है। ओ मैकेवालो, मेरा कोई उपाय करो।)

मैं सुनती रही। फिर उसकी नजर मुझ पर पड़ी तो, बोला, ''अरे मोजी, मैं तो तुम्हें बताना ही भूल गया। यहाँ बच्चों के वार्ड में एक गुल्ला आया है।''

फिर वह हँस पड़ा।

मैंने पूछा, ''कौन सा गुल्ला ?''

''वही, जिसका सिर साफ है। साफ, पूरा साफ।''

''साफ, कैसा साफ ? क्या तुम्हारा सिर साफ नहीं है ?''

''ओ हो! उसके सिर पर उस्तरा फिरा है। उसके सिर में बीमारी थी न ?''

मैंने कहा, ''अच्छा, वह जो लंबा सा कुरता पहने पूरे वार्ड में घूमता रहता है ?''

''हाँ-हाँ, वही।''

फिर जब डॉक्टर वार्ड में राउंड करके चले गए, तब गुल्ला गुल्ले को ले आया। वह पाँच-छह बरस का लड़का था। उसे सिर में बीमारी थी। पूरे सफाचट सिर पर एक तरफ पट्टी बँधी थी, पर वह इससे बेनियाज था। आते ही बोला, ''आपा, तुम्हारे पास बिस्कुट है ?''

मैंने हैरान होकर उसे देखा। पहली मुलाकात में यह कैसा सवाल ?

वह मुझे बेवकूफ समझकर बोला, ''नहीं जानती ? बिस्कुट गोल-गोल, मीठी सी।''

मैंने पूछा, ''बिस्कुट का क्या करोगे ?''

उसने कहा, ''कुछ नहीं, देखूँगा कैसी होती है।'' यह कहकर वह चला गया। जाते-जाते बोला, ''फिर आऊँगा, अब जाता हूँ।''

शाम को मैंने गोल बिस्कुटों का पैकेट मँगवाया। फिर किसी को भेजकर गुल्ले को बुलावा भेजा।

अपने सिर की परवाह किए बगैर वह भागता हुआ आया और आते ही उतावली से बोला, ''बिस्कुट आ गए ?''

उसे मालूम नहीं कैसे पता चला, पर मैंने यह सुना था कि सिर में टी.बी. होती है तो आदमी जहीन हो जाता है।

वह आकर बड़े इत्मीनान से मेरी चारपाई पर यूँ बैठा, जैसे हमेशा से यहीं बैठता आया हो। फिर बोला, ''दे दो न!''

मैंने उसकी गोदी में बिस्कुटों का पैकेट रख दिया। उसके बाद उसने मेरी तरफ न देखा। पैकेट फाड़कर बिस्कुट खाने लगा। ऐसे मनोयोग से उसे खाते देख मुझे बेहद तृप्ति हुई। वह हर बिस्कुट को कुतर लेता, ताकि मैं न माँग लूँ। फिर जब पूरा पैकेट खत्म हुआ तो वह इत्मीनान से बोला, ''बिस्कुट अच्छी थी।''

मैंने कहा, ''मैं क्या जानूँ! मुझे तो तुमने एक भी न दी।''

''इतनी थोड़ी थी, तुम्हें क्या देता! पर हाँ, कल जरूर दूँगा।'' यह कहकर वह हाथ झाड़कर चला गया।

अब मैं गुल्ला के लिए रोज बिस्कुट मँगवाती थी और वह इत्मीनान से खाकर, हाथ पोंछकर चल देता।

अपने मुँह में बिस्कुट ठूँसे हुए वह एक दिन बोला, ''आपा, तुम गम न करो। जब मैं पाँचवीं चढ़ूँगा, तब तुमसे निकाह कर लूँगा।''

मैंने संजीदगी से पूछा, ''क्या तब भी तुम्हें बिस्कुट मँगवाकर देनी पड़ेंगी?''

वह भावी शौहर के रुआब से बोला, ''हाँ, बिस्कुटों के बगैर मैं तुमसे शादी थोड़ी ही करूँगा और तब मैं बड़ा हो जाऊँगा और शाम तक तुम्हें सौ रुपया कमाकर दूँगा। जब गरमियों में हिंदोस्तान से विजिटर आएँगे, तब मैं दिन-रात काम करके तुम्हारे लिए रुपए कमाऊँगा। हाँ, पर देखो, खाना तुम्हें ही बनाना पड़ेगा। मैं तुम्हें मुरगा कटवाकर ला दूँगा।''

मैंने कहा, ''तुम क्यों नहीं काटोगे?''

''न-न, मैं क्यों काटूँ? मुझे खून से डर लगता है।''

मैंने कहा, ''गुल्ला, तुम तो छोटे हो। शादी कैसे होगी?''

''मैं तब छोटा थोड़े ही रहूँगा। मैं बहुत बड़ा हो जाऊँगा। तब तुम मुझे गुलाम मुहम्मद कहना, गुल्ला नहीं और जब मैं बड़ा हो जाऊँगा, तब तुम छोटी हो जाना और जब काजी साहेब निकाह के लिए पूछें, तब हाँ कर देना, पर खाना बनाना सीखना। मेरी माँ तब खाना नहीं बनाएगी। हाँ, तुम ही बनाना।''

''तुम क्या-क्या खाओगे?''

''क्या खाऊँगा? हाक और भात। कभी-कभी तुम उसमें गोश्त भी डालना, फिर वह मजेदार होगा।''

मैंने एक आज्ञाकारिणी भावी पत्नी की तरह सिर झुकाकर मंजूर कर लिया और कहा, ''मीट के शोरबे में हाक खूब मुलायम हो जाएगा।''

''मैं तुम्हें गाँव से शाली (कश्मीरी चावल) मँगवाकर दूँगा। वह चावल अच्छा होता है। हिंदोस्तान में कहीं भी नहीं मिलता।'' बिस्कुट खा चुकने के बाद घर के खाने की याद आते ही गुल्ला को माँ की याद आई। कहने लगा, ''मेरी माँ बड़ा अच्छा गोश्त पकाती है। जब कभी मुरगा कटता था, मैं वहाँ से उठ जाता था। मुझे उससे डर लगता था। मुरगे को पता चल जाता था, उसे काटा जाएगा, इसलिए वह जोर-जोर से रोता था।''

मैंने कहा, ''फिर तुम उसे खाते क्यों हो?''

वह बोला, ''खुदा ने उसे खाने के लिए बनाया है।''

मैंने उसके सिर पर स्नेह से हाथ फेरा, फिर पूछा, ''गुल्ला, खुदा ने मुझे और तुम्हें बीमार क्यों कर दिया?''

वह सोचने सा लगा। फिर बड़े-बुजुर्ग की तरह बोला, ''अपने-अपने गुनाह तो भुगतने ही पड़ते हैं।''

मैंने कहा, ''गुल्ला, तुमने तो कोई गुनाह नहीं किया। मैंने भी नहीं किया। फिर यह मूजी बीमारी क्यों हुई ?''

गुल्ला गंभीर हो गया। फिर बोला, ''हम जो गुनाह करते हैं, उनका पता हमें नहीं रहता। अल्ला मियाँ खुद हिसाब रखते हैं।'' वह जैसे इस पचड़े में पड़ना नहीं चाहता था। यह कहकर भाग गया।

मैं उसे जाते हुए देखती रही।

फिर एक दिन मुँह में बिस्कुट भरकर उसने कहा था, ''आपा, मेरे गुनाह खत्म हो गए हैं। मैं ठीक हो गया हूँ। आज बड़े साहेब ने आकर कहा, गाँव से किसी को बुला लो। मुझे आकर ले जाएगा। आपा, तुम्हें भी खुदा जल्दी ही निजात देगा।'' उसने बुजुर्गों की तरह दोनों हाथ ऊपर उठाकर कहा, ''आमीन!''

मैंने भी कहा, ''सुम्ब आमीन!''

फिर वह चला गया।

गुल्ला चला गया। फिर भी गुल्ला था। वह मेरी खिदमत करता था और सारे कश्मीर की खबरें मुझे सुनाता था।

वह जब मौज में होता, मुझे कहता, ''मेरे बाप को तो बख्शी साहेब ने पाला है।''

मैं पूछती, ''वह कैसे ?''

वह कहता, ''मेरा भाई तो उसी के पास चौकीदार था। बख्शी साहेब बड़ा आदमी हुआ तो उसे कांसपिटल बना दिया। बख्शी साहेब ही उसका बाप है।''

मैं उसकी इस इबादत पर हैरान रह जाती। कितना सीधा-सच्चा इनसान था मेरा गुल्ला। इतने बरसों बाद ख्वाब में आया भी तो कब, जब कमल के फूलों से महक की जगह खून की बूँदें चूने लगीं। जब आग लग गई। जब कश्मीर एक खबर हो गया।

इस गुल्ले को तो मैं जानती थी; पर यह कौन गुलाम मुहम्मद है, जिसकी तसवीर आज अखबार के मुख पृष्ठ पर है, जिसके हाथ में ए.के. 47 है, जिसके मुँह पर नकाब है, जिसकी आँखों में दहशत है, जिसके हाथों में खून लगा है, जिनमें बंदूक है, जो किसी को भी मार सकती है ?

अगर यही मेरा गुल्ला है तो इसके मासूम हाथों में बंदूक पकड़वानेवाले हाथ किसके हैं, इसका जिम्मेदार कौन है, कौन है इसका जिम्मेदार ?

□

हमवतन

कोलाबा जानेवाले बस स्टैंड पर मैं अकेली खड़ी थी। वर्ली सी फेस के सामने बंबई का समुद्र हाथ-मुँह धोकर सुबह के पूरी तरह खिलने का इंतजार कर रहा था। उसकी छाती पर अठखेलियाँ करते समुद्र-पाखी लहरों के साथ ऊपर-नीचे जा रहे थे। दूर तक फैले समुद्र पर जहाँ मटियाला सा नजर आता था, वहाँ खड़े दो-तीन जहाज चित्र की तरह मढ़े लग रहे थे। तभी सुबह के साथ अठखेलियाँ करती हवा ने मेरे कान में आकर कहा, ''कोलाबा जानेवाली बस आ रही हैऽऽऽ।''

बस घूँऽऽ करके झटके के साथ आकर रुकी। मैं बस पर चढ़कर बिना रुके सीढ़ियों से ऊपर की मंजिल पर दौड़कर चढ़ गई और आगे की सीट पर बैठ गई। समुद्र की लहरों ने मुझे पकड़ना चाहा। ज्योंही खूब ऊँची छलाँग उन्होंने लगाई तो मैं पूरी उसमें भीग गई। बस दौड़ने लगी तो मुझे लगा, मैं हिंडोले पर झूल रही हूँ। बस बाएँ मुड़ती तो मैं पूरी-की-पूरी पीतल की गगरी की तरह बाएँ झुक जाती और दाएँ मुड़ती तो दाएँ लुढ़क जाती। सीट की लोहे की डंडी को जोर से थामे हाजी अली के आगे से निकली तो मैंने हाजी अली पीर को झुककर आदाब करके सैनिकों की लंबी उम्र की भीख माँगी। हाजी अली का सुंदर चौराहा पार करके मैं पेडर रोड में दाखिल हुई तो मुझे होश आया और 1971 की जंग में जख्मी हुए जवानों की सूरतें आँखों में घूमने लगीं।

भारत-पाक में छिड़ा युद्ध खत्म हो गया था। बच गई थीं कुछ साँसें, जिन्हें जंग के मैदान से उठाकर लाना पड़ा था। मुझे खयाल आया, इसी तरह कई जख्मी पाकिस्तान में भी होंगे। मैं कोलाबा के मिलिटरी अस्पताल में आए घायल सैनिकों को देखने जाती थी। वहाँ के सभी डॉक्टर व नर्सें मुझे जानते थे। वही बता देते थे, आज इस मरीज के पास जाकर बैठो, आज उस सिपाही से बातें करो। मैं

उनकी दवाई का भी पूरा ध्यान रखती और उनसे बातें करती रहती। बड़ा सुकून मिलता। यूँ लगता, इस जंग में मेरा भी योगदान है। मैं इनकी सेवा करके देश की सेवा कर रही हूँ। रास्ते में मैंने अपनी हैसियत के मुताबिक एक दर्जन केले, एक दर्जन संतरे और कुछ गुलाब के फूल खरीदे। सीढ़ियाँ चढ़कर मैं अस्पताल के पहले माले पर पहुँची, तो व्हील चेयर पर उकड़ूँ बैठा एक सिपाही आँखों पर हाथ रखे कराह रहा था, ''हाये माये, के कराँ (हे माँ, क्या करूँ?) ?''

मैं चौंकी, यह डोगरा जवान है। मैंने वहीं से व्हील चेयर पर हाथ रखा और खिदमतगार की तरफ मुसकराकर देखा और साथ-साथ चल पड़ी। कमरे में जब उसे बिस्तर पर लिटाया गया तो फिर वह एक बार बोला, ''हाये माये, बड़ी पीड़ ए (हे माँ, बड़ी पीड़ा है।)।''

मेरा कलेजा बाहर आ गया। उसकी आवाज में पता नहीं कितने दर्द भरे थे। 'माँ' कहते वक्त जब उसके होंठ मिले तो उसके सूजे हुए होंठों पर खून का एक कतरा निकल आया। डॉक्टर ने आकर उसे एक इंजेक्शन दिया। उसका मुँह-सिर ढका ही था। मैंने उसके कंधे पर हाथ रखा और धीरे, बहुत धीरे जैसे माँ अपने सोए बच्चे की बगल में जाकर लेटती है, डोगरी की लोरी गानी शुरू कर दी :

''तूँ मल्ला तूँ लोक भन्नन, ठीकरियाँ बदाम भन्ने तूँ,
तूँ मल्ला दूँ लोक ब्हौन, मंडियाँ नेयाँ करें तूँ।''

(मेरे बच्चे, लोग ठीकरे तोड़ें तो तू बादाम तोड़ें, लोग अदालत में बैठें तो तू उनका न्याय करे। यही मेरी दुआ है।)

उसकी साँस हल्की होती गई। उसने बड़ी कोशिश करके एक आँख जरा सी खोली और इत्मीनान से मुझे देखा। उसके गाल मुसकराहट में खिंचे। उसके होंठों पर खून का कतरा एक विद्रोही की तरह आ निकला। उसने गरदन को जरा सी जुंबिश देकर कहा, ''गाओ, और गाओ।'' लोरी का अंतरा अभी अधर में ही फड़फड़ा रहा था कि वह तृप्त बच्चे की तरह सो गया।

उसके सोते ही अपने दोनों हाथों से मुँह छुपाकर मैंने अपने आँसू बह जाने दिए। पता नहीं यह कब तक चला। बेआवाज आँसू निकालने में बड़ी तकलीफ होती है। आवाज अंदर ही घुटकर फड़फड़ाती रहती है। खारा पानी निकलने के बाद भी कुछ भीतर रह जाता है, जो बादलों में बिजली की तरह मुखर होता रहता है।

अचानक कंधे पर एक हाथ का कसाव मुझे बाहरी दुनिया में ले आया। मैंने अपनी चुनरी से आँसू पोंछे और घूमकर देखा। सिपाही की उम्र का ही एक डॉक्टर सफेद कोट पर झूलता स्टेथेस्कोप हाथ में थामे बड़ी हमदर्दी से मुझे देख

रहा था। उस वार्ड में छह बीमार थे। सबके बिस्तर के आगे परदे लगे थे। उनके भीतर युद्ध की भयावहता का नंगा रूप खुला पड़ा था। डॉक्टर ने मुझे पीछे आने का इशारा किया। बाहर कॉरीडोर में आते ही उसने बहुत धीमी आवाज में पूछा, ''आपको कैसे पता चला?''

मैं हैरान सी डॉक्टर को देखने लगी। शायद उसे अपनी गलती का अहसास हुआ। वह सवालिया निगाहों से मुझे देखने लगा। मैंने कहा, ''मैं रोज यहाँ मरीजों के पास आकर बैठती हूँ। यह डोगरी बोल रहा था, तो मैं इसके पीछे-पीछे चली गई। यह मेरा हमवतन है। इससे बड़ा कोई रिश्ता नहीं होता। इसे क्या हुआ है डॉक्टर साहब?''

वह वार्ड के अंत में खिड़की से झाँकते समुद्र को देखते हुए बोला, ''इसके दिमाग में छर्रे घुस गए हैं। यह बम फटने के स्थान से अपने साथी को उठाकर लाया था। हम कुछ नहीं कर सकते। बस, जब तक है, तब तक इसकी देखभाल कर सकते हैं। इसकी तकलीफ किसी से देखी नहीं जाती। जब यह चिल्लाता है, तब दीवारें भी सहमकर काँपने लगती हैं।''

मैंने पूछा, ''इसके घरवालों को तार दे दिया होगा? जम्मू से यहाँ आने में भी दो दिन लगेंगे।''

डॉक्टर चुपचाप सोचने लगा। फिर बोला, ''पर आप आती रहिए। मरने से पहले किसी अपने को देखकर इसे यकीनन खुशी होगी।''

मैंने पूछा, ''डॉक्टर साहब, इसे कब तक होश आएगा?''

डॉक्टर मायूस होकर बोला, ''दर्द पर मुनहसिर है। चार-पाँच घंटे तक आ सकता है।''

चार घंटे बाद जब मैं लौटी तो वह सूप पी रहा था। मैं आकर उसकी चारपाई के पास रखे स्टूल पर बैठ गई। मैंने पूछा, ''हुन ठीक ओ न?''

उसने कहा, ''हाँ, इस वक्त तो ठीक हूँ।'' सूप पीते वक्त मुँह खोलने में उसे तकलीफ हो रही थी, पर अब उसके होंठ पहले से कम सूजे हुए थे। उसने लड़खड़ाती आवाज में पूछा, ''इत्थें कीयाँ आइयाँ?''

मैंने कहा, ''मैं यहाँ रोज घायल सिपाहियों को देखने आती हूँ। नर्सें बता देती हैं, किसके पास बैठूँ। किसी-किसी की सेवा करने का मौका मिल जाता है। कई लड़कियाँ आती हैं। सिपाहियों से बातें करके लगता है, देश की रक्षा में हमारा भी योगदान है और आपको तो पता ही होगा, हमारे सैकड़ों-हजारों लोकगीत सिपाहियों पर ही रचे गए हैं। मुझे अपने सिपाही बहुत अच्छे लगते हैं।''

उसने खुश होकर कहा, "आपको सिपाहियों के लोकगीत आते हैं?"

मैंने कहा, "हाँ, हर डोगरी औरत को आते हैं।"

वह आग्रह से बोला, "मेरे लिए गाइए न!"

मैंने अपना गला धीरे से साफ किया और ऐसे गुनगुनाने लगी, जिसे सिर्फ वह सुन सके :

"बोल मेरिये जिंदड़िये
दूर सपाई कीयाँ रोहंदे न?"
(मेरी जान, बताओ सिपाही दूर कैसे रहते हैं?)

उसे अपनी भाषा में गीत सुनकर सुकून मिल रहा था, जैसे मादरी जबान उसका दर्द पी रही थी। आसपास मरघट जैसी खामोशी थी। थोड़ी देर बाद मैं चुप हो गई। मैंने धीरे से पूछा, "आप कहाँ के हैं?"

उसने कहा, "चनैनी का हूँ। जम्मू से कश्मीर जाते हुए दाईं तरफ सफेद-सफेद महल है न, वहीं एक नदी बहती है। वहीं बिजलीघर भी है। चनैनी के राजा की माँ हमारे ही गाँव की बेटी थी। मैं कई बार राजा के महल में भी गया हूँ।" राजा की बात करते-करते उसके चेहरे पर बड़प्पन की एक परछाईं उजलाने लगी। मुझे लगा, यह खुद भी राजा है।

मैंने पूछा, "घर में कौन-कौन हैं?"

उसकी आँखें भर आईं, फिर वह मुसकराकर बोला, "सब कोई है। मेरी माँ, बापूजी, बड़ी भाभी, भाईजी और उनके बच्चे। वैसे तो गाँव में हर कोई अपना ही होता है।" फिर वह बोला, "बोबोजी (बड़ी बहन), आप कहाँ की हैं?"

मैंने कहा, "पुरमंडल की हूँ। नाम सुना है?"

वह उत्साह से बोला, "मैं वहाँ शिवरात्रि में गया था। देविका में भी नहाया था। देविका को गुप्तगंगा कहते हैं न?"

मैंने मुसकराकर कहा, "हाँ।"

फिर वह बोला, "मैं अपनी भाभी को लिवाने गया था।"

मैंने पूछा, "तुम्हारी भाभी कौन से मुहल्ले की है?"

उसने रस में डूबकर कहा, "बोबो, मुहल्ला तो नहीं जानता, पर उसके घर अत्ती है। भाभी की छोटी बहन अत्ती। यह उसका नाम है।"

मैंने पूछा, "यह क्या नाम हुआ, अत्ती? "

उसने मुसकराकर कहा, "अति से बना होगा? वह काम अति में ही करती है। पानी भरने जाएगी तो 16 घड़े भर लाएगी। एक बार में दो घड़े उठाती है अत्ती।"

उसका चेहरा मुलायम हो आया। पूरे वजूद पर जैसे अत्ती छा गई।

मैंने उससे बड़े स्नेह से पूछा, ''तुम्हें अत्ती अच्छी लगती है न?''

वह शरमा गया।

मैंने मन के आकाश में सपने का एक गुब्बारा बनाकर छोड़ दिया। ऊपर, बहुत ऊपर। फिर सोचा, अपने गाँव में अत्ती को ढूँढ़ना कोई मुश्किल न होगा। ढूँढ़ ही लूँगी, पर किसके लिए?

वह कह रहा था, ''मेरी माँ रोज सवेरे मुझे किरड़ पिलाती थी। किरड़ जानती हो न?''

मैंने कहा, ''हाँ, जिस दही से मक्खन नहीं निकाला जाता, उस लस्सी को किरड़ कहते हैं।''

हम दोनों ही एक साथ बोलकर हँस पड़े।

मैं उसका हाथ सहला रही थी। वह कह रहा था, ''बोबोजी, मेरे बापू भी फौज में ही थे। लड़ाई में उनकी बाँह पर गोली लगी तो पेंशन पाकर घर आ गए। अब उनकी पेंशन और थोड़ी सी खेती से ही गुजारा होता है।''

मैंने पूछा, ''और तुम्हारा भाई?''

वह कहने लगा, ''भाई तो जम्मू-कश्मीर रूट पर बस चलाता है। कभी जम्मू, कभी कश्मीर। महीने में एक-दो दिन घर भी रहने आता है।''

मैंने कहा, ''फिर तो तुम उसके साथ बस पर खूब घूमते होगे?''

सिपाही का चेहरा और नरम हो गया। कहने लगा, ''कई बार भाई अपने साथ बस में ले जाता था। बटोत में हमारा ननिहाल है न! भापा मुझे वही छोड़ जाता था। आती बार वापस ले आता था। मेरे ननिहाल में मेरे मामा-मामी मुझे बड़ा प्यार करते हैं। उनके दडूनियों के बाग हैं। उनसे खट्टा अनारदाना बनता है। हम गरमियों में अनारदाने की चटनी पीसकर खीरे में भरकर खाते हैं।''

हम दोनों हँस पड़े।

मैंने पूछा, ''तुम फौज में कब से हो?''

बोला, ''यही कोई चार साल से। बापू तो चाहते थे, वहीं चनैनी में ही दुकानदारी करूँ। बापू को जब एकमुश्त पैसा मिला तो उनकी यही मरजी थी, पर मैं अड़ गया। मैंने कहा, ''हमारे परिवार से हमेशा कोई-न-कोई फौज में जाता ही है। अब आप आ गए हैं तो मैं जाऊँगा।'' यह कहकर वह मुसकराया, फिर बोला, ''आज या कल कोई घर से भी आ जाना चाहिए; पर आप तब भी आती रहना।''

''क्यों नहीं आऊँगी, जरूर आऊँगी।'' मैंने कहा।

तभी मैंने देखा, उसके चेहरे पर दर्द की लहरें उठने लगी थीं। ज्वारभाटे के इंतजार में उसने दोनों हाथों से चारपाई की पाटी पकड़ ली। तभी डॉक्टर घबराया सा दाखिल हुआ। उसे पता नहीं कैसे मालूम हो गया था। उसके साथ नर्स थी। डॉक्टर मुझे देखकर सुकून व इत्मीनान से बीमार के पास झुका और उससे बोला, ''देखा न, घर से भी कोई-न-कोई आ ही गया। मैंने कहा था न!''

सिपाही मुसकराया, फिर बोला, ''अभी मैं दर्द बरदाश्त कर सकता हूँ। बोबोजी भी यहीं हैं।''

डॉक्टर ने सवालिया निगाह से मुझे देखा। मैंने कहा, ''डॉक्टर साहब, डोगरी में बोबो बड़ी बहन को कहते हैं।'' फिर सिपाही की ओर मुखातिब होकर उससे कहा, ''मैं तुम्हारी चनैनी भी हूँ। चिंता न करो। हमारा गाँव हमेशा हमारे साथ ही रहता है।'' पता नहीं यह मैंने कैसे कह दिया। अपने गाँव के नाम से वह तड़पकर मुसकराया। मैंने उसका हाथ अपने हाथ में लेकर कहा :

''चन्न म्हाड़ा चढ़ेया ते लिशके बिच्च थालिया
चमकी चनैन मोइये दिक्ख रात्ती कालिया
मिलना जरूर मेरी जान हो।

(मेरा चाँद थाली में चमक रहा है। देखो, चनैनी कस्बा काली रात में कैसे उज्ज्वल होकर चाँद की तरह निकल आया है। मेरी जान, मिलना जरूर।)

देखो, तुम्हारी चनैनी पर भी लोकगीत बना है।''

वह मुझे अविश्वास से देख रहा था। शायद वह सोच रहा था कि मैं चनैनी हूँ या नहीं। चनैनी उसका खूबसूरत कस्बा, उसका जन्म-स्थान, जहाँ काली रातों में चमकते राजाओं के सफेद महल हैं, जहाँ बहती नदी के पानी से झाँकते गोल-गोल पत्थर तारों की तरह जगमग करते हैं, जहाँ से श्रीनगर जाती बस की घुमावदार चाल को उसका कस्बा टुकुर-टुकुर ताकता रहता है, जैसे नंग-धड़ंग बच्चे हैरानी से बस की रोशनियाँ देखते हैं। डॉक्टर ने सिपाही को इंजेक्शन लगा दिया था। वह धीरे-धीरे नींद की गोद में जा रहा था।

डॉक्टर ने मेरे कंधे पर हाथ रखा। मैं रो रही थी। क्या ये टुकुर-टुकुर ताकती इसकी आँखें सचमुच में निश्चल हो जाएँगी? क्या यह अपनी जन्मभूमि के लिए तड़पनेवाला सिपाही यहाँ बंबई के किसी श्मशान घाट में राख हो जाएगा, या इसके घरवाले इसका शव चनैनी ले जाएँगे, कौन जाने? मैं तो यूँ ही लपेट में आ गई थी। डॉक्टर की आवाज से मैं चैतन्य हुई। मैंने अपने आँसू बह जाने दिए।

डॉक्टर ने उन पर कोई ध्यान नहीं दिया। बाहर आकर मिन्नत से बोला, ''आप कल भी आएँगी न?''

मैंने कहा, ''हाँ।''

डॉक्टर ने कहा, ''आप कभी भी आइए, पर सुबह नाश्ते के वक्त यह थोड़ा चैतन्य रहता है।''

घर जाते समय मुझे लग रहा था, मेरा आत्मीय, मेरा अपना, मेरा वतनजाया यहाँ अकेला पड़ा है। मेरी तरह कई वापस जा रहे थे। कोई आशा के साथ, कोई दुविधा के साथ। सिपाही को डॉक्टर ने दो-तीन दिन से ज्यादा न दिए थे।

अगली सुबह मैं पहुँची तो वह नाश्ता कर चुका था। नर्स उसका मुँह पोंछ रही थी। छर्रों से भरे सिर पर सफेद कपड़ा कफन की तरह लिपटा हुआ था। उसने मुसकराकर मेरी ओर देखा तो वह मुझे किसी दरवेश की तरह लगा। दरवेश, जो अपनी जगह से निकलकर बाहर आ गया हो। नर्स ने आँखों-ही-आँखों में पूछा। मैंने कलाकंद का दोना उसकी तरफ कर दिया। नर्स भी मुसकराने लगी थी। उसने कलाकंद का दोना हाथ में लिया और सिपाही को खिलाने लगी। सिपाही ने काफी कलाकंद खा लिया तो कहा, ''सिस्टर, तुम भी खाओ न।'' सिस्टर मुसकराती रही। सिपाही ने मुझे कहा, ''इस कलाकंद में मुझे उस गुड़ की बर्फी की याद आती है, जो हमारी चनैनी में दुर्गा हलवाई बनाता था।'' इस बात पर हम तीनों हँसे तो हँसते ही चले गए। सिपाही के गले में जैसे कुछ फँसा। मैंने उसकी पीठ पर हाथ फेरा और नर्स उसे पानी पिलाने लगी। काफी देर में उसकी साँस सामान्य हुई। वह ठीक होते ही कहने लगा, ''बोबोजी, आज बड़ा आनंद आया। मुझे कलाकंद बड़ा प्रिय है।''

मुझे उस पर बड़ा प्यार आया। मैंने प्रसन्न होकर कहा, ''तुम कहो तो कल राजमा-चावल ले आऊँ?''

उसकी आँखें चमकने लगीं। वह बोला, ''राजमा-चावल खाए सच में बड़े दिन हो गए। क्या राजमा पुंछ के हैं?''

मैंने कहा, ''हाँ, पुंछ के ही हैं।'' वह बेहद खुश हुआ तो मैंने उसे छेड़ा, ''क्या अत्ती को चिट्ठी लिखूँ?''

वह शरमा गया। एक क्षण के लिए जैसे उसकी सारी पीड़ा काफूर बनकर उड़ गई। फिर कनखियों से मुझे देखकर बोला, ''कैसी बात करती हो बोबो! भाईजी सुनेंगे तो मार ही डालेंगे।''

वह पता नहीं जानता था या नहीं, मार डालने के लिए उसके सिर में धँसे

छर्रे धीरे-धीरे जहर बनकर उसे अपने आगोश में ले रहे हैं। बेहोशी फिर उस पर तारी होने लगी थी। उसका मुँह चमक रहा था। उसके हाथों ने कसकर मेरे दुपट्टे का कोना पकड़ा हुआ था। मैंने सोचा, यह सो जाएगा तो इसकी उँगलियों में फँसा यह दुपट्टा कैसे निकालूँगी? मन के भीतर पहाड़ी बादलों के सीने में चमकती बिजली कड़कने लगी। मैंने उसके माथे पर हाथ फेरते-फेरते कहा, ''यहाँ से ठीक होकर तुम चनैनी जाओगे या बटोत?''

उसने यत्न करके जवाब दिया, ''पहले यहाँ से तो निकलूँ। इस चारपाई से मैं बड़ा तंग हूँ। लगता है, यह दर्द की रस्सियों से बुनी हुई है और सारी रस्सियाँ मेरे इर्द-गिर्द लिपटी हुई हैं।''

मैं उसकी दार्शनिकता पर मुग्ध हुई। नींद में जाता-जाता वह बोला, ''राजमा बहुत गलाना और मिर्चें कम डालना।''

मैंने कहा, ''ठीक है, अब तुम सो जाओ। मैं कल सुबह आऊँगी।'' उसने आँखें खोलने की कोशिश की। मैंने कहा, ''सो जाओ और देखो, सिपाही घबराता नहीं है। डोगरा सिपाहियों के हौसले सिपाहियों के गीत गानेवालों के सुरों में बुलंद रहते हैं।'' वह मुसकराया। उसकी मुसकराहट रोने से ज्यादा उदास थी। उसने मेरा आँचल पकड़ लिया था। उसकी साँस शिशु की साँस की तरह कोमल और स्निग्ध हो गई थी। मेरा आँचल भी उसके हाथों से छूट रहा था। मैंने धीरे से उसे खींचा और उसकी चारपाई पर हाथ धरे उसकी साँस का आरोह-अवरोह देखने लगी।

नर्स ने आकर कहा, ''अब ये चार-पाँच घंटे सोएगा बाई! तुम जाओ।''

मैंने कहा, ''नर्स, अगर तुम्हारे रहते उसे होश आ गया तो उसे कहना, मैं कल उसके लिए खाना जल्दी ही लेकर आऊँगी।''

अगले दिन खाने से डिब्बा भरकर, राजमा की खुशबू को बंद करके मैं अस्पताल में उसके वार्ड की ओर जा रही थी, तो सोच रही थी, राजमा-चावल खाकर सिपाही कितना खुश होगा। मेरी चाल तेज हो गई। स्त्री को खाना बनाकर खिलाने में अनिर्वचनीय सुख मिलता है। मेरे कदम तेज होते गए। उत्साह दौड़ने लगा। जब मैं उसके वार्ड में पहुँची तो देखा, उसके बेड पर तीन-चार सिर झुके हुए हैं। टाँग में पलस्तर चढ़ा है और सिर पर वह सफेद कफन सा भी नहीं है। वह कराह रहा था। मैं पास जाकर खड़ी हुई। रोटी के गरम डिब्बे पर टपकते अपने आँसुओं की आवाज मैं सुन सकती थी। डॉक्टर उसे देख रहे थे। यह सिपाही कोई दूसरा था। जिसके लिए मैं राजमा-चावल लाई थी, वह कहाँ

चला गया? तभी मैंने देखा, कलवाली नर्स एक ट्रे रखकर जा रही थी। मैं उसके पीछे भागी। मैंने कॉरीडोर में उससे पूछा, "सिस्टर, वह कहाँ है, जिसके लिए मैं राजमा-चावल लाई हूँ?"

सिस्टर बोली, "उसके बाद तो उसे होश नहीं आया। कल रात ही उसे ले गए थे। यह सोल्जर आधी रात को आया है।"

नर्स के लिए यह रोज की बात थी। मैं कितनी देर वहीं खड़ी रही। फिर जाते- जाते मैंने अस्पताल के फाटक के साथ वह डिब्बा रखा और घर चली आई।

इस बात को कई बरस हो गए हैं। एक बार जम्मू जाने पर सिपाही की बड़ी याद आई तो तड़के ही मैं चनैनी की बस पर सवार हो गई। अगली सीट पर बैठे-बैठे मोड़ों की प्रदक्षिणा से निढाल होकर आँख लगी तो जगह-जगह सिपाही दिखाई देने लगा, जैसे वह मेरे साथ-साथ चनैनी जा रहा हो। पता नहीं उसके माँ-बाप, भाई, भाभी, बच्चे कैसे होंगे? और अत्ती का तो ब्याह हो गया होगा। वह कहाँ जान पाएगी, उससे ब्याह करने की एक ख्वाहिश चिता में भस्म हो चुकी है।

ठंडी पहाड़ी हवा बार-बार आकर मेरे बालों पर हाथ फिरा रही थी। ख्वाब में मुसकराते सिपाही का चेहरा मोड़ों पर झाँकनेवाले सूरज की तरह चमक रहा था। मुझे लगा, वह भी मेरे साथ चनैनी जा रहा है। अभी मैं पूरी-की-पूरी सिपाही के तसव्वुर में थी कि कंडक्टर की कर्कश आवाज कानों मैं पड़ी, "चलो उतरो, चनैनी, चनैनी की सवारियाँ।"

मैंने उतरकर आसपास देखा, दो लोग गठरियाँ उठाए चल रहे थे। मैं उनके पीछे-पीछे हो ली। पता नहीं क्यों; उनको मैंने सिपाही के घर का पता पूछने के काबिल नहीं समझा। बाजार में चारों तरफ देख-देखकर मैं हलवाई की दुकान ढूँढ़ रही थी। दुर्गा हलवाई की गुड़ की बर्फी का जिक्र उसने किया था। मैं धीरे-धीरे दाएँ-बाएँ देखती जा रही थी। एक गली में खड़ी कुछ औरतें नल पर पानी भर रही थीं। वे सबकी सब मुझे देखने लगीं।

एक ने पूछा, "आप किसके घर जाएँगी?"

मैंने कहा, "मैं दुर्गा हलवाई को ढूँढ़ रही हूँ।"

एक फूहड़ सी औरत हँसती-हँसती बोली, "दुर्गा हलवाई की तो लॉटरी खुल गई लगती है।"

मुझे उसकी बदतमीजी पर क्रोध आ रहा था, पर उसके पहले ही दूसरी लड़की मुझे अपने साथ ले गई। रास्ते में उसने कहा, "यह करमो बड़ी खच्चर

है। कुछ मेंटली भी है। इसकी बात कोई नहीं सुनता। अब देखिए, दुर्गा हलवाई की आँखों का ऑपरेशन खराब हो गया। वह दुकान के बाहर ही चारपाई डाले पड़ा रहता है और जो कोई जाता है, उसको कोंच-कोंचकर सभी के बारे में पूछता है—कौन हो, किसके बेटे हो, तेरा बाप कहाँ है, भाई की चिट्ठी आई कि नहीं? आपको भी बड़ा बोर करेगा।''

मैंने सोचा, यह बोर शब्द पहाड़ों पर भी पहुँच गया है। तभी वह एक दुकान के आगे आकर खड़ी हुई। एक हट्टा-कट्टा साँड़ सा लड़का खोया भून रहा था। उस लड़की ने कहा, ''ये शहर से आई हैं। चाचू को पूछ रही हैं।''

उसने खोया भूनते-भूनते ही कहा, ''आज वह नहीं आएगा। उसे मलेरिया हुआ है। इनको घर ले जाओ।''

ऊबड़-खाबड़ गली के सिरे पर उसका घर था। बाहर धूप में खटोला डाले दुर्गा उकड़ूँ होकर लेटा था। हम उसके करीब जाकर खड़े हो गए। उसने आहट पाकर पूछा, ''कौन है?''

लड़की ने कहा, ''चाचू, ये तुम्हें मिलाने आई हैं।''

''कौन, प्यारी हो?''

''हाँ चाचू! ये कुछ पूछना चाहती हैं।''

उसने अपना स्थान नहीं बदला, फिर बोला, ''क्या पूछना है? जल्दी करो, वरना खाँसी शुरू हो गई तो…''

मैंने जल्दी से कहा, ''सिपाही का पता करने आई हूँ। उसका घर कहाँ है?'' हलवाई ने कहा, ''कौन, मंगतू? अच्छा, वह सिपाही! वाह मेरे शेर, आपको भी चकमा दे गया।''

मैं हैरान होकर हलवाई को देखने लगी। उसकी बंद आँखें भी सोच में डूबी थीं। वह बोला, ''सतरोड़ा था वह। सतरोड़ा जानती हैं। राजाओं की नाजायज औलादें। उसका अपना कोई न था। वह हमेशा अपनी कहानियाँ गढ़ता था। सुना था, पाकिस्तान की जंग में मारा गया। गाँव में पटवारी को तार आया था। मेरी दुकान पर भी कभी-कभी आकर बैठता था। उसे गुड़ की बर्फी बड़ी पसंद थी।'' उसे शायद मेरी चुप्पी खल रही थी। कहने लगा, ''बुआ, इस तरह के कई मंगतू हैं, जो सपने देखते-देखते उन्हें सच समझने लगते हैं। उसकी माँ कभी की मर गई थी। उसे कौन देखता? महल के बाहर उसे कोई छोड़ गया था। मेरी दुकान के थड़े पर ही पला था। सर्दियों में मेरी भट्ठी के नीचे वह और कालू पड़े रहते थे। फिर कोई उसे कंबल भी दे गया था, पर मरा सिपाही होकर। शाबाश! अब

तो मेरे कालू को मरे भी काफी देर हो गई। अपनी बारी देखो कब आती है। कालू कुत्ता था, पर मंगतू उससे ऐसे बातें करता था, जैसे वह भी आदमी का बच्चा हो।'' थोड़ी देर वह चुप रहा। फिर जैसे उसे ध्यान आया। कहने लगा, ''जाओ-जाओ बुआ, भीतर चलो। बहुएँ तुम्हें चाय-पानी पूछेंगी।''

इतना बोलकर वह हाँफने लगा। मेरी सुनने-बोलने की शक्ति खत्म हो गई थी। यहाँ तक साथ-साथ आता मंगतू बार-बार आँखों के सामने आ रहा था। मैं उस जगह से कदम उठाने का हौसला बुनने लगी, जहाँ मंगतू उसका परिवार, अत्ती और उसके सपने दफन हो गए थे।

□

गठरी

पश्चिम की ओर जाते-जाते सूरज घूम-घूमकर साँझ को देख रहा था। शाम अपनी राख से भरी गठरियाँ और तारों से भरी टोकरियाँ ऊपर तक भरने से पहले एक तरफ बैठकर तैयार हो रही थी। गाँव के चौगान से निकलते-निकलते सूरज की मद्धिम सी पीली और लाल रोशनी सुनहरे किनारों से भरी रंगत को आकाश के मुँह पर मल देने की फिराक में थी। चिड़ियों के झुंड शृंगार किए दरख्तों की टहनियों पर बैठे-बैठे एक-दूसरे को सारे दिन की बीती घटनाएँ सुना रहे थे। गाँव की स्त्रियाँ शाम को दीया-बाती करने के लिए ज्योति बनाकर घी में भिगो रही थीं। बाजार में लोग दोने भर-भरकर इमली की चटनी में भीगे गरम-गरम पकौड़े खा रहे थे। छोटी लड़कियाँ चौगान से रस्सी टापती हुई खिलखिलाकर हँस रही थीं। अभी एक-दूसरी का मुँह पहचान में आ रहा था। अभी भी साँझ होने में कुछ देर थी।

रोज का यह सिलसिला एक टैक्सी की आवाज ने तोड़ा। चौगान में टैक्सी रुकते ही उसमें से दो-तीन लोग जल्दबाजी में नीचे उतरे। ड्राइवर को कहकर उन्होंने डिक्की खुलवाई और उसमें से एक गठरी उतारकर रेत पर रख दी। उनमें से एक जल्दी-जल्दी गाँव की तरफ जाने लगा और दूसरा गठरी खोलकर इधर-उधर देखने लगा। उसने डूबते सूरज की ओर भी देखा। कई लोग गठरी को अचंभे से देख रहे थे। एक मैली सी बेतरतीब गठरी। पता नहीं, उसमें क्या था? सभी एक-दूसरे को इशारे कर रहे थे। यह कपड़ों की गठरी तो नहीं लगती थी। लोग डर भी रहे थे कि कहीं कोई बम ही न हो। आजकल क्या भरोसा है। तभी टैक्सी के पास खड़े उस व्यक्ति ने सिगरेट सुलगाई। जोर से कश खींचकर उसने सिगरेट का धुआँ आसमान की तरफ फेंका। उसने अपना नीचे का जबड़ा ओक की तरह आगे किया और उसमें भरा हुआ धुआँ निगलने लगा। टैक्सी का ड्राइवर अपनी पाग से पसीना सुखाता उसके पास खड़ा होकर सिर खुजला रहा था।

एक गँवई ने दूसरे से पूछा, ''कहीं इस गठरी में बम न हो।''

दूसरे ने जवाब दिया, ''बम होता तो यह गठरी के पास खड़ा होकर सिगरेट न फूँकता।''

सभी को इत्मीनान हुआ। सभी अपने-अपने काम में लग गए। सभी को सौदा सुलुफ सँभालकर दुकानें बंद करनी थीं।

इसी वक्त गाँव की ओर से किसी खाते-पीते घर की दो-तीन स्त्रियाँ रोते-रोते आती दिखाई दीं। उनके साथ तीन-चार मर्द भी थे। आकर वे हैरान से गठरी के पास खड़े हो गए। एक औरत ने रोते-रोते कहा, ''इन्हें घर ले जाते हैं।''

टैक्सी के पास खड़े आदमी ने अपनी सिगरेट फेंककर कहा, ''नहीं, घर ले जाने की कोई जरूरत नहीं है। इन्हें नहलाकर तैयार कर दिया गया है। इनकी बड़ी इच्छा थी कि इनका दाह-संस्कार कोई घर का व्यक्ति करे और इसी गाँव में इनका संस्कार हो। इसीलिए माँ ने इन्हें यहाँ भेजा है।''

एक स्त्री ने कहा, ''हमें इनका मुँह दिखाइए।''

वही आदमी जलभुनकर बोला, ''तीस बरस से तो किसी ने इनका मुँह नहीं देखा, अब देखकर क्या होगा। सूरज छुपने से पहले दाह-संस्कार हो जाना चाहिए। सूरज डूबनेवाला है।''

यह बात सच थी। स्त्रियाँ मुँह पर कपड़ा डालकर रोने लगीं।

उसी समय दुकान से लकड़ी से बँधी एक चटाई आ गई। उस पर गठरी रख दी गई। किसी में यह पूछने की हिम्मत न थी कि यह मुरदा गठरी जैसा क्यों है? मौत के बाद गठरी हुई है या पहले ही टाँगें जुड़ गई थीं। किसी ने उत्तर न दिया। न कोई प्रश्न हुआ। पंडितजी भी गंगाजल और दो-तीन फूलों के हार लेकर हाजिर हो गए। गठरी के ऊपर गंगाजल छिड़का। मंदिर से उतारे हार गठरी के ऊपर रखे और गठरी चिता पर ताजी चुनी लकड़ियों पर रख दी। गठरी पर कपड़ा लपेटा और घी में डुबोकर दाह देनेवाले के हाथ में पकड़ा दिया। देखते-ही-देखते चिता में आग सुलग उठी। दाह देनेवाला पंडित के साथ चिता की प्रदक्षिणा करने लगा। लोगों ने देखा टैक्सी वापस जा रही थी। उनमें से कोई भी न रुका था।

चिता धू-धू करके जल उठी। गठरी को खोलते हुए चिनगारियाँ लानत भेज रही थीं। एक लकड़ी जलकर गिरती तो पंडित अपने लंबे डंडे से ढकेलकर उसे फिर चिता पर रख देता। धीरे-धीरे बाजार के सभी लोग चिता के आसपास आकर खड़े हो गए थे। जिस लड़के ने दाह दिया था, वह चिता के धुएँ से अपनी आँखें बचाता पैरों के बल बैठा हुआ था। पंडितजी भी कपालक्रिया की प्रतीक्षा में हाथ में

घी का बरतन सँभालते बीच-बीच में चिता पर भी घी के छींटे मार देते थे। पलक झपकते ही सब हो गया। लोग अभी भी एक-दूसरे को हैरानगी के साथ देख रहे थे।

चिता की लपटें अब पीपल तक पहुँच रही थीं। मरदों से अलग स्त्रियों की टोली अब पूरे जलाल में थी। पता नहीं कैसे आग की ही तरह यह खबर घर-घर पहुँच गई थी। कुछ अंदाजा तो सबको था, फिर भी सभी की आँखों में एक ही सवाल था। कपालक्रिया हो गई तो पंडितजी ने चिता से बाहर आती लकड़ियों को इकट्ठा करते हुए कहा, ''आखिर संतराम की पत्नी को अपनी दहलीज पर ही आना पड़ा। धर्म की बात भी यही थी और उससे ज्यादा धर्म भला कौन जानता था।'' स्त्रियों की टोली में शोर उठा, ''हे राम! तो यह सुखदेई थी और कौन होता! हाय राँड, तूझे भी संस्कार करवाने यहीं पर आना था! हे राम!''

यह बात सुनते ही बहुत सी स्त्रियाँ रोने लग गईं। एक औरत ने रोते-रोते अपनी नाक पोंछी और सबके साथ रोने का सुर मिलाते हुए कहने लगी, ''जब भरी जवानी यहाँ गुजारी तो बुढ़ापे में उस कुतिया के साथ जाने की क्या जरूरत थी! हाय-हाय मेरी भोली!''

हाय जरा ज्यादा लंबी हो गई तो स्त्रियों की टोली से एक और स्वर उभरा, ''इसकी बहन करमो ने तो नंबरदार से अपनी खुन्नस निकाल ली, पर सुक्खो, तुम कैसे करमो की बातों में आ गईं।'' फिर उसने रोते-रोते कहा, ''हाय मेरी मोरनी-मोरनी!''

उसके पीछे खड़ी एक स्त्री ने अपनी मैली सी चादर से सिर-मुँह ढके उसे फटकारते हुए कहा, ''ऐसे ही फिजूल में रामलीला मत करो। इस गाँव में सुखदेई की सबसे बड़ी दुश्मन यही थी। इसी राँड ने उसे कहा था, ''सुखदेई, मेरे भाई को शादी के लिए कोई लड़की नहीं मिल रही। एक तो भगवान् की दया से उम्र भी अच्छी-खासी है, दूसरे, घर में दो विधवा ननदों के होते कोई अपनी बहन-बेटी नहीं देना चाहता। हमने पहाड़ पर पाँच-पाँच सौ रुपए भी देने चाहे, पर कहीं भी हाँ न हुई। तुम तो कुत्ते के पिल्ले भी इतनी ममता से पालती हो। अपने होंगे तो न जाने क्या करोगी। यहाँ किसको मालूम हो सकता है। एक बच्चा भी हो गया तो यह शाह, तुम्हारा ससुर, इसे कीड़े पड़ें, तुम्हें हँसकर इसे आधी जायदाद देनी पड़ेगी। फिर देखना इसकी नंबरदारी कहीं जाती है।''

फिर वह स्त्री कहने लगी, ''तब इसी सुक्खी ने कहा था, मैं नंबरदार की बहू हूँ। तेरे घोड़े चरानेवाले भाई के साथ मुँह काला करूँगी, यह तुझे किसने कहा। यह बात मुझसे कहने की तुम्हारी हिम्मत कैसे हुई। जा, दफा हो जा, फिर मेरी दहलीज

पर आई तो तुम्हारी टाँगें तोड़ दूँगी।''

''उसी दिन से घोड़ेवाले की बहन सुखदेई की सबसे बड़ी दुश्मन है। नंबरदार को भी पता चल गया था। फिर वह घोड़ेवाला गाँव में कैसे रह सकता था? शहर में ही वह किसी का ताँगा चलाने लगा। कभी शाम के अँधेरे में आखिरी बस में बैठकर बहनों को मिलने आता भी है तो सुबह की बस से वापस चला जाता है।

''पर कौन जान पाएगा सुक्खी के मन की बात। इस घटना के बाद वह अपने पलंग की पाटी पर कितनी-कितनी देर सिर मारकर रोती रही थी। अपनी गुड़हल की तरह सूजी हुई आँखों को लेकर ठाकुरद्वारे में उसने अपना माथा फोड़ लिया। फिर सोचा, ठाकुरजी क्या करेंगे। ये तो उनके घर के कोने में पड़े-पड़े सुबह नहाने के लिए किसी की राह देखते हैं।

''उसने रोते-रोते भगवान् की मूर्ति से पूछा कि मुझे संसार में क्यों लाए, किसलिए? बोलो, बतलाओ! फिर वह रोते-रोते खुद ही चुप हो गई।

''पहाड़ पर यहाँ-वहाँ घूमनेवाली सुक्खी जब नंबरदार के बेटे संतराम के साथ ब्याही गई थी, तब गाँव की लड़कियाँ जल-भुनकर खाक हो गई थीं। वे तो पूरे मन से सुहाग भी न गा पाई थीं। जब फेरे हो रहे थे, यह कब सुहाग चल रहा था।

इस बेल्ले कुन कुन जागे वे
राजे धरमें दा बेल्ला।

(यह धर्मराजा का शुभ मुहूर्त है। इस समय कौन जाग रहा है?)

''फिर घर के सभी सदस्यों के नाम लिये जाते। उसी समय लड़केवालों के पुरोहित ने एक कपड़े की गुथली में से सतलड़ा हार निकालकर हवा में लहराया। सारे सुर थम गए। बेदी के हवनकुंड में जलती आग की रोशनी में हार बिजली की तरह चमका। तब सोने की चमक से सबके मुँह खुले-के-खुले रह गए। हार की नुमाइश करने के बाद पुरोहित ने संतराम को कहा, ''अपनी पत्नी को यह हार पहनाओ'' हार के बोझ से सुक्खी की गरदन और झुक गई।

स्वाहा...

''आहुतियों के संग धुएँ को चक्कर आ रहे थे। सुक्खी की सहेलियाँ मन-ही-मन कहने लगीं, 'सुक्खी चुड़ैल, तू कितने नसीबवाली है। हमारे गाँव में इतना बड़ा हार आज तक किसी की भी ससुराल से नहीं आया। ऐसे हार तो राजाओं-वजीरों के घरों में ही होते हैं। पता नहीं कौन सी पिटारी में रखा होगा।'

''कइयों को यह शक भी हुआ कि यह हार सुक्खी के पास रहेगा या उसकी सास माँग लेगी। हार पहनकर सुक्खी ससुराल आ गई। मुँह दिखाई में उसकी सास

ने उसे मगरमच्छ के मुँहवाले कड़े पहनाए। दोहरे झुमके भी मुँह दिखाई में मिले तो सुक्खी की खुशी का पारावार न रहा। उसने सपने में भी न सोचा था कि ससुराल से उसे इतना चढ़ावा चढ़ेगा। उसके संग आई कहारिन और नाइन बड़े घमंड से एक दूसरी को देख रही थीं। सुक्खी की सास ने इनके हाथ में एक-एक जोड़ा पहनने के कपड़ों के ऊपर इक्यावन-इक्यावन रुपए रख दिए तो वे धन्य-धन्य करने लगीं। आज तक उन्हें पाँच रुपए से ज्यादा नेग किसी की ससुराल से न मिला था। एक ने हिम्मत करके सुक्खी की सास से पूछा, ''समधन, हम इतना सोना पहनाकर लड़की को नहीं ले जाएँगे। गले में एक पतली सी चेन और हाथों में दो-दो चूड़ियाँ पहना दो। हमें तो भई डर लगता है।''

''सुक्खी की सास ने बड़े अभिमान से उत्तर दिया था, 'नंबरदारों की बड़ी बहू को खाली हाथ मैके नहीं भेज सकती। फिक्र मत करो, हमारा कमेरा संग जा रहा है। फिर जिए मेरा संतराम, पाँच-सात को तो वैसे भी धराशायी कर सकता है। वैसे इन पहाड़ों में राह में कोई इक्का-दुक्का ही मिलता है। हमारे घर की पहली बहू अपने खानदान की प्रतिष्ठा के अनुसार ही गहनों से लदी हुई जाएगी।'

''मैके में जाकर सुक्खी अपनी माँ के गले लगकर कहने लगी, 'बड़ा भार है अम्मा, हाथ नहीं उठता।'

''जा मरजानी, फिर कभी नहीं यह बात कहना। अपनी ही नजर लग जाती है। पहले ही गाँव के लोग चकित हैं। यहाँ इतना सोना किसके पास है, मुए गँवई क्या जानें बड़े गाँव का नंबरदार क्या होता है?'' बड़े प्यार से माँ ने बेटी को कहा।

''सुक्खी तीन दिन मैके में रहकर अपने पति के साथ ससुराल चली गई। जाते-जाते उसने किसी स्त्री को कहते सुना, 'पता नहीं, कहाँ से इतने गहने पहने हैं। जरूर बैंक से लिये होंगे। किराए पर क्या नहीं मिलता?'

''सुक्खी को गुस्सा आया था, पर उसने कुछ नहीं कहा। फिर जब ससुराल में उसकी सास ने उसे गोखरू उतारने को भी न कहा, तब गोखरुओं का भार उसे हल्का लगने लगा।

''सुक्खी की सास ने मुहूर्त निकलवाकर संतराम के हाथ में सगुन की पोटली पकड़ाई और उसे पत्नी के कमरे में भेजा। सुक्खी को लगा, किसी ने संतराम को धकेलकर अंदर भेजा है। उसे कुछ हैरानगी हुई। उसने तो सुना था, पत्नी के साथ दो पल अकेले पाने के लिए दुल्हा ललचाया रहता है, पर यह दुल्हा कुछ और ही तरह का लगता है, पर उसे शर्म आ गई। उसने सोचा, अभी इसने मुझे देखा ही कहाँ है। बच्चू देखेंगे तो अपने भाग्य सराहेंगे। सिपाही की माँ तो सुक्खी की माँ

के पीछे पड़ी थी, पर सुक्खी की माँ ने कहा था—

"'सिपाही उजड्ड होते हैं, सिपाही के हाथ में अपनी सोने की डली न दूँगी। साल में दो महीने घर आएगा तो दस महीने मेरी बेटी सास की धौंस तले रहेगी। न भई, यह तो न हो सकेगा।'

"'सुखदेई' जैसे किसी ने कान में शहद उड़ेल दिया हो। संतराम उसके पलंग के पायताने पर धीरे से आकर बैठ गया था। वह गठरी बनी बैठी और सिकुड़ गई थी। संतराम कह रहा था, 'सुखदेई, तुम्हें पता नहीं क्या मिलेगा, पर मुझे तो दुनिया जहान मिल गया है।'

"संतराम के हाथ में सगुन की पोटली थी। उसमें बादाम, नारियल, छुहारे और बताशे थे। संतराम कह रहा था, 'अम्मा ने कहा था, पहले तुम्हारी गोद में सगुन डालना है, फिर तुम्हारा मुँह देखना है।'

"संतराम ने पोटली उसके हाथ में रखी। सुक्खी ने गले में भारी कलिहार पहना हुआ था। उसकी गरदन और झुक गई।

"संतराम ने काँपते हाथों से उसका घूँघट उठाया। बादलों के हटते ही चाँद बाहर निकल आया। पसीने के साथ सुक्खी की माँग का सिंदूर गीला होकर बहने लगा था। संतराम को भी पसीना आ गया। उसे लगा, कोई अपराध हो गया है। बरसात में निकलनेवाली बीरबहूटी की तरह सुखदेई भी साँस न ले पा रही थी। उसकी तीखी नाक के सिरे पर पसीने की बूँद अटकी हुई थी। सुखराम बड़ी मुश्किल से बोला, 'सुखदेई, तुम कितनी सुंदर हो। क्यूँ इतनी सुंदर हो सुखदेई?'

"फिर उसे याद आया। कलिहार से इसकी गरदन अकड़ गई होगी। उसने अपनी माँ को कलिहार पिरोते देखा था। सूखा नारियल, बादाम, छुहारे, सूराखवाला पैसा सब मौली में बाँध रही थी माँ। संतराम ने उसके गले से कलिहार उतार दिया। पति की छुअन से सुखदेई काँपने लगी। संतराम ने उसका पचास तोले-भर का रानी हार भी उतार दिया। सुख की साँस लेकर सुखदेई ने गरदन सीधी की। संतराम ने हार और कलिहार पलंग के पास रखे पीढ़े पर धर दिए।

"सुखदेई के हाथों की मेहँदी अभी गूढ़ी थी। उसका गाना सहेली ने उतार लिया था, पर मगरमच्छ के मुँहवाले गोखरुओं की लाल-लाल आँखें रूबी के साथ चमक रही थीं। गोखरुओं के पीछे उसकी माँ के दिए चाँदी के मरीदे, फिर हाथी दाँत का लाल चूड़ा पूरी तरह बाँह भर रहा था। आधा चूड़ा उसके किनारीवाले कुरते की बाँह में छिपा था। संतराम काँपने लगा। उसने घूँट भरकर कहा, 'तुम बहुत थकी होगी सुखदेई। मैं भी थका हुआ हूँ। माँ ने कहा था, झुमके उतारकर

सोना नहीं तो कान मुड़ जाएँगे।' फिर उसे कुछ नहीं सूझा तो उसने कहा, 'मैं पानी पीकर आता हूँ।'

''सुखदेई को अपने सीधे से पति पर हँसी आई। प्यास उसे भी लगी थी, पर उसने कुछ न कहा। संतराम के जाते ही उसने अपना भारी जोड़ा उतारा और सादा सा सूट पहनकर पलंग पर ढेर हो गई। उसे भी बड़ी नींद आ रही थी।

''पलंग के पास मेज पर पड़े दूध के दो गिलासों पर सारी रात मलाई जमती रही। आज पता नहीं कितने दिनों के बाद सुखदेई आराम से सोई थी।

''सुबह स्त्रियों के शोर से उसकी नींद खुली तो उसे बड़ी शर्म आई। माँ ने उसे ससुराल आते समय कहा था, 'बेटी, सास के जगने से पहले जगना।' वह एक छलाँग लगाकर पलंग से नीचे उतरी। पिछवाड़े जाकर कुल्ला करके मुँह धोया। भीतर आई तो उसने देखा, उसकी सास दूध पर जमी मलाई को दीदे फाड़-फाड़कर देख रही थी। सुक्खी ने उसके पाँव छुए तो उसने असीस दी कि बुढ़ापे तक सुहागिन रहो और क्या असीस देती।

''सास ने उसे कहा, 'चलो बेटा! कुएँ पर नहाकर आएँ। वहीं तुम बाहर भी बैठ लेना।' उसकी नजर पीढ़ी पर पड़े गहनों पर गई तो उसने हँसकर कहा, 'जैसा सीधा मेरा संत है, वैसी ही तुम हो। सारे गहने पीढ़ी पर ही रख दिए। यह हार हमारा खानदानी है। बड़ी बहू को मिलता है। अब यह तुम्हारा है। ये लो अलमारी की चाबियाँ। तुम्हारे ससुर ने यह अलमारी खास तुम्हारे लिए शहर से मँगवाई है। सोने से पहले गहने इसी में रखा करो। दिन के वक्त तो गहने पहनकर ही रहना चाहिए। गाँव की औरतें अभी तुम्हें कितनी ही बार देखने आएँगी। ये कमीनियाँ बहू पर कम नजर करती हैं, गहनों पर ज्यादा। फिर उन्हें बात करने में कौन टोक सकता है। किसी की बात मन में न लगाना, वैसे ही हमसे सब जलते हैं।'

''सुखदेई को देखकर औरतें चकित रह जातीं। 'हे माँ, इतना सौंदर्य, इसकी सास ने हीरा ढूँढ़कर लिया है। हमारे गाँव में इतनी सुंदर और कोई बहू नहीं है।' कोई धीरे से कहती, 'हाँ, यह तो ठीक है, पर नसीब तो ऊपर से ही लिखवाकर आई है न।'

''सुखदेई की सास आसपास ही रहती। स्त्रियाँ चली जातीं तो कहती, 'सुखदेई, इस गाँव की औरतें आग की लपटें हैं। कैसी आँखें फाड़-फाड़कर तुम्हें देख रही थीं। आज फिर तुम्हारी नजर उतारनी पड़ेगी। इनकी नजर बुरी है, हाँ।'

''सुखदेई चुप रहती।''

''पंद्रह दिन बाद सुखदेई का भाई उसे लेने आ गया। सुखदेई की सास ने

उसकी बड़ी खातिर की। मट्ठियों से भरा टोकरा, लड्डुओं की टोकरी और कई पकवान सजाकर दिए और कहा, 'सारे गाँव में बाँटना।'

''उसने फिर सुखदेई को कहा, 'बहूरानी, सारे गहने पहनकर जाना।'

''सुखदेई ने डरते-डरते कहा, 'माँजी, इतना सोना पहनकर जाने में मुझे राह में डर लगेगा और भैया अकेले हैं। कोई छीन लेगा तो क्या करेंगे?'

''सास हँसकर बोली, 'ओ मेरी भोली पहाड़िन! पहली बार मैं तुम्हें अकेले थोड़े ही भेजूँगी। गौने के बाद ही तो तुम अपने मैके जा रही हो न! मैं तुम्हें आठ दिन से ज्यादा नहीं रहने दूँगी। मेरा घर भी तो सूना हो जाएगा न। पता नहीं कब तुम्हारा देवर बड़ा होगा और छोटी बहू आएगी।'

''ऐसा कहकर सास चली गई तो उसे अपने देवर का भोला सा चेहरा याद आया। वह उसके कमरे की दहलीज पर बैठा उसे देखता रहता है। जब सुक्खी की नजर उस पर पड़ती तो हँसकर भाग जाता। भागते-भागते 'भाभी-भाभी' कहता तो सुक्खी खिल जाती। सुक्खी का अपना भाई भी इसी उम्र का है। उसकी इच्छा होती यह छोटा सा देवर उसके पास आकर बैठे, पर देवरजी शर्म के मारे पास न फटकते।

''सुखदेई को अब मैके का ध्यान आया तो सभी सहेलियों के चेहरे आँखों के आगे घूमने लगे। प्यारी सत्तो, बिमला, तारो और वह महालड़ाका बैंती। उसे कँपकँपी छूट गई। आज पंद्रह दिन उसकी शादी को हो गए। सुखराम रोज आकर उससे बातें करता है, फिर अपनी चारपाई पर जाकर सो जाता है। उसने कभी सुखदेई को छुआ भी नहीं। उसके कानों में तारों की आवाज आई।

'' 'सुक्खी की बच्ची, दाल-दाल कच्ची, हमें सभी कुछ बताना, नंबरदार का बेटा तुम्हें कैसे प्यार करता है। कुछ छुपाओ तो तुम्हें गाय माता की कसम।'

''सुक्खी ने सोचा, इतने दिन क्यों यह खयाल मुझे न आया। शुरू-शुरू में तो वह बड़ी खुश थी। उसने सोचा, मेरा पति कितना अच्छा है। पढ़े-लिखे की बात ही दूसरी होती है। पहले एक-दूसरे से परिचय होना चाहिए। उसे याद आया, जब करतारो पहली बार ससुराल से आई थी तो उसने बताया था कि पति की सूरत भी देखने को न मिली थी कि उसने रात को आकर चीते की तरह जकड़ लिया। कितने दिन उसने अपने पति से बात भी न की थी। उसके मन में डर बैठ गया था। उसकी बात सुनकर सभी लड़कियाँ डर गई थीं। क्या शादी ऐसी होती है? सुक्खी मुसकराई, फिर उसने सोचा, शादी के बाद सभी सुखी हो जाती हैं।

''संतराम उसके लिए रोज दोने में मिठाई लाता था। कभी मुई रबड़ी, कभी पेड़े, कभी कोई और मिठाई। फिर बातें करता रहता। बातें करते-करते वह सो

जाता तो सुक्खी सोचती, कितना अच्छा है मेरा संतराम। सुक्खी खुश होकर सोचती, पढ़ा-लिखा है, कुछ फर्क तो होना ही चाहिए। सारा दिन औरतों के जमघट में बैठी वह भी थकी होती। एक अकड़ लेती और गठरी सी बनकर सो जाती, पर आज उसे अचानक लगा यह तो ठीक है, पर लड़कियाँ पूछेंगी तो उन्हें क्या बताऊँगी, क्या उत्तर दूँगी? कौन विश्वास करेगा, पति ने उसे छुआ ही नहीं। कितनी शर्म की बात है। बातें कितनी सुंदर करता है। ऐसा भी नहीं है कि मैं उसे भाई न होऊँ। कितनी-कितनी देर टकटकी लगाकर उसे देखता रहता है।

''पति ने अंगीकार नहीं किया, कितनी शर्म की बात है। अचानक वह पलंग पर उल्टी लेटकर रोने लग गई, पर क्यों, क्या कमी है मुझमें? वह यह सवाल करती गई। उसकी सुबकियों में खाली यह सुनाई दे रहा था 'लेकिन क्यों', 'लेकिन, पर क्यों?' 'क्या कमी है मुझमें?'

''उसी समय संतराम हाथ में खाली ट्रंक लिये भीतर आया। सुखदेई को फूट-फूटकर रोते देखकर वह बुत सा बनकर खड़ा हो गया। उसका मुँह सफेद हो गया। उसने ट्रंक का हैंडल जोर से थामा और मूर्ख की तरह सुखदेई को देखने लगा। अचानक सुक्खी ने उसे देखा और गुस्से से भूखी शेरनी की तरह उस पर टूट पड़ी। उसके आँसू बह रहे थे। कपड़े मुचड़े हुए थे। गाल लाल सुर्ख हो रहे थे। पहली बार उसने गुस्से के साथ अपने पति को पूछा, 'क्यों, आखिर क्यों तुमने मुझे छुआ नहीं? क्या कमी है मुझमें, क्या तुम्हें किसी ने कुछ कहा है? बोलो, जवाब दो। जब मेरी सहेलियाँ मुझे पूछेंगी तो मैं क्या जवाब दूँगी, तुम बोलते क्यों नहीं? बोलो, बताओ मुझे!'

''यह कहकर सुखदेई ने उसके हाथ से ट्रंक छुड़ाकर नीचे रखा और उसकी आँखों में आँखें डालकर देखते हुए पूछा, 'क्यों?'

''संतराम का चेहरा कागज की तरह सफेद हो गया था। पसीना बह रहा था और वह काँप रहा था। सुखदेई का हाथ छुड़ाकर वह धीरे-धीरे बोला, 'सुखदेई, मेरा विश्वास करो। इसमें मेरा कोई दोष नहीं है। मैंने अम्मा को बहुत कहा था, मैं ब्याह नहीं करूँगा तो उसने सोचा, मैं शरमा रहा हूँ। पहाड़ की सुंदर लड़की देखूँगा तो ठीक हो जाऊँगा।'

''सुखदेई काठ का पत्थर हो गई। उसने गुस्सा होते हुए कहा, 'क्या मैं कोई डॉक्टर-हकीम थी, जो मुझे देखकर तुम ठीक हो जाते। अब मुझे बच्चे कैसे होंगे? पूरा गाँव कहेगा, मैं बाँझ हूँ।'

''संतराम ने अटकते-अटकते कहा, 'नहीं सुखदेई, तुम्हें कोई बाँझ न कहेगा।

गाँव में सभी जानते हैं। हकीम ने जब मेरी माँ को मेरी शादी करने के लिए मना किया था तो पूरे गाँव को खबर हो गई थी।'

" 'फिर तुम्हारी माँ ने मेरा जीवन बरबाद क्यों किया? क्या मेरे बाप ने तुमसे पैसे लिये थे। बोलो, क्यूँ नहीं बोलते?' यह कहकर सुक्खी बाहू के किले में बलि दिए जानेवाले मेमने की तरह रोते हुए बोली, 'मुझे बच्चों का कितना शौक है। मुझे बच्चे चाहिए। मैं उन्हें अपना दूध पिलाना चाहती हूँ। इतना बोझ लेकर कहाँ जाऊँगी। हे मेरी माँ! तेरे साथ धोखा हो गया।'

"संतराम शर्मिंदा होकर बोला, 'सुखदेई, तुम्हारी इच्छा हो तो तुम वापस घर जा सकती हो। मुझे माफ करो। रोज इच्छा होती थी कि तुम्हें बता हूँ, पर हिम्मत साथ न देती थी। तुम इतनी अपनी लगने लगी कि डर के मारे मुँह से बोल ही न फूटता था। मैं सोचता, तुम सच में ही चली गईं तो क्या होगा? सुक्खी, तुम्हारा अपराधी मैं हूँ। मुझसे बहुत बड़ा पाप हो गया है। मेरी तरफ से तुम्हें पूरी छूट है। तुम मैके तो जा ही रही हो, अगर न आना चाहो तो मेरी तरफ से तुम्हें पूरी छुट्टी है। मुझे क्षमा कर देना, मैं कभी भी तुम्हें भूल न पाऊँगा।'

"सुक्खी को फिर क्रोध आ गया। उसने कहा, 'वापस न आऊँ ताकि लोग कह सकें, मुझमें ही कोई दोष था। मेरा अपमान होगा तो अच्छा लगेगा तुम्हें? अग्नि के सामने मैंने तुम्हारे ही साथ रहने की सौगंध खाई थी। लोग तो मुझे ही को झूठी कहेंगे न, फिर अगले जहान में भी झूठी ही गिनी जाऊँगी। तुम मुझे झूठा क्यों कहना चाहते हो?'

"संतराम विचलित हो गया। उसने कहा, 'सुखदेई, मैं तुम्हें झूठी नहीं कहना चाहता, मुझे क्षमा कर दो। तुम मुझे बड़ी प्यारी लगती हो, अपनी लगती हो, पर यकीन करो, यह पाप मैंने नहीं किया। पाप अम्मा ने किया है।' यह कहकर संतराम कटे हुए पेड़ की तरह पलंग पर गिर गया और काँपने लगा।

"सुखदेई ने उसे इस तरह विचलित देखकर भीतर से साँकल चढ़ा ली और अपने आँचल का कोना गीला करके उसके मुँह पर फिराने लगी। संतराम का सिर अपनी गोद में रखकर उसे पानी पिलाया। फिर अपना पसीने से भरा मुँह पोंछकर सिर को एक जोरदार झटका दिया। सुक्खी एक और सुक्खी हो गई। उसने बड़े धैर्य से पति को कहा, 'जो मेरे भाग्य में था, वह मुझे मिल गया। तुमसे मुझे कोई गिला नहीं है। चलो उठो, जाने की तैयारी करें। मुझे सच ही में कोई गिला नहीं है। तुम भी मुझे बहुत अच्छे लगते हो। तुम्हें छोड़कर मैं कहीं नहीं जाऊँगी।'

"संतराम को विश्वास न हो पा रहा था। वह सुखदेई के साथ ऐसे ही लिपट

गया, जैसे कभी-कभी अपनी माँ से लिपट जाता था। संतराम के गले से लगी सुक्खी सोच रही थी, वह अपनी सहेलियों को क्या-क्या बताएगी।

''मैके से वापस आकर सुक्खी ने अपना घर-बाहर देखना शुरू किया। अपने कमेरों को कहकर फटी हुई बोरियाँ मँगवाईं। पत्थरों पर एकदम बारीक पिसवाकर चिकनी मिट्टी में उन्हें मिलाकर एक जान कर दिया। गेहूँ का बूरा भी उसमें गूँथा, फिर अपने ससुर की बैठक के तल को नया करने लगी। कच्ची दीवारों पर पलस्तर चढ़ा दिए। छोटे-छोटे आले बनाकर उनमें बेल-बूटे बनाए और कहीं देवी तो कहीं गणपति, तो कहीं कोई गुड़िया रख दी। बैठक मानो मुँह से बोलने लगी। जो भी देखता, सराहता हुआ जाता। दीवारें सज गईं। लोग अचंभे के साथ देखने आने लगे।

''जो सुख किसी स्त्री को नहीं मिलता, वह सुखदेई ने पा लिया। अब संतराम उसका जिगरी दोस्त था। दोनों सलाह करके ताकों में मूर्तियाँ रखते। कौन सी पहाड़ी पर लाल, कौन सी पर पीली मिट्टी मिलेगी, इस पर बहसें होतीं। पहाड़ों पर अच्छी चिकनी मिट्टी ढूँढ़ने में सुक्खी उस्ताद थी। गाँव की औरतें आकर सुक्खी की मिन्नतें करतीं।

'' 'सुखदेई, बहू तेरी ननद की शादी है, दूल्हेवाला कमरा तो सुंदर होना ही चाहिए। सिर्फ पहाड़ी पर चलकर अच्छी मिट्टी की खान ढूँढ़ दो। बाकी तो लड़कियाँ तुमसे सीख ही लेंगी। तुम भी जरा सा हाथ लगा देना।'

''सुक्खी प्रसन्न हो जाती।

''सुखदेई ने पिछवाड़े घासवाली कोठरी के एक कोने में पुरानी बोरियाँ बिछाकर एक स्थान बना लिया। वहाँ गाँव की पिल्ले देनेवाली कुतियाँ कई दिन पहले आकर बैठ जाती थीं। सुक्खी उनकी पूरी सेवा करती। पिल्ले आँख खोलते ही सुक्खी को देखते। फिर दिन भर घूम-घूमकर रात में उसके द्वार की रखवाली करते। उनका दूध और खाना उस कोठरी में पड़े रहते। पिल्ले खाना भी खाते और सुक्खी को डाँटते भी रहते।

''कभी लस्सी में और कभी दूध में भिगोई हुई खमीरी रोटियाँ कतूरे पेट भरकर खाते और सुबह होते ही पूरे गाँव में चौकीदारी करते। पिछवाड़े की कोठरी में पुरानी दरियाँ चिंदियाँ और गूदड़ पड़ा रहता। कभी वह घास लेने जाती तो पिल्लों की चूँ-चूँ आ-आ से पता चल जाता, रात कुतिया ने बच्चे दिए हैं। कुतिया के पिल्ले रुई के गालों की तरह पड़े रहते। सुक्खी को कुतिया बेचारगी से देखती तो सुक्खी कोसे-कोसे दूध में गुड़ घोलकर खमीरी रोटियाँ भिगोकर ले आती। पल भर में बरतन चाट-चूटकर कुतिया आँखों-ही-आँखों में सुक्खी को कृतज्ञता से सराबोर

कर देती। सुक्खी मगन हो जाती। जच्चा को इसी तरह दिन में तीन-चार बार खाना देती। उसका हाथ लगते ही पिल्ले कुआँ-कुआँकर सारा घर उठा लेते। कोई उसकी उँगलियाँ चाटता, कोई पैर। सुक्खी उन्हें उठाकर माँ के थनों से उनका मुँह लगा देती। पहले वह बंद आँखों से कहीं भी मुँह मारता, फिर दूध मुँह से लगते ही किसी सिद्धहस्त की तरह मुच-मुच करके दूध पीने लगता और उसे विशेषज्ञ होने में समय न लगता। पिल्लों के मुँह से, मूँछों से सुक्खी कपड़ा लेकर दूध पोंछती रहती। इस सुख के क्या कहने। डकार लेकर तृप्त पिल्ले एक आँख जरा सी खोलकर उसे देखते तो वह हाथ पर धरे पिल्ले को आँख मारते देखकर कहती, 'मुए-मुए, आँख मारने के लिए तुम्हें कोई और नहीं मिला।' थोड़ा सा चलने का अभ्यास होते ही वे सुक्खी के पीछे-पीछे घूमते, कभी उसके पाँव तले आते-आते बचते। वह तली पर चूरी रखती तो पिल्ले उसकी तली चाट-चाटकर लाल कर देते। अपनी लाल सुर्ख तली देखते हुए सुक्खी प्यार से कहती, 'ओ मुओ, तुम्हारा पेट है या खाली ड्रम। कभी भरता ही नहीं।' पिल्ले अपनी पूँछ को डंडे की तरह सीधी करके थानेदार की तरह उसे देखते, थोड़ा सा भौंकते और उसके पाँव से लिपट जाते। सुक्खी के पीछे-पीछे उनकी फौज चलती रहती। कई बार जान छुड़ानी कठिन होती तो संतराम पिल्लों को डाँटता। उसे देखकर पिल्ले जोर-जोर से भौंकते। भई, तुम कौन हो ख्वामखाह। सुक्खी हँसते-हँसते दोहरी हो जाती। दोनों अपने आप में मगन थे।

''सुखदेई ने तोते, खरगोश और चकोर भी पाले थे। उसे सारा दिन खाली समय न मिलता था। कभी-कभी तोता चिल्लाता :

'' 'ऐ सुखदेई, ऐ सुखदेई, ऐ सुखदेई'

''सुखदेई कहती, 'आज हरी मिर्च नहीं मिली न, इसीलिए चिल्ला रहे हो।'

''संतराम कहता, 'क्यों नहीं हरी मिर्च देती हो, यह तो चिल्लाएगा ही।'

''सुखदेई वैसे ही उत्तर देती जैसे बाप के पूछने पर माँ बच्चों के बारे में बताती है। सुखदेई का अच्छा-खासा संसार बस गया था। उसके आँगन-दालान जैसे मुँह से बोलते थे। उसका देवर कहता, 'भाभी, नए बछड़े को घुमा लाऊँ।'

''वह कहती, 'नहीं देवरजी, अभी तो उसकी टाँगें भी सीधी नहीं पड़ती हैं। कुछ दिन ठहर जाओ।'

''देवर कहता, 'भाभी, तुम्हारा तोता मुझे गाली देता है।' चमककर सुक्खी कहती, 'आप उसका बरतन उलटा कर देंगे तो गाली ही देगा न।'

''देवर हैरान होकर बोला, 'पर उसे पता कैसे चलता है ?'

'' 'क्यों, उसकी आँखें नहीं हैं या वह आपको जानता नहीं।'

''देवर खिसियाना हो जाता। फिर लाड़ से कहता, 'भाभी, शहतूत पर झूला डाल दो न।'

'' 'किसके साथ झूलोगे देवरजी ?'

'' 'तुम्हारे साथ और किसके साथ।'

''सुक्खी इतना हँसती कि उसकी आँखों में आँसू आ जाते। सारा दिन काम करके रात को जिस समय वह सास की टाँगें दबाकर वापस सोने जाती, तब बेहोश सी होकर ही चारपाई पर पड़ जाती।

''उसे खुश रहते देखकर औरतें हैरान हो जातीं। हृदय से वे सब उसको बहुत प्यार करतीं और उसका सम्मान भी करतीं।

''एक दिन सुक्खी रसोई में बड़ी परात भरकर आटा गूँथ रही थी। पाँच-छह किलो आटा गूँथकर जब उसने परात में समेटा तो उस पर फूल सा बनता देखकर उसे माँ की याद आई।

''माँ ने कहा था, 'सुक्खी, आटा गूँथ-गूँथकर जब फूल बन जाए, तब समझो आटा ठीक मला गया है।'

''सुक्खी ने आटे के ऊपर गीला कपड़ा रखा। हाथ अपने आँचल के कोने से पोंछने लगी तो उसने देखा, आँगन में एक रिश्ते का देवर उसे टकटकी लगाकर देख रहा था। देवर खिसियाकर बोला, 'कैसी हो भाभी ?'

''सुक्खी ने उसकी भर्राई हुई आवाज सुनकर तरारे से कहा, 'मैं तो अच्छी हूँ, आप अपनी सुनाइए।'

''देवर कुछ सँभला। फिर कहने लगा, 'हमें क्या अच्छे होना है। तुम्हारी देवरानी हर चौथे दिन मैके चली जाती है। आज्ञा हो तो तुम्हें सुच्ची कर दूँ ?'

''सुक्खी के हाथ में मक्खन पी हुई मोटी सी मथानी थी। उसने मथानी दिखाते हुए चिल्लाकर कहा, 'क्या कहा ? किसे सुच्चा करेगा तू ? बोल, फिर तो कह, तुम्हारा खून न पी जाऊँ तो मेरा नाम सुक्खी नहीं। हमारे खेतों पर काम करनेवाले तेरी यह मजाल। दफा हो जा।' फिर उसने अपनी सास को आवाज देकर कहा, 'माँजी, जरा इधर आइए। यह आपका भाँजा आपकी बहू को सुच्चा करना चाहता है।'

''सास का सिर शर्म से झुक गया। वे गमों गुस्से से पत्थर जैसे हो गईं। देवर सामने ही खड़ा था।

''सुक्खी ने मथानी दीवार पर दे मारी। उसके दो टुकड़े हो गए। वह रोती-रोती अपने कमरे में चली गई।

''इस घटना के बाद सुक्खी को कभी किसी ने मजाक में भी ऐसी बात नहीं

कही। पता नहीं कैसे यह बात पूरे गाँव को मालूम हो गई। इस घटना के बाद तो सुक्खी की सास भी उससे डरने लगी।

''सुखदेई रोज अपनी सास के साथ मंदिर जाती थी। पुजारी चंदन का लाल टीका उसके माथे पर लगाकर कहता, 'बूढ़ी होने तक सुहाग बना रहे।' सात बेटे होने का आशीर्वाद उसे कोई न देता था। बूढ़ा पंडित कहता, 'यह सती है। सुबह जो भी इसका मुँह देखेगा, उसका भला होगा।'

''पाँच-सात बरसों के बाद सुखदेई की छोटी बहन भी उसी गाँव में ब्याहकर आई। तब इतने दिनों बाद सुक्खी के मैकेवालों को संतराम के नामर्द होने का पता चला। धोखा तो हो ही चुका था। सुक्खी के मैके में सब खून का घूँट पीकर रह गए।

''सुक्खी की बहन का पति फौज में था। दस महीने के बाद छुट्टी पर दो महीने के लिए आता तो पूरे गाँव में रौनक आ जाती। सुखदेई की बहन करमो बड़ी लड़ाका थी। कुएँ पर पानी भरने जाती तो दो घड़े सिर पर, एक कमर में और रस्सी कंधे पर रखती। वह कई बार अपनी बहन की ससुराल आकर उसकी सास को जली-कटी सुना आई थी। एक बार उसने कहा, 'मौसी, तुम्हें नरक में भी जगह न मिलेगी। तुमने गौहत्या की है। मैं इसके स्थान पर होती तो तुम्हें जहन्नुम पहुँचा आती।'

''सुक्खी गाय को घास डाल रही थी। उसने मुड़कर भी नहीं देखा। उसी समय नंबरदार अपनी ड्योढ़ी से भीतर आया तो उसने करमो की सारी बात सुन ली। उसने वहीं से कहा, 'करमो, तुम भी इसी गाँव की बहू हो। घूँघट नहीं निकालती, कोई बात नहीं, पर दोबारा मेरी ड्योढ़ी पर नहीं आना। हमारे घर में आग लगाने की जरूरत नहीं है।'

''करमो बड़ी दबंग थी। उसने कहा, 'नंबरदार, अपनी नंबरदारी अपने घर में रखो। अगर मैंने तुम्हारी नंबरदारी नहीं निकाली तो मुझे पहाड़ की नहीं कहना। जो-जो धोखा तुम लोगों ने मेरी इस गाय जैसी बहन के साथ किया है, तुमको नर्क में भी स्थान नहीं मिलेगा। लानत है तुम लोगों पर।' यह कहकर वह ड्योढ़ी लाँघ गई।

''नंबरदार ने गुस्सा होकर कहा, 'मेरी गली में दोबारा दिखाई दी तो गाँव से निकलवा दूँगा।'

''करमो भी कम न थी। जाते-जाते उसने कहा, 'गाँव से तो तुम्हें मैं निकलवा दूँगी। अगर सारे इलाके में मैंने तुम्हें नग्न न किया तो मेरा नाम भी करमो नहीं। बड़ा आया नंबरदार कहीं का।'

''सुखदेई अपने कमरे में जाकर रोने लग गई। शर्म के मारे वह काँप रही थी।

करमो के जाते ही उसने बाहर आकर अपना सिर ससुर के कदमों में रख दिया।

''नंबरदार को जैसे होश आया। उसने अपनी बहू के सिर पर हाथ रखकर कहा, 'जा बेटी, तू भीतर जा। तुम तो हमारी इज्जत हो, पर आज के बाद मैं तुम्हें करमो के साथ न देखूँ।'

''एक ही गाँव में दो बहनें थीं, पर करमो ने भी अपनी बहन के घर की तरफ मुँह न किया। कहीं गली में भेंट हो जाती तो सुखदेई रास्ता छोड़ देती। जब करमो का पहला बेटा पैदा हुआ, तब उसका भाई सगुन लेकर आया। सुक्खी के घर गया तो उसने कहा, 'भाई मेरे घर में करमो का नाम भी नहीं लेना।'

''फिर जब करमो का आदमी छुट्टी पर घर आया, तब अपने बेटे को कंधे पर बिठाकर बाजार घुमाने लाया था।

''संतराम ने एक दिन सुक्खी को कहा, 'सुक्खी, आजकल करमो का पति छुट्टी आया हुआ है। अब तो हवलदार हो गया है। रोज अपने बेटे को बाजार लेकर आता है। तुम्हें अगर देखना है तो मैं तुम्हें बाजार ले चलूँगा। दूर से ही सही, देख लेना।

'' 'नहीं', सुक्खी ने खूब दृढ होकर कहा, 'उसने मेरे दशरथ जैसे ससुर का कितना अपमान किया। मैं तो उसकी शक्ल भी देखना नहीं चाहती। तुम चिंता मत करो। मुझे बेटा देखने का कोई चाव नहीं है। मेरा मन मत ललचाओ, मैं बच्चा नहीं देखूँगी।'

''और कई बरस बीत गए। सुक्खी ने अपनी सौगंध नहीं तोड़ी। उसके देवर का ब्याह हो गया। बच्चे हुए तो ताई के पीछे-पीछे घूमने लगे, पर सुक्खी ने ममता को सँभालकर रखा। संतराम बच्चों को कंधे पर बिठाकर बाजार घुमाता रहता। नंबरदार नहीं रहा था। अब संतराम ही घर का बड़ा था। सुक्खी भी अब मालकिन कहलाती थी।

''एक दिन बड़े अचरज की बात हुई। संतराम को पाँच-छह उल्टियाँ हुईं और वह चल बसा। जाने से पहले उसने सुक्खी को दोनों हाथ जोड़कर प्रणाम किया। सुक्खी तो जैसे पत्थर हो गई। यह उसने कभी न सोचा था। चाहे टूटा हुआ था, पर महल तो था। रोती-कलपती सुक्खी की गोदी में सास ने छोटे बेटे की चार-पाँच माह की बच्ची को डाल दिया और कहा, 'सुक्खी, यह तुम्हारी हुई।' तब सुक्खी को होश आया।

''संतराम को हैजा हुआ था। यह खबर फैलते ही सारे गाँव में कंपोडर ने इंजेक्शन लगवा दिए। संतराम ही हैजे की बलि चढ़कर समाचार गाँव में दे गया

था। उसके बाद कोई बीमार न हुआ। कम-से-कम मौत कोई न हुई।

''लड़की को गोद में लेते ही सुक्खी ने सारी ममता उसी पर उड़ेल दी। लड़की को भूख लगती तो सुक्खी भिखारिन की तरह देवरानी को कहती, 'सोमा, पूरनी को भूख लगी है।' देवरानी उसे दूध पिला देती। धीरे-धीरे पूरनी चम्मच के साथ गाय का दूध पीने लगी। देवरानी कुढ़ती जरूर, लेकिन कहती कुछ न थी। सास की बात घर में कोई भी टाल न सकता था। पूरनी जब बाँ··बाँ··करने लगी तो दादी ने सिखाया, सुक्खी तेरी माँ है। पूरनी माँ-माँ कहती उसके पीछे भागती रहती। जब पूरनी माँ कहती तो इधर से सुक्खी भागती, उधर से सोमा। पूरनी भागकर सुखदेई के कंधे पर सवार हो जाती, सोमा को बड़ी जलन लगती।

''एक दिन सुखदेई गाय-गोरू को घास डाल रही थी। पूरनी चारपाई पर सोती-सोती ढम्म से नीचे गिरकर रोने लगी। सुखदेई से पहले सोमा ने जाकर उसे उठाया और गले से लगा लिया। सुखदेई आई तो पूरनी उसकी तरफ लपकी तो सोमा ने सुखदेई से कहा, 'रहने दीजिए, बेटी मैंने मारने के लिए पैदा नहीं की। पेट में नौ महीने रखी होतीं तो पता चलता। वैसे भी मैं कल मैके जा रही हूँ। पूरनी मेरे साथ ही जाएगी।'

''सुखदेई की साँस रुक गई। बरसात में गिरनेवाले पेड़ की तरह वह अपने कमरे में जाकर गिर पड़ी। उसने खाना-पीना छोड़ दिया। सोमा पूरनी को लेकर मैके चली गई।

''सुक्खी की सास ने अपने आपको बहुत कोसा और कहा, 'मेरी अक्ल पर क्या परदा पड़ गया था। सोमा को पूछे बगैर मैंने उसकी बेटी सुक्खी की गोद में डाल दी। भगवान् मुझे बख्श दो या राह सुझाओ, मैं क्या करूँ? नंबरदार भी नहीं रहा। किसको कहूँ?'

''तीन दिन से सुक्खी ने पानी का कतरा भी न पिया था। चौथे दिन उसके हाथों-पैरों में ऐंठन आने लगी। घबराकर उसकी सास ने हकीम को बुलाया तो सारे गाँव को खबर हो गई। हकीम ने नाड़ी देखकर कहा, 'बहुत कमजोर नाड़ी है। अगर बहू ने कुछ खाया नहीं तो बचने की उम्मीद न करना।'

''सुखदेई ने अपने दाँत भींच लिये। देवर ने कहा, 'भाभी, हमारे ऊपर इलजाम लगाकर न मरना। खाए-पिए बगैर कोई नहीं रह सकता। मैं कल ही जाकर तुम्हारी पूरनी को ले आऊँगा।'

''लेकिन सुखदेई के मुँह पर ताला ही जड़ा रहा। सारे गाँव में खबर फैली तो करमो ने भी सुना। उससे रहा न गया। अपने अहंकार को उसने मैले कपड़े की

तरह उतार फेंका और बहन के पास आ गई। उसने कहा, 'चलो दीदी, मेरे घर चलो। इनके बच्चे तुम्हारा खून नहीं हैं, पर मेरे बच्चे तो तुम्हारा ही खून हैं। माँ हुई या मौसी। चल, अपना कपड़ा-लत्ता सँभाल और मेरे साथ चल।'

''सुखदेई की सास बोली, 'तुम कौन होती हो मेरी बहू को ले जानेवाली। यह घर की मालकिन है।'

'' 'रहने दो मौसी, मालकिन मालिक के साथ होती है। वह नहीं रहा। अब इसका यहाँ कौन है ? चल दीदी,' उसने अपनी बहन को कहा, 'मैं तुम्हें इन पापियों के घर न रहने दूँगी।'

''करमो ने अपनी बहन को गुनगुना दूध पिलाया तो वह उठकर खड़ी होने के योग्य हो गई। करमो ने उसके कपड़े-लत्ते ट्रंक में डाले और कहा, 'अब मैं तुम्हें यहाँ न आने दूँगी।'

''सुखदेई की सास ने टोककर कहा, 'करमो, यह क्या पाप करने लगी है।'

''करमो बाली, 'रहने दो मौसी, तुम्हारी आँख बंद होने से पहले चली जाए तो अच्छा है।'

''सुखदेई की सास रोते-रोते बेहाल हो गई। करमो ने सुक्खी की अलमारी में से कपड़ों के साथ गहनों का डिब्बा भी निकाल लिया। ट्रंक को ताला लगाकर चाबी सुक्खी को दी। किसी तरह सुक्खी को ड्योढ़ी तक लाई। आगे करमो के शेर जैसे जवान बेटे मौसी को गोदी में डालकर घर ले गए।

''सास ने सोचा, इस समय रोकना ठीक नहीं।

''बाद में उसने कितनी बार अपने बेटे को कहा, जा सुखदेई को ले आ, पर वह हमेशा कहता, 'माँ, वह अपनी इच्छा से गई है। जब इच्छा होगी, चली आएगी।'

''बुढ़िया एक साँस भरकर रह जाती। यह बात किसी ने सुखदेई को भी कही थी। गाँव से करमो रोज शहर जाती थी। खबरें उसके साथ ही बिना टिकट के सफर करती थीं। सुक्खी ने जब यह सुना तो कहा, 'कभी जरूर जाऊँगी, लेकिन मरने से पहले नहीं। मेरा दाह-संस्कार तो कुल का ही कोई करेगा। मुक्ति तो तभी होगी।'

''आज सुखदेई अपने गाँव आ गई थी।''

गाँव की औरतें जलती चिता से जरा सा दूर खड़ी थीं। उनकी टोली में से उठती आवाजें चिता की चिनगारियाँ छू रही थीं। शाम भी जैसे खड़ी हो गई थी। सूरज ने पिघलकर आकाश में सोना बिछा दिया था। चिता जल रही थी।

लफड़ियों में से कड़-कड़ की आवाज आ रही थी। धुएँ के साथ पूरी हवा भर गई थी। स्त्रियों की आवाजें घूँघटों में से बाहर झाँक रही थीं।

"अरी सुनो, एक बार देवर अगर सुखदेई को लेने ही चला जाता तो क्या छोटा हो जाता।"

"कैसे जाता, भई, पत्नी की भी इच्छा होनी चाहिए। सुक्खी इस घर की बड़ी बहू थी। आती तो क्या आधा हिस्सा न देना पड़ता। जाने दो बेफिजूल बातों को, क्या फायदा।"

"सोना तो सेरों था। वह तो चलो उसकी बहन ही इकट्ठा करके ले गई।"

"सास ने अगर पूरनी उसकी गोद में न डाली होती तो उसे कुत्ते को, पिल्लों को पालकर ही जिंदगी बिता लेनी थी। हे राम!"

"इसकी देवरानी भी कम नहीं है। इतनी बार शहर जाती थी, पर मजाल है जो कभी जेठानी को मिल आए।"

एक ने साँस भरकर कहा, "हाय! सती-सावित्री थी। अपना सत लेकर चली गई।"

"हाँ, पर दुनिया, संसार तो न देखा न। न पति का सुख मिला, न बच्चे पैदा हुए।"

"सुनने में आया है कि उसकी बहन के बच्चे उस पर जान देते थे। सुखदेई ने उन सबको बहुत प्यार किया। जो पालने योग्य थे, उन्हें पाला भी।"

"क्यों नहीं बहन, सोना भी तो सेरों था।"

"छोड़ो भई, कौन जानता है गठरी में क्या था। सुखदेई थी या कुछ और था। मुओ ने मुँह भी नहीं दिखाया। खुद मर गई या किसी ने मार डाला, कौन जाने।"
"क्या पता वही थी या कोई और थी।"

"वही तो कह रही हूँ। चलो, जाने दो, हमें क्या करना है? हम तो अफसोस जताने आ गए।"

सभी स्त्रियाँ नहाने चल पड़ीं। एक और स्वर उभरा। "कैसा शोक? आगे-आगे जाती देवरानी तो झूठ-मूठ भी नहीं रोई। हाँ, पूरनी रो रही थी। उसे पता था, ताई उसी के लिए यह घर छोड़कर गई थी। यह माँ डायन तो उसे बाद में भी मिलने न देती थी।"

"ए चुपकर। हमें क्या लेना-देना है?" सुनने में तो यह भी आया है कि शादी के बाद पूरनी अपने पति के संग ताई को मिलने जाती थी। हो सकता है अपना सोना उसने पूरनी को ही दिया हो।"

"छोड़ो, जाने दो। यहाँ लगाई-बुझाई करनेवाली स्त्रियाँ भी हैं। वे तो गईं। उनमें से कोई सोमा को बता देगी। जो मर गई, वह तो गई, जो जिंदा है, उन्हें तो

इसके साथ ही निभाना है न!''

''तो जाओ, तुम उसके गले लगो। हे राम! दुनिया में आकर जिसने संसार नहीं भोगा, उसका आना क्या और जाना क्या?''

पीछे से एक बोली, ''देखो, कौन बातें कर रहा है? इसका पति सारा दिन पीकर उस पार की रंडी के यहाँ औंधा पड़ा रहता है।''

आवाजें दूर तक जा रही थीं। सिर्फ चिता उसी स्थान पर जल रही थी। अब स्वर मद्धिम पड़ गए थे। साँझ भी ढल गई थी। चिता अब बुझकर राख हो चुकी थी। कोई-कोई लाल अंगारा चमक उठता, इसमें सुक्खी की हड्डियाँ भी थीं। जीते-जी हड्डियाँ और मर जाने पर फूल।

उस दिन भी सोमवार था। सद्दरो की गाय घर वापस न लौटी थी। क्या पता कोई मुआ रास्ते में गाय को रोककर उसका दूध ही न दुह ले। गाय बड़ी ही सुशील थी। सद्दरो डर के मारे जंगल की तरफ भागी थी। उन दिनों वह भी तो एक बछिया जैसी ही थी। वहीं पहाड़ पर सुखदेई का डोला उतारकर कहार चिलम का रस ले रहे थे। पास ही कहारिन और नाइन बैठी थीं। पास ही में मिठाइयों और मट्ठियों से भरे टोकरे पड़े थे, साथ ही रोटी और चावलों के मीठे आटे, गुल्लरे का बरतन भी पड़ा था। एक ट्रंक भी रखा था। पालकी का कपड़ा ऊपर उठा था। सद्दरो ने देखा था, एक गठरी सी मानो साँस ले रही थी। उसने कहा था, ''बाहर आ जाओ, यहाँ तुम्हारी ससुराल का कोई नहीं है।''

नाइन कहारिन ने पूछा था, ''आप कौन हैं?''

सद्दरो ने कहा था, ''मैं भी इसी गाँव की बहू हूँ। मैं भी पहाड़ की हूँ। यह डोला नंबरदार के घर जाएगा न?'' फिर सद्दरो ने ही सुखदेई का गाना खोला था और वे बहनें हो गई थीं। बाद में शादी-ब्याह में ढोलकी पर वे कितने ही गीत गाती थीं।

सद्दरो ने अपनी मिमियाती आँखों से देखा। स्त्रियाँ दूर जा रही थीं। ये अब बावड़ी पर जाकर नहाएँगी। इनमें से कइयों ने तो सुखदेई को देखा भी न था। कितनी बातें कर रही थीं। सद्दरो ने अपने आपको कहा।

'सद्दरो, आज तुममें इतनी हिम्मत भी न रही कि अपनी सुक्खी के लिए स्नान ही कर आओ।' पैरों में ताकत नहीं। आँखों में रतौंधी। उसकी तरफ किसी ने भी पलटकर नहीं देखा था। शिव के मंदिर की सीढ़ियों पर बैठे-बैठे सबसे पहले उसी ने टैक्सी आती हुई देखी थी। उसका पोता उसे बाजार जाते-जाते यहाँ बिठा गया था। नहीं तो, यह भी मालूम न हो पाता कि उसकी सुक्खी यहाँ चिता पर चढ़ने आई थी।

जब वह हाँफती-हाँफती यहाँ आकर बैठी थी, तब उसने सोचा था, जरा साँस ले लूँ, फिर शिव के मंदिर में ज्योति जगाऊँगी। जोत तो क्या जगाती, सबसे पहले टैक्सी आती उसी ने देखी थी। टैक्सी के आते ही अफरा-तफरी पड़ गई। फिर उससे उठा न गया। क्या पता सुक्खी ने ही रोका हो। तब से सद्दरो यहीं बैठी थी। किसी ने उसे देखा भी नहीं।

एक बार उसने शहर जाकर सुखदेई को कहा था, ''अपनी धरती कोई नहीं छोड़ता, पागल मत बनो। कभी-कभी आना चाहिए। न हुआ तो मेरे पास ही रह लेना। मेरे ऊपर भी तुम्हारा हक बनता है। मैंने तुम्हारा गाना खोला था।''

सुखदेई ने रोते-रोते कहा था, ''कैसा हक बहन? जब तक सिर का साईं था, एक धर्म था, जो निभाना था। वहाँ तो सबको जमीन-जायदाद का डर है। मैं हकदार जो हुई। नहीं बहन, जब तक साँस है, वहाँ न जाऊँगी।''

सद्दरो को सब याद आने लगा। उसकी आँखों से पानी झरने लगा। वह बैन करने लगी, ''मर गई सुक्खी, बहुत अच्छा हुआ। पहले क्यों नहीं मर गई? तब मैं भी तुम्हारे लिए नहाने जा सकती थी। अब कोई घर से आएगा तो ले जाएगा। रात को रतौंधी होती है। सुबह भी परछाइयाँ ही नजर आती हैं। पता नहीं, गुड्डगें और मुरदे में कितना अंतर है।

''ओ मेरी सुखदेई, इस गाँव में तुम्हारा कोई नहीं रहा। मैं भी नहीं। जा चली जा, जा मर जाकर।''

यह कहकर उसने अपनी आँखें चद्दर के साथ पोंछी। उसे हिलते देखकर एक बच्चे ने आकर कहा, ''चलो दादी घर चलें। तुम अभी यहीं हो। सभी तो चले गए हैं। दादी, आपने शिव के आगे जोत जला दी?''

''नहीं बेटा, उन्हें भी आज अँधेरे में ही रहने दो। अब मैं यहाँ कभी भी जोत जलाने नहीं आऊँगी। चल, मुझे जल्दी घर ले चल। अब मैं एक ही बार यहाँ आऊँगी।''

सद्दरो ने एक हाथ पोते को पकड़ाया और दूसरे में अपनी सोटी लेकर चिता की रोशनी में सीढ़ियाँ उतरने लगी।

□

ईद

उस दिन ईद थी। 'ईद मुबारक! ईद मुबारक!' की आवाजें हवा की आहटों से भी आ रही थीं। नए, उजले, साफ-सुथरे कपड़ों की जेबों में ईद स्वर सुनाई दे रहे थे। सेवैयों की महक से आँगन मस्तियाया हुआ था। मरदों का ईदगाह जाने का उत्साह कमरे-कमरे की मसरूफियत से झाँक रहा था। अचकनें पहने, दुपल्ली टोपियों की नोकें सँवारते, मरदों ने कानों में इत्र के फाहे उड़ेसे और इलायचियाँ भरी चाँदी की डिब्बियाँ जेबों में डाल लीं। पेशावरी जूतों की चों-चीं को नकारते मर्द ईदगाह चले गए तो औरतों ने मलमली गठरियों में लपेटे कामदार जोड़ों को बाहर निकालकर झाड़ा। सीधा करके उनकी सलवटों पर धीरे-धीरे इस्तरी की और ईद की आमद के लिए तैयार हो गईं।

काजल बनानेवाली ने साटन की पोटलियों में काजल भरकर चाँदी की सलाइयों को मखमल के बटुए में बंद किया। पान का बीड़ा तहाकर मुँह की बाईं तरफ रखा, गरारे का पाहुँचा जरा सा ऊपर उठाकर काली नई सैंडल का मुआयना किया और काजल बेचने चल निकली। वैसे तो ईद पर बँधे हुए ग्राहक रहते हैं, पर इसी दिन ही तो इनमें इजाफा भी होता है।

बच्चे अपने नए-नए कपड़े एक-दूसरे को दिखाकर खुश हो रहे थे। सलीम मियाँ अपनी कामदार जैकेट में अकड़कर धूम रहे थे। कहीं अनारकली कबूतर उड़ाने का ख्वाब ले रही थी। किसी घर में सिवैयाँ पक रही थीं, कोई बाँट भी चुका था और कोई तश्तरियों में सजाकर उड़ते हुए वर्क की अदा में आनेवालों के खयाल में गुम था। आज सिवैयों वाली ईद थी।

ईद के त्योहार से भरी-भरी मैं कई जगह दोस्तों को ईद मुबारक के फोन कर चुकी थी और एकाग्रचित्त होकर सोच रही थी, कोई रह तो नहीं गया। पायल की छन-छन ने इस खुशनुमा सुबह को और मुखर बनाते हुए मेरा ध्यान तोड़ा।

धीरे-धीरे आती यह झनकार द्रुत की लय की तरह ही बढ़ रही थी। मैंने दरवाजा खोला। एक चीह्ना हुआ चेहरा अनचीह्ना सा लगा। उसने मुसकराकर कहा, ''मेम साहब, ईद मुबारक।'' अब कोई शक न था, यह सलमा ही थी। वह फिर बोली, ''नहीं पहचाना, में सलमा हूँ।''

''ओह, वही तो, वही तो मैं भी सोच रही थी। हाँ, सलमा ही तो है।'' मैंने कहा।

''तुम्हें भी ईद की बहुत मुबारक सलमा, आओ-आओ।'' मैंने उसे बैठने के लिए मोढ़ा दिया, फिर दूसरा मोढ़ा लेकर उसके पास बैठ गई। सुबह पाँच बजे गलियों, बाजारों, कूड़ाखानों, दुकानों के आगे-पीछे से कागज बटोरती मेरी सलमा तो आज सलमा सुलतान लग रही थी। मैंने उसे गले से लगाया और कहा, ''क्यूँ सिवैयाँ नहीं लाई?''

''हाँ, लाई हूँ। मेरी भाभी ने तड़के ही बना दी थीं। अपनी तो मैं अभी जाकर बनाऊँगी। यह लो, खा लो बीजी।''

मैंने सिवैयों को मुँह में भरकर कहा, ''अरे, ये तो बड़ी स्वादिष्ट हैं!''

'आ हाँ, बीजी, मैं बनाऊँगी तो देखना। मेरा घरवाला तो अभी भी दूध की लाइन में लगा होगा। मैं तो जहाँ लड़की ब्याही है न, वहाँ उसे ईदी देने गई थी। हमारे घर में वे लोग आ जाते तो कहाँ बिठाती? हमारे झोंपड़े में तो नाली का पानी भर रहा है। समधियों को, दामाद को कहीं बिठाती? इसलिए तो इतनी जल्दी पहुँच गई। वैसे मेरी बेटी की सास मेरी दूर की ममेरी बहन भी है। सारे बच्चों को पाँच-पाँच रुपए दिए। अपनी को इक्कीस। दामाद को भी देने पड़े। पहली ईद है न! अल्ला खैर करे! अगली ईद तक तो तीसरा भी आ जाएगा।'' यह कहकर सलमा हँसी।

''सलमा, अभी तो तेरी बरकती खुद ही बच्चा है।''

''हाँ बीजी, उसकी सास अस्पताल में काम करती है। वहीं बच्चा हो जाएगा। लटैर (रिटायर) हो गई तो फिर मुश्किल होगी। इनके घर में सारे बच्चे अस्पताल में ही हो जाते हैं, पैसे भी नहीं लगते। जब से शादी हुई है, एक रात भी दामाद बरकती को मेरे पास नहीं रहने देता। उनके तो दो पक्के कमरे हैं—एक कच्चा कमरा आँगन में है, एक अभी और भी बना सकते हैं।''

मैंने कहा, ''पर इतनी जल्दी बच्चा!''

''बीजी, इस उम्र में तो मेरे दो हो गए थे। अभी तो मेरी बेटी का ससुर भी पाल लेगा। बुढ़िया लटैर होगी तो नौकरी मेरी बेटी को ही मिलेगी। लो बीजी, चलूँ।''

''ठहरो सलमा, ईदी लेती जाओ। बच्चों को मेरी तरफ से मिठाई ले देना।''

"बने रहो बीजी। जब भी मेरी जरूरत हो, बुला लेना। चलूँ, मेरा मर्द आ गया होगा। आज दो पेटियाँ मिल गई थीं, तोड़कर बाँध के रख आई हूँ। इससे सिवैयाँ भी बन जाएँगी और पराँठे भी उतार लूँगी। जिस दिन पराँठे बनाऊँ, मेरा मर्द आठ तो खा ही लेता है। इतने ही बच्चों के हो जाते हैं, जो बच जाएँ, वे अपने। अच्छा बीजी, चलूँ।"

"जाओ सलमा, फिर आना।" मैंने कहा तो वह हँसती-हँसती चली गई। आज ईद थी और सलमा आज कूड़े के ढेर से निकल हीरे की तरह चमक रही थी। अलस्सुबह सैर करने जाने का शौक मुझे बचपन से है। आज धुँधलके में सैर करना बचपन को जगा देता है। सुबह के तारे को देखना दिन भर का शगुन हो जाता है। यह भुरुकवा हँसते हुए बच्चे के चेहरे पर अटके आँसू की बूँद की तरह लगता है। इसी भुरुकवा के चलते कभी-कभी सलमा भी मिल जाती है। कागजों, झाड़-झंखाड़ और लकड़ी से भरी बोरी को घसीटती और चारों तरफ अपनी पैनी नजर को घुमाती-तलाशती सलमा तेज-तेज कदमों से चलती। भुरुकवा की तरह उसके साथ आया कोई मटमैला बच्चा भी पीछे रह जाता, बोरी की तरह घिसटता रहता। भुरुकवा के पीछे भी एक छोटा तारा रहता, उससे बेखबर सलमा अपनी बोरी भरती रहती। वह अपने बच्चों को सिर्फ बोरियों की रखवाली के लिए रखती है। कभी-कभी हल्का बोरा उनको देती है। इस कर्मठ औरत के चेहरे पर मैंने कभी शिकन नहीं देखी। मेरी और उसकी दोस्ती का मुख्य रूप यही है। कई बार वह मुझे खुश होकर कहती है, "बीजी, मेरा और आपका नाम कितना मिलता है न!"

एक दिन सुबह बहुत सर्दी थी। जगह-जगह कमेरों ने रात की छाती के ठीक नीचे अलाव जलाए थे। पीली सोनाली रोशनी में कमेरों के काले-काले हाथ सिकते हुए नाच रहे थे। सलमा भी वहीं बैठी थी। उसे देखकर मैं भी वहीं बैठकर हाथ सेंकने लगी। सलमा ने ठंड में काँपते हुए कहा, "बीजी, आग न हो तो सुबह ही न हो। हम तो सभी लोग ठंड से झुलस ही जाएँ।"

मैंने कहा, "हाँ, यह तो ठीक है।"

कमेरों में से एक बोला, "बीजी, आप भी इसकी हाँ-में-हाँ मिलाती हैं। ठंड से कहीं हाथ झुलसता है।" यह कहकर वे उठ गए और कूड़े से भरी एक गाड़ी को ठेलने लगे।

उनके जाते ही सलमा हँसकर बोली, "अपने देस का है न। मसखरी करता है।"

मैंने पूछा, "सलमा, तुम्हारा देश कहाँ है?"

हाथों को पापड़ की तरह आग पर सेंकते हुए सलमा कहने लगी, ''पैदा तो मुर्शिदाबाद में हुई। मेरे बाप की खेती थी। जमीन पर धान, खेसारी, मसूर की काली दाल, चना सब उगता था। हम तो पाँच भाई-बहन थे। भाई लोग काम करते थे। खूब सब्जी होती थी। बैंगन, आलू, अरबी, सेम। मैं भाई लोगों के लिए रोटी लेकर जाती थी। वहाँ खूब मिट्टी होती। मैं उसके खिलौने बनाकर खेलती थी। जिस खिलौने का मन होता, वही बना लेती और खेलती रहती। कभी गुड़ियाँ, कभी कुत्ता, कभी बिल्ली, कभी आदमी। मेरा आदमी तब चरवाहा था। पहले गाय-गोरू चराता था, फिर हलवाहा हो गया। मेरे ही देस का था। उसने मुझे रास्ते में देखा था। बस, भा गई।'' यह कहकर सलमा शरमाई। सास बन जाने के बाद भी प्यार की पहली पुलक शीशम की टहनी सी लजा रही थी।

मैंने कहा, ''तुम्हें भी तो वह अच्छा लगा होगा, नहीं तो शादी कैसे होती?''

वह लजाकर बोली, ''वह तो अच्छा है ही, तभी तो अच्छा लगा, पर मेरे माँ- बाप राजी नहीं हुए। मैं 18-19 की थी और वह पच्चीस का। हम लोग ने शादी कर ली और यहाँ दिल्ली में आ गए। यहाँ वह रिक्शा चलाता है, मैं कागज बीनती हूँ। बस, गुजारा हो जाता है। सारा पैसा लाकर मेरे ही हाथ पर रखता है। बीड़ी नहीं पीता, पान नहीं खाता। कभी-कभी बोतल पीता है। उसे उसका बड़ा शौक है। अरे बीजी, बोतल नसावाली नहीं थम्सअप की। अब तो बच्चा भी बंद कर दिया है। हमारा मर्द बोला, मैं ऑपरेशन नहीं करवाऊँगा तो मैंने ही करवा लिया। कुछ तखलीप नहीं है। मर्द भी खुस हम भी खुस।''

आग की लौ मद्धिम होकर नीचे पड़े कोयलों को राख कर रही थी। आसमान में उषा ने अपने आने से पहले अपनी चुनरी सूखने डाली थी। भुरुकवा कहीं भाग गया था। मैंने कहा, ''सलमा, अब सुबह होनेवाली है। तुम कभी आना, मैं अब जाऊँगी।''

''आऊँगी बीजी।''

फिर चुनाव का दौर शुरू हुआ। यह मुरदा और वह जिंदा होने लगा। गालियों के पोस्टर रोज ही बदल जाते। पार्टियों के झंडे सड़कों को आवारा साँड़ों की तरह घेरकर फुँकारते रहते। शरीफ लोग हर काइयाँ नजरों से बचते-बचाते घर पहुँचते। क्या लड़कियाँ, क्या लड़के, दीवानावार वोटों को अपनी पार्टी की तरफ खींचने की कोशिश करते जैसे कोई मैयत उठनेवाली हो, जैसे कोई बरात चढ़नेवाली हो। शोर में कुछ पता न चलता। बस, दिन गिनते चुनाव हो गए। एक दिन मैंने सलमा को देखा, लँगड़ाकर चल रही थी। उसके घुटने पर एक मैली-कुचैली पट्टी का

टुकड़ा झूल रहा था। मैंने पूछा, "क्या हुआ सलमा?"

"बीजी, उस हरामी ने सोटी मार दी। कहता है, कागज क्यूँ चुनती हो और वह दूसरी है न, उसके साथ खीं-खीं करता है। उसे कुछ नहीं बोलता। सब बदमास है। उस राँड़ ने तो इज्जत बेच खाई है। उसके इसारे पर चलती है, मैं तो नहीं जाती। हम तो एक बखत खाएँगे, पर इज्जत से रहेंगे।"

मैंने कहा, "किसकी बात कर रही हो?"

वह बोली, "वही पुलिसवाला हरामी और कौन।" उसने एक तगड़ी गाली और जोड़ी तो मैं शर्म से पानी-पानी हो गई।

मैंने बात बदलते हुए कहा, "सलमा, वोट किसको दिया?"

"भोट तो हम राजेश खन्ना को दिया। पहले हमारा झुग्गी उठ रहा था। अब कांग्रेसवाला ने हिम्मत दिया। बोला, भोट हमें दो, झुग्गी न उठेगा। हमने भोट तो हाथ पर ही मारा, पर कमल फूलवाला जीत गया। तो भी राजेश खन्ना ने कहा, झुग्गी नहीं उठेगी। हम तो अब उधर ही है, नहीं तो रोज हरामी का पिल्ला झुग्गी उठाने की धमकी देता था। हमारा सौ आदमी राजेश खन्ना के पास गया था। उसने कहा, आराम से रोटी खाओ, हम निपट लेगा। देखो बीजी, अब सब ठीक है। भोट के लिए भी कितना लोग था कांग्रेसवाला, कमलवाला, चक्कावाला, छुरीवाला। भोट खत्म हुआ, अब आराम है।"

मैंने उससे पूछा, "सलमा, पुलिसवाला अब तंग तो नहीं करता न?"

वह तमककर बोली, "हाँ, कैसे नहीं करेगा? एक दिन मेरी बोरी को आग लगा दी। डंडा मारता है, छेड़ता भी है हरामी, गंदा गाली बकता है। फिर बोलता है एतना सुबह क्या करने आती है साली। जो औरत लोग उसकी बात मानता है, उसे कुछ नहीं कहता। हमें कहता है, चल थाने, वहाँ रोटी मिलेगी। क्या करें बीजी, हम मजबूरी में काम करते हैं। मेरा आदमी को पता चले तो इस हरामी के पिल्ले की नाक काट के रख दे।" यह कहकर सलमा लँगड़ाती हुई चली गई।

फिर कहीं महीने बीत गए। ईद फिर आनेवाली थी। मैंने सोचा, अबकी सलमा को जरूर साड़ी दूँगी। अगले दिन सुबह ही सलमा मिल गई। उसे देखकर मुझे बेहद खुशी हुई। उसके हाथ में आज बोरी की जगह खाली बोतल थी। मैंने पूछा, "सलमा, क्या बात है?"

"क्या हाल बताऊँ बीजी, पुलिसवाला हमारी बोरी ले गया था। पाँच रुपया दिया तो छोड़ी है। मेरे लड़के को कल किसी ने गली में पत्थर मार दिया, सिर फट गया है। मेरा मर्द उसे पट्टी करवाकर लाया तो बोला, दूध ले आना, हल्दी

डालकर पिला देंगे तो जल्दी ठीक होगा, पर ये साँड बोरी ही ले गया। अब आई हूँ तो दूध का डिपू बंद है।''

''आओ सलमा, घर चलो। तुम्हारे लड़के के लिए तो दूध मैं ही दे दूँगी।'' मैंने उसे कहा तो वह मेरे पीछे-पीछे चली आई। मैंने बोतल दूध से भर दी तो वह कृतज्ञता से भरी मुड़-मुड़कर देखती हुई चली गई।

ईद फिर आई। दिन सजने को तैयार खड़ा था। मुबारकों के ढेर फूलों की तरह बिखर जाने को तैयार थे। दरवाजे पर ठक-ठक हुई तो देखा सलमा खड़ी थी। कूड़ा बटोरनेवाले वही कपड़े। न चेहरे पर रौनक, न ईद की बहार। मुझे डर लगा, पता नहीं क्या हुआ है। मैंने सहमी हुई आवाज में कहा, ''सलमा, आज तो ईद है।''

उसने गरदन झुका ली। फिर रुआँसी आवाज में सिर झुकाए-झुकाए ही बोली, ''हमें बांग्लादेस जाने को बोलता है। मैंने अपने घरवाले को किसी की छत पर छुपाकर रखा था। बच्चे जाकर उसे रोटी-पानी दे आते थे। बच्चे गलियों में भटकते। रात को हम उसी छत पर चोरी से सो जाते। झुग्गी के पास कोई फटकता न था। मैं रोज बाजार से सब्जी लाती, कहीं फुल्के सेंककर रख लेती। पानी की एक बालटी भी मर्द के पास रखी थी। वहाँ टंकी से पानी लेते थे। पुलिस ढूँढ़ती रही, हम मिले ही नहीं। बीजी, हम क्यों बांग्लादेस जाएँ, हमारा देश तो यही है। मुर्शिदाबाद क्या बांग्लादेस है ? आप ही बताओ, पर पुलिस नहीं सुनती। भेड़-बकरियों की तरह खदेड़ रही है। यहाँ ढाका का भी बहुत लोग है। बिहार का भी, बाँग्लादेस का भी, पर हम तो बांग्लादेसी नहीं हैं न। फिर हमें क्यूँ भेजता है ? अपना मुल्क छोड़कर कौन जाएगा ? दिल्ली का सरदार भोटवाला राजा है। हम तो उसे ही भोट देंगे, पर ये मुसीबत टल जाए।''

सलमा ने गरदन उठाई, फिर कहने लगी, ''बीजी, अब तो हमारी झुग्गियों में सब औरतों ने अपने नाम, सीता, लक्ष्मी, सरस्वती रख लिया है। यह नाम का औरत तो पक्का यही देस का है। इनको तो कोई नहीं बांग्लादेस भेजेगा न ? बीजी, पुलिस लेने आता है, थाना का पुलिस। हम तो कपाल पै बिंदी दे दी है। नाम भी बदल दिया। मेरे मर्द ने कहा, कोई बात नहीं, नाम बदलने से कुछ नहीं होता, देस में रहना तो मिलेगा न। उसने अपना भी बदला है।'' सलमा कह रही थी। जैसे किसी बुत के आगे कैफियत दे रही हो। मेरे मर्द ने कहा, मिला-जुला नाम रख ले। जब भोट की तरह बांग्लादेस का शोर भी कम हो जाएगा, तब फिर बदल लेंगे। बांग्लादेस में वैसा ही नाम एक नदी का भी है।''

मैंने हिम्मत करके पूछा, ''सलमा, क्या नाम रखा ?''

उसकी गरदन और झुक गई। फिर वह धीरे-धीरे बोली, ''आपसे ही मिलता है। बस, शोर कम होगा तो फिर बदल लूँगी। कुछ दिनों की ही बात है।'' यह कहकर वह कृतज्ञता से देखती हुई चली गई, जैसे मैंने ही उसे अपना नाम रखने की सलाह दी हो। तब से मैं उस जगह जमीन के एक टुकड़े पर पेड़ सी उग आई हूँ, जो अपनी बाँहें तो हिला सकता है, पर कदम नहीं उठा सकता।

□

आधा कुआँ

कुआँ अभी-अभी पाट दिया गया है। यह समाचार गाँव में फैलते देर नहीं लगी। अभी कुएँ में डाली गई मिट्टी एकदम पोली थी। कहीं-कहीं पानी ऊपर उछलकर मिट्टी को गीला भी कर गया था। आखिर कुएँ का पानी सारा गाँव पीता था; थोड़ी सी छटपटाहट तो उसे होनी ही थी। गधे अपनी पीठ पर मिट्टी से लदे हुए बोरे अभी-अभी डालकर गए थे। कुएँ में मिट्टी तब तक डाली जाती रहेगी, जब तक उसका नामोनिशान नहीं मिट जाता।

कुएँ के किनारे लगे मेहँदी का बड़ा सा बूटा अपनी शाखाएँ फैलाए डटा हुआ था। दोनों तरफ से औरतें उसकी पत्तियाँ लेने आती थीं। कुएँ के बंद होते ही दोनों तरफ की औरतों की जबान पर ताले लग गए थे। जिन औरतों को कुएँ के पटने का पता नहीं था, वे अपने सिरों पर घड़े, गगरियाँ, रस्सी, बालटी लटकाए स्तब्ध खड़ी थीं। किसी की बगल में बच्चा था, सिर पर बटलोई, कंधे पर रस्सी; किसी के हाथ में आसपास से तोड़ा गया साग, किसी की उँगली से लगी आँखों में प्रश्न लिये कोई कन्या। दोनों तरफ जुबानों पर ताले लग गए थे। आँखें मुखरित हो गई थीं। कभी दूर से धड़ाम-धड़ाम गोलों के फटने की आवाज आती; इसे सुनकर कोई भी नहीं डरता था। गोला पाकिस्तान का है या हिंदोस्तान का, ये जान पाना मुश्किल था। तभी गेंद खेलते बच्चे की गेंद कुएँ की मिट्टी पर गिरी। लड़का गेंद उठाकर भागने लगा तो गीली मिट्टी से पाँव रपट गया। उसकी माँ वहीं खड़ी थी। बच्चे को उठाते हुए उसने दो धौल उसकी पीठ पर जमाकर कहा, "मुए, वहाँ पाकिस्तान की तरफ क्या लेने गया था?"

बच्चा हैरान हो गया। यह तो कुआँ था, पाकिस्तान बीच में कहाँ से आ गया। कल तक तो सब यहीं पानी भरती थीं। आज कुआँ ही पाट दिया, वह भी मिट्टी के साथ। माँ ने उसे बाँह से पकड़कर हिंदोस्तान की तरफ धकेल दिया। औरतें कुएँ

की तरफ एक हसरत भरी नजर डालकर अपने-अपने घरों को चली गईं। बेरी के दरख्त के नीचे बैठी सोमा को किसी ने अपने साथ आने को नहीं कहा। हो सकता है, उसे किसी ने देखा भी न हो। सोमा घर से एक बड़ी बटलोई लाकर कुएँ की जगत पर रख देती। गाँव की कोई भी बहू-बेटी उसकी बटलोई भरकर उसके घर छोड़ आती थी। जिस बेरी के नीचे सोमा बैठती, वह उगी तो हिंदोस्तान की सरजमीं पर थी, पर उसकी टहनियाँ पाकिस्तान पर बिछी जाती थीं। जब बेरी फलों से लद जाती तो दोनों मुल्कों के बच्चे अपनी-अपनी तरफ के बेर खा लेते। तोते भी इस बात का ध्यान रखते थे। बेरी हर बरस जवान होती थी, पर सोमा अब हर बरस बुढ़ा रही थी। इसी बेरी के नीचे दो बैठने लायक पत्थर थे : एक हिंदोस्तान की तरफ, एक पाकिस्तान की तरफ। यहीं बैठकर रज्जो यानी रजिया और सोमा घंटों बातें किया करती थीं। यह नियम पिछले पचास सालों से चला आ रहा था। सोमा ने अपनी छड़ी से धूल में हिलते हुए कीड़े को टटोला। छड़ी लगते ही वह कीड़ा पाकिस्तान की तरफ भागा। सोमा चिंतित हो उठी, कहीं यह मुआ रज्जो के घर न चला जाए, लगता तो साँप ही का बच्चा है। आज पहली बार नियम टूटा है। उसके मुए मर्द ने न आने दिया होगा। मर्दों की कौम होती ही दिल की काली है। सोमा वहीं बैठी रही अकेली। उसे मिलिटरीवाले भी एक पिल्लर से ज्यादा न समझते थे। उसका दिल काँप रहा था। आँखें दूर पगडंडी पर लगी थीं, जहाँ से रज्जो सिर पर घड़ा रखे या कभी सिर्फ पोते को उँगली से लगाए आया करती थी। नहीं, आज रज्जो नहीं आएगी। मरे कमीनी, मुझे क्या। उसने आँखें बंद कीं। रील घूमने लगी।

सोमा का रंग तब ऊँची उठती आग जैसा था। इस मैंदे सिंदूर को अपनी पतली सी ओढ़नी में छुपाए वह कुहनी के सहारे लेटी-लेटी पता नहीं क्या सोच रही थी। शायद इस बारे में, जब भागती भीड़ का रेला उसे अकेली छोड़ गया था। भीड़ में गिरी तो उसे पता नहीं किसने घसीटकर कोने में उगी घास के एक टुकड़े पर लिटा दिया था। उसे जब होश आया तो वह इस कैंप में थी। यहीं उसे रजिया भी मिली थी। कई औरतें थीं, जो अपने-अपने रिश्तेदारों का इंतजार कर रही थीं, पर कोई नहीं आया था। पता नहीं कोई बचा भी या नहीं। तभी भागकर आती रजिया ने उसके मुँह पर चूल्हे की राख मलकर उसे काला कर दिया था।

"क्या कर रही हो रज्जो?"

"चुप करके लेटी रह! ऐसा दमकता मुँह क्या अँधेरे में भी किसी की नजर से बच सकता है!" वह कुछ और कहे, उसके पहले ही धड़-धड़ करते हुए लोग कैंप में घुस आए थे। वे सबके मुँह पर टॉर्च की रोशनी डालते। जो भी मुँह दमकता,

उसे उठाकर दीवार के सहारे खड़ा कर देते। सात-आठ औरतों को वे साथ ले गए। सुबह रात-भर जलती लालटेन की तरह धुआँई हुई ये औरतें लौटकर वहीं आ जातीं। मुरदों में मुरदा। फिर एक दिन कई ट्रक आकर अपनी-अपनी मिल्कियत सँभाले हिंदोस्तान व पाकिस्तान को रवाना हो गए।

रजिया इस गाँव के कैंप में आई तो उसे पता चल गया था कि उसके घर का कोई नहीं बचा है। यह कैंप सरहद के पास था। वहीं एक जुलाहे के साथ उसका निकाह कर दिया गया। जुलाहा खासी उम्र का था, पर कुँआरा था। उसने निकाह की सारी उम्मीदें छोड़ दी थीं, पर भला हो बँटवारे का, कुँआरा मरने से बच गया। उसने रजिया को बड़ी इज्जत से स्वीकार किया।

सोमा का ब्याह भी सरहद के पार एक रंडुवे दरजी से हो गया। उसके घर के किसी भी व्यक्ति के जिंदा होने की खबर न थी। दरजी को घर से खाना खाने के सिवा कोई मतलब न था। उसका कहना था, मेरा वंश चलना चाहिए। वंश चलाने के लिए सोमा बुरी न थी। उसने चार बेटों को जन्म दिया। दरजी ने सोचा, चार मशीनें खरीद दूँगा सालों को। दुकान चमकने लगेगी। पट्ठे मुझ पर ही तो जाएँगे। जरा सी हँसी सोमा। कैसे-कैसे पाले हैं ये मैंने, पर बाप तो वही है। नई नई शादी हुई थी तो कितनी रीझ करता था।

''सोमा, दिन के उजाले में कुएँ पर न जाया करो, लोग तुम्हें देखकर नजर लगा देंगे।'' सोमा सुबह तारों की रोशनी में उठकर कुएँ पर नहाती और पानी भर लाती। कपड़े धोने दरजी का चेला जाता था। चलो, ये तो आराम ही है, सोमा को कोई एतराज न होता और फिर एक दिन मुँहअँधेरे नहाकर जब घर पर पानी ले जाने के लिए उसने गागर कुएँ में डाली तो दूसरी तरफ से भी एक बरतन कुएँ में जा गिरा। सोमा का दिल धक्क से रह गया। इतने अँधेरे में न आना चाहिए। उसने कड़ककर पूछा, ''इतनी सुबह पानी भरने आई हो, कौन हो तुम ?'' सोमा ने देख लिया। हाँ, कोई औरत ही है। घड़ा जहाँ था, वहीं रुक गया। ऊपर खींचकर उसने जमीन पर रखा और भागकर सोमा के गले लग गई। तब सरहद पर बत्तियाँ न थीं।

उस औरत ने रोते-रोते कहा, ''मैं हूँ तुम्हारी रज्जो। डेढ़ महीना उस कैंप में थी। कभी सोचा भी न था, फिर तुम्हें देखूँगी सोमा! नसीब हमें फिर एक जगह ले आया है। मैं सामनेवाले गाँव में हूँ। इस कुएँ का पानी बड़ा मीठा है। कभी-कभी यहाँ पानी भरने आती हूँ, पर तुम्हें तो कभी नहीं देखा।''

''मेरा दरजी उजाले में बाहर नहीं निकलने देता। मुझे नजर लग जाएगी न! रज्जो, उस दिन मेरे चेहरे पर तुमने राख न मल दी होती तो पता नहीं ये मुँह कहाँ-

कहाँ काला होता। हाँ रज्जो, मुँह सिर्फ औरत का काला होता है। चलो जाने दो, बड़ा शुक्र है ऊपरवाले का। कैंप में तो लगता था सारी जिंदगी वहीं बीत जाएगी।

''चलो भूल जाओ उन बातों को। कितना अच्छा है मेरा आदमी दरजी और तुम्हारा जुलाहा। एक कपड़ा बुनेगा, दूसरा सिएगा।''

दोनों खिलखिलाकर हँस पड़ीं। जवान हँसी पर सुबह उठने की कोशिश करते परिंदे हड़बड़ी में भागे।

''रज्जो, वादा करो, रोज आओगी। यहीं बैठकर बातें करेंगे। एक पत्थर बेरी के नीचे पड़ा है। तुम भी एक पत्थर पास में ले आओ। ठीक है।''

''हाँ सोमा, जिंदगी एक दरजी और जुलाहे के साथ निभ तो सकती है, काटनी मुश्किल है। सुबह खड्डी पर बैठता है तो दिन में खाना खाकर फिर बैठ जाता है। बात करने को तरस जाती हूँ।''

''चलो रज्जो, अब हम इसी बेरी के नीचे बातें किया करेंगे।''

ज्यों-ज्यों बेरी का दरख्त बड़ा होने लगा, सब इस कुएँ को बेरी का कुआँ कहते। सबसे ज्यादा रौनक सुबह और शाम को ही लगती। सुबह दोनों तरफ की औरतें बेरी की टहनियों पर दुपट्टा डालकर नहा लेतीं, एक-दूसरी से चुहलें करतीं। अगर कोई पानी भरने लगती तो वह छपाछप सारे बरतन भर डालती। देखा-देखी दूसरी ओर भी यही होता। होड़ सी लग जाती, पहले कौन सारे बरतन भर लेगी। बरतन भरते रहते, कुआँ खाली होता रहता। कुंआरी लड़कियाँ कपड़ा बदन पर रखकर मल-मलकर नहातीं और बहुएँ परदे की ओट में। सबको पवित्र करता कुआँ।

रजिया ने सोमा को बताया था, ''मेरा मर्द जुलाहा है। जमीं ढेरी भी है, अच्छी गुजर हो जाती है। उम्र तो खासी है, पर खटता बहुत है। देखने में भी बुरा नहीं है।''

सोमा ने कहा, ''अरे, मेरे दरजी को तो सब छैला कहते हैं, पर जब हमारे नसीब में आया तो उतना छैला न था।''

रजिया ने कहा, ''चलो जिंदगी कट जाएगी। सिर छुपाने की जगह औरत के लिए सबसे बड़ी चीज होती है। गोद में क्या है ?''

प्रफुल्लित होकर सोमा ने कहा, ''बेटा है और तुम्हारे ?''

शरमाकर रजिया बोली, ''जुड़वाँ हो गए थे। दोनों ठीक हैं। एक तरफ एक लग जाता है, दूसरी तरफ दूसरा। ऊपर के दूध को तो मुँह ही नहीं लगाते। घर में दो भैंसें भी हैं।''

हँसकर सोमा ने कहा, ''पर उन्हें तो गाय का दूध ही पसंद है।''

''चल हट कमीनी, मैं गाय हूँ क्या ?'' दोनों हँस पड़ीं।

फिर रजिया और सोमा पानी भरने आतीं तो कितनी देर बातें करती रहतीं। ज्यों-ज्यों बच्चे बड़े होते गए, कुएँ पर उनका बैठने का समय भी बढ़ता गया। अपने-अपने इलाके में पत्थरों पर वे दोनों सिर से सिर जोड़े पता नहीं क्या-क्या खुसुर-फुसुर करती रहतीं। अब उनके होने पर कोई ध्यान नहीं देता था।

1962 की भारत-पाक लड़ाई में दोनों तरफ से गोले भी चले, सिपाही भी मरे और सीमा पर मिलिटरी की गश्त से डर के मारे कुआँ वीरान होता गया। आर-पार रहनेवाले एक-दूसरे की माँ-बहनों को गाली देते, एक-दूसरे की तरफ गए अपने गाय-गोरुओं पर सारा गुस्सा निकालते और शाम को उन्हें अपने-अपने घर ले जाते। इन गाय-भैंसों को लड़ाई का मतलब पता न था, इसी तरह रजिया और सोमा की समझ में भी न आता था, अब किस चीज की लड़ाई थी। मुल्क बाँट लिया। अब अपने-अपने इलाके में जाकर मरो, लेकिन नहीं, लड़ाई जरूर करेंगे। सीमा पर आए दिन गाय-गोरुओं को लेकर तो लड़ाई होती ही थी। कभी-कभी वहाँ की मुरगी इस तरफ आ जाती, कभी कोई बंदरी ही नाममात्र की सीमा लाँघ जाती। अकसर यहाँ की गाय-भैंसें चरते-चरते वहाँ चली जातीं और वहाँ की यहाँ आ जातीं। दोनों के पेट भरे रहते। कौन सी घास किस मुल्क की है, उन्हें इससे मतलब न था। जब कोई गाय-भैंस गाभिन हो जाती, तब भी पता न चलता कि बच्चा पाकिस्तान का है या हिंदोस्तान का। जब लड़ाई न होती, लड़ाई करने की कोई खास वजह किसी को दिखाई न देती। लड़ाई शुरू होते ही एक-दूसरे के दुश्मन बने लोग अपनी गाय-भैंसों को अपनी हद में रखने की कोशिश करते।

सोमा का बड़ा बेटा फौज में चला गया तो रज्जो का बेटा भी फौज में ड्राइवर हो गया। कुएँ पर बैठकर दोनों कहतीं, ''क्या कहूँ कहीं मुए आपस में ही लड़कर न मर जाएँ।'' रज्जो बड़ी संजीदगी से सोमा के कान में कहती, ''देखो सोमा, ये सब नंबरदारों की करतूतें हैं। यही लड़वाते हैं मुल्कों को। असली गुनाहगार यही हैं। हमने बेटे एक-दूसरे के साथ लड़ने को पैदा नहीं किए।''

सोमा ने बहुत उदास होकर कहा, ''मैंने बहुत मना किया था। असल में एक कप्तान ने इससे कपड़े सिलवाए थे। उसको इसके सिले कपड़े बहुत पसंद थे। इसने उसे कहा था, मेरे एक बेटे को सिपाही लगवा दीजिए। उसे याद रहा और जगह निकलने पर इसे लगवा दिया। क्या कहूँ दम्मों का लोभी है इनका बाप। ये भी मुआ दरजी की औलाद, अच्छा-भला कॉलेज जाता था, फौज में चला गया।''

''मेरे भी दूसरे ने दुकान खोल ली है। उसकी छीटें लेने तो चोरी-छिपे हिंदोस्तान से भी औरतें आती हैं।''

''देख रज्जो, एक कमीज का कपड़ा मेरे लिए फड़वा लाना। पिछले साल की एक सुत्थन पड़ी है, उसके साथ कुरता नहीं है। मोतिया रंग पर लाल छापा हो तो खूब बनेगी।''

''सोमा, मैं खुद दुकान पर जाकर अपनी पसंद के छाप की कमीज फड़वा लाऊँगी। कुरता तो तुम्हें मेरा जीजा खूब फिटिंगवाला सी देगा।''

दोनों हँसने लगीं।

लड़ाई खत्म होने पर वैसे ही एक-दूसरी तरफ के लोग मिल जाते थे जैसे दूध और पानी। फिर सब वही जीने के अंदाज शुरू हो जाते।

1965 की लड़ाई में कुएँ पर एक बार सन्नाटा छा गया। फौजियों की आवाज के डर से कोई पानी भरने न आती। फौजी ट्रकों में पानी लाद-लादकर छावनियों में पहुँचाते रहते। लड़ाई की वजह से आरपार होनेवाले सब रिश्तेदारों की शादियाँ रुक जातीं। लड़ाई का झमेला हटते ही पार का फकीरा अपने सगे भाई मुहम्मद के घर बरात ले गया। लड़ाई के बाद यह पहला खुशगवार वाकया था। वहीं शादी में सोमा और रजिया मिलीं तो एक-दूसरी के गले लग गईं। लड़ाई के बाद दोनों के बच्चे सही सलामत थे।

रजिया ने रोते-रोते कहा, ''अल्लाह का शुक्र है, मेरा बच्चा जंग से जीता-जागता लौट आया।''

''शुक्र है रजिया, तेरा भाँजा भी सही सलामत वापस लौटा है। मुओं ने इसके पाँव पर गोली चलाई थी। वह तो जानो बूट बड़ा पक्का था, उसी के ऊपर से होकर निकल गई। मैं कल ही पंजपीर में नियाज देकर आई हूँ।''

पंजपीर हिंदोस्तान में था। रजिया ने कहा, ''सोमा, मन्नत तो मैंने भी वही मानी हुई है। अब किसी दिन गश्त कम होगी तो दे आऊँगी। मुझे जम्मू से खरीदारी भी करनी है।''

''पता नहीं रजिया कब लड़ाइयाँ खत्म होंगी। हमारी जिंदगी इसी डर में बीत जाएगी। पता नहीं।''

''हाँ, अब हम दादी-नानी हो गई हैं। पता नहीं कितने दिन के और हैं। इधर-उधर मारकुटाई न हो तो पता ही नहीं चलता, दो मुल्क हैं।''

''पता तो तब चले, जब हम अलग हों। हमारे सुख-दुःख साझे हैं। हमारी गरीबी एक है। हम इकट्ठे जवान हुए, इकट्ठे ही बूढ़े हो रहे हैं। तुम्हें क्या बताऊँ, अब आँखों से ठीक सुझाई नहीं देता। इतनी बार लड़कों का बाप शहर में आँखवाले

डॉक्टर को दिखाने के लिए कहता है, फिर भूल जाता है। उसकी अपनी आँख भी खराब है।''

''आँखें तो हमारी भी खराब हैं। लड़ाई बंद हो तो मैं भी तुम्हारे डॉक्टर के पास ही चलूँगी। सुना है, बड़ा सयाना डॉक्टर है।''

''कुछ दिन रुको, फिर इकट्ठे चलेंगे। अच्छा, मैं चलती हूँ।'' रजिया ने घुटनों पर बोझ डालकर उठते हुए कहा।

''सोमा, नया सत्तू निकला है, तेरे लिए ले आऊँगी। अपने बुड्ढे को भी पिला देना।''

कुएँ पर रौनक लगनी फिर शुरू हो गई। कोई नई बहुओं को कुआँ पूजने लाती तो सामनेवालियों को भी बताशे बाँटते। खूब रंगीन हो जाता कुआँ। उसका पानी बरतनों के डूबने से काँपता रहता। कभी-कभी कोई बरतन, किसी की चाबियाँ, कुएँ में से सामान निकालनेवाले यंत्र पर डालकर निकाले जाते। बरतनों पर झगड़ा होता।

''यह पाकिस्तान की बालटी है।''

''ये बटलोई हिंदोस्तान की है।''

पर पानी दोनों में एक रहता। जैसे आसमान दोनों का था। उस पर कोई लड़ाई न होती थी। इसके बावजूद सीमा पर छुटपुट वारदातें होती रहती थीं। इसका अभ्यास दोनों को था। इस पर कभी-कभी बहस भी होती, पर ज्यादातर इस तरह की बात कोई न करना चाहता। शाम से सुबह तक खूब चौकसी रहती, तब कुआँ सूना-सूना पड़ा रहता।

फिर सुनने में आया, हिंदोस्तान-पाकिस्तान में बस चल पड़ी है। रजिया ने पत्थर पर बैठते हुए कहा, ''ऐ सोमा, यह बस चलने की क्या अफवाह है?''

''यह अफवाह नहीं है। हमारे प्रधानमंत्री बस लेकर पाकिस्तान गए हैं। रास्ता खुल गया है, इसलिए एक बार जाकर कुजराँवाले (पाकिस्तान में एक शहर) में अपना घर देखना चाहती हूँ।''

''अरी सोमा, मेरी तो मुमानी सास वहाँ रहती है। मैं भी चलूँगी। हम दोनों उन्हीं के घर रहेंगे। बड़े खानदानी लोग हैं। एक बार मुमानी ने मुझे घी की पीपी भी भेजी थी। जब जुड़वाँ हुए तो किसी ने बता दिया होगा।''

''चलो अच्छा हुआ, कहीं माँ-जाए भी बिछड़ते हैं!''

अब बेरी के दरख्त के नीचे सिर्फ कुजराँवाले की बात होती थी। एक दिन सोमा ने शरमाते हुए कहा, ''कुजराँवाले में एक हलवाई की दुकान थी, पता नहीं अब है या नहीं! मैं सुबह दही लेने जाती थी तो हलवाई का बेटा मलाई से दोना

भर देता था। पता नहीं अब वह कहाँ होगा?''

रजिया ने कहा, ''अरे, वहीं होगा। जाओगी तो मलाई का दोना लेकर बैठा मिलेगा।''

रजिया के हाथ पर पंखा मारकर सोमा ने कहा, ''चल कमीनी कहीं की, शर्म नहीं आती। अरे, अब वे दिन कहाँ रहे। हम साथ-साथ बड़े हो रहे थे, जिंदगानियाँ बिछी हुई थीं। खाली वहाँ तक पहुँचना ही था कि यह मुआ पाकिस्तान बन गया।''

''भई गाली तो मत दो। बाकी बँटवारे में तो हमारी रजामंदी न थी।''

''तुम्हें पूछने कौन सा बाप आया था। हम तो परजा हैं। बँटवारे के फैसले तो राजा लोग करते हैं।''

''हमने सरहद पर रहकर हमेशा मार-कुटाई ही देखी है सोमा, हर वक्त धड़का लगा रहता है।''

''चलो, अब तो लड़ाई खत्म हो जाएगी। रहना न मिले तो भी सब अपनी-अपनी जन्मभूमि देख आएँगे।''

फिर एक शाम जोर के गोले फटने से कुएँ पर जिंदगी थम गई। पानी भरने आईं औरतें अपने-अपने बरतन उठाए अपने घरों को भाग गईं। कइयों ने घड़े वहीं पटक दिए और अपने बच्चों को छाती से लगाकर भागीं। रजिया ने उठते हुए कहा, ''अल्लाह, मेरे हबीब को बख्शना।''

सोमा ने कहा, ''मेरा मोहन भी मिलिटरी में है। भगवान् उसकी रक्षा करना।''

आसमान की छाती को चीरते जहाज, जमीन की चुप्पी को दो फाड़ करते गोले; बस यही रह गया था। कितने दिन हो गए, कुएँ पर कोई नहीं गया।

सोमा के बेटे की बुरी खबर आ गई थी।

कुआँ पूरा भर गया था। उस पर एक बुत्ती सलीब की तरह खड़ी थी। सोमा ने अपनी आँखों को अपने आँचल से पोंछकर उसे देखा, फिर कहा, ''मेरा मोहन मर गया है। मेरा कुआँ भी मर गया है। रजिया का हबीब ही कहाँ बचा होगा!''

□

मुक्त

दो कमरों का घर भाँय-भाँय कर रहा था। रसोई के आगे छोटी सी बालकनी में औंधे पड़े बरतनों की तरह ही संध्या दोनों हाथों में चटाई को भींचकर गुच्छू-मूच्छू-सी पड़ी थी। उसके हाथों की टूटी काँच की चूड़ियों के टुकड़े जमीन पर लावारिस लाशों की तरह पड़े हुए थे। कलाई पर जमा खून और खरोंचें देखकर उसे अपनी सोने की चूड़ियाँ फिर याद आ गईं। संध्या ने चटाई को हाथों से भींच लिया। उसकी सिसकियाँ फूट पड़ीं। उसकी आँखों की कोर में ठहरी आँसुओं की बूँदें बह निकलीं। उसके तार-तार हुए कपड़े गुजिश्ता रात की कहानी कहने लगे। बारिश अब थम चुकी थी। सिर्फ हवा में उसकी खुशबू थी या चिपचिपाते हुए माहौल में मुँडेरों पर ठहरी बूँदें, पत्तों पर विश्राम करते जलकण और कहीं-कहीं बच्चे की तरह लुढ़क जाने पर टप्प से शोर करता जल। उसे अचेतावस्था में मानो फिर सुनाई दिया—

ठक-ठक-ठक!

उसने अपने होंठ भींचकर चटाई और जोर से पकड़ ली और होंठों से हिकारत के साथ लफ्ज फूटे, ''फिर आया होगा हरामी।''

आँसू जोर-जोर से बहने लगे। नाक के द्वार पूरी तरह से बंद थे। सिसकियों से उसकी छाती ऊपर-नीचे हो रही थी। उसे लगा, ठक-ठक फिर हुई है। हिम्मत करके उसने चटाई छोड़कर अपनी दुखती बाँहें फैलाईं। कड़-कड़ की आवाज ऐसे हुई जैसे किसी दरख्त की टहनी टूटी हो। दर्द की एक लहर के साथ खरोंचों पर बने निशान खिंचकर बहने लगे। खून-खून, लाल-लाल खून। उसने उन कतरों को देखकर कहा, ''माँ, मैं हार गई हूँ। माँ, मैं अपने बेटे से हार गई हूँ।'' सुबकते हुए फिर उसने बेमन से कहा, ''हाँ माँ, वैसे ही जैसे कभी तुम मुझसे हार गई थीं। वक्त अपना बदला ले रहा है। जानती हो माँ, उसने क्या लिखा है?''

संध्या ने अपनी सुबकी को दुपट्टे के आँचल में ढँकते हुए कहा, ''हाँ माँ! हाँ,

यही लिखा है उसने। तुम्हारे पप्पू ने यह लिख दिया माँ! सुनोगी? तुम्हारा कलेजा मुँह को आ जाएगा, उस पर हाथ रखो और सुनो। तुम्हारे पप्पू ने कई कुछ लिखने के बाद यह भी लिखा है, 'पापा की आदतें बिगाड़ने में तुम्हारा ही हाथ है माँ!''

''सुन रही हो, कितनी बड़ी बात लिख गया तुम्हारा पप्पू। तुम चाहे न कहो, पर मुझे याद है। इसकी उम्र की थी तो मैंने भी तुम्हें यही कहा था। तब मैं कहाँ जानती थी, मेरा बच्चा भी कल मुझसे यही कहेगा।

''अपने वक्त का हर कोई सिकंदर होता है माँ! आनेवाले वक्त से बेखबर, जानेवाली बहार से अनजान, मोड़ पर गिरे पहाड़ से अनभिज्ञ।

''माँ, इसके भरोसे मैंने इसके बाप का हर जुल्म सहा और तुम्हारी शर्म से माँ! तुम्हारी शर्म और लिहाज के चप्पुओं से मैं वक्त की लहरें पीछे धकेलती रही। मैं जानती थी, अगर पप्पू के बापू के जुल्मों का पता तुम्हें लग गया तो तुम बचोगी नहीं। तुम्हारे मरने का मुझे दुःख न होता, पर इस बात का दुःख जरूर होता कि तुम वह सब जानकर मरी हो, जिसे छुपाने के लिए मैं यह दुःख बरदाश्त करती रही, नहीं तो मैं बेटे की माँ थी, दो वक्त की रोटी कमा लेती। अपना बेटा भी पाल सकने योग्य थी। अस्पताल का क्वार्टर भी मेरे ही नाम है। क्या सिर पर छत और चूल्हे में आग होने के बाद भी आग में जिंदा रहना जरूरी है। तुम्हारे घर का चूल्हा भी तो तुम्हारे ही दम से चलता था माँ! एक गाय पालकर उसका दूध बेचकर तुम आज इतने बड़े तबेले की मालकिन हो गईं। बचपन में मैं जब तुम्हें गाय का दूध दुहते ही थानेदार के घर लोटा लेकर जाते देखती तो तुम पर बड़ा गुस्सा आता था। पेट-भर दूध मिलने पर भी मैं वह सारा दूध खुद पी जाना चाहती थी। वह हमारी कपिला गाय का दूध था न! एक बार जब तुम दूध लेकर गई थीं, तब बापू ने मुझे कहा था।

'' 'तुम्हारी माँ ऐसी ही है, उसे अपनों से ज्यादा दूसरों का ध्यान रहता है।' मुझे तुम पर बड़ा गुस्सा आया था, पर यह खयाल नहीं आया कि घर में बापू क्यूँ नहीं आटा लाते, तुम क्यूँ लाती हो। तब मैं सोचती थी जैसे माँ मुझे खिलाती है, वैसे ही उसे बापू को भी खिलाना चाहिए। खिलानेवाली तो माँ ही होती है और जब बापू तुम्हें घायल करके तुम्हारे पाँव की कड़ियाँ उतारकर ले गए और तुमने दहाड़कर कहा था, 'घर चलाना मरदों का काम होता है।' तब मैं यह न समझ पाई थी कि घर को कैसे चलाना होता है, पर बापू ने हमेशा यह बात अनसुनी कर दी। जब तक वह ट्रेन से कटकर मर नहीं गया, तब तक उसके नशे का खर्चा भी तुम्हीं चलाती थीं। वह तुम्हें इतना मारता था, गाली देता था, फिर भी तुम उसे खाना देती थीं। जब एक बार मैं सहमकर तुम्हें दरवाजे की ओट से देख रही थी, तब साथवाली

मौसी ने तुम्हारे घावों पर हल्दी-चूना लगाते हुए कहा था, 'जाने दो बंती, उसी की बदौलत तो गुलाबी दुपट्टा ओढ़कर चौक में बैठकर फुल्के बनाती हो। दूसरी औरत के पास जाता है तो जाने दो। तुम्हारा क्या दे आता है। कुत्ता है कुत्ता।' तुमने घायल शेरनी की तरह सीधे बैठकर कहा था, 'मेरा पाँव की कड़ियाँ उसे ही देकर आया है और अब जो चूड़ियाँ उड़ाना चाहता है, वे संध्या की नानी ने उसके लिए दी थीं। रोज मेरे हाड़ तोड़ता है। ये चूड़ियाँ वो खुद नहीं पहनेगा, उसी राँड़ को ले जाकर देगा। ये दर्द तुम्हारी समझ में नहीं आ सकता। बड़ी आई चोटें सेंकनेवाली, तुम तो उल्टा चोट देकर जाती हो।'

''मौसी खामोश सी तुम्हारी चोटों पर हल्दी-चूना लगाती रही थी। उसके बेआवाज आँसू पिघलती बर्फ की तरह टप-टप गिरते रहे थे।''

उसी वक्त मेरे जीवन में जैसे दिन चढ़ आया था। मेरी समझ में आया था, बापू जो चूड़ी माँ से रोज माँगता है, वे असल में मेरी हैं। माँ पर अचानक प्यार उमड़ आया था और बापू की सूरत से नफरत होने लगी थी।

और आज वही चूड़ियाँ उसका पति खून के कतरों में से उतारकर ले गया। उसकी कलाई फिर फूट पड़ी। इन चूड़ियों में से उसे अपनी बहू का सुंदर मुख दिखाई देता था। उसने चटाई पर औंधे लेटकर अपने आँसू बह जाने दिए और वह रोते-रोते बोली, ''माँ, तुमने कितनी मार सहकर अपनी बेटी के लिए ये चूड़ियाँ बचा ली थीं! पर मैं आज अपनी बहू के लिए ये चूड़ियाँ न बचा सकी। मैंने कोशिश की थी माँ। मेरी कलाई पर यह रिसता खून इस बात का गवाह है। तुम तो जानती हो, वे चूड़ियाँ कितनी तंग थीं। निर्दयी ने खाल ही खींच ली। माँ, अगर पप्पू ने वह खत न लिखा होता तो आज भी मैं चूड़ियाँ न उतारने देती, भले ही वह मुझे मार डालता। आज उसे छोड़कर तुम्हारे पास भी आने की हिम्मत आ जाती माँ, पर पप्पू।

''पप्पू ने मेरे बदन की सारी सत्ता निचोड़ ली। मुझे दुःख में देखकर हैरानगी और बेचारगी से फैलती तुम्हारी आँखों की बेबसी ने ही मुझे आधा मार डाला था। माँ, आज पप्पू के खत ने मुझे सारा ही मार डाला। अगर तुम्हारी बेचारगी को सह पाती माँ, तो इस राक्षस को तभी छोड़ देती, जब इसने मार-मारकर मेरे पेट के बच्चे को खत्म कर दिया था। वह लड़की थी माँ। मैं लड़की की माँ होना चाहती थी, पर फिर मैंने कभी बच्चा न होने दिया।

''पर माँ, मैं तुम्हें कुछ नहीं बताना चाहती, फिर भी यूँ लगता है, सभी माएँ जानती हैं, सच क्या है, इसीलिए वे ऊपर से झाँकती टीपटाप की नाजुक पर्त को नहीं उघाड़तीं।

''दीवाली के दिन जब इस निर्दयी ने मेरी बाँह तोड़ी थी, तब मैंने तुम्हें कहा था, मैं बाथरूम में फिसल गई थी, पर तुम्हारी आँखों में झाँकता अविश्वास मेरी खिल्ली उड़ाता रहा था। मैं जब भी तुम्हें इसके बारे में बताना चाहती, भगवान् के आगे गिड़गिड़ाकर मेरा सुख माँगती तुम आ खड़ी होतीं और तुम्हारी गुहार मुझे याद आती, 'भगवान्, मेरी संधो को सुख देना। जो मैंने देखा है, वह इसे न दिखाना।'

''मुझे हमेशा यही जुमला याद आता और दहलीज के बाहर बढ़ता मेरा कदम ठिठककर रह जाता। माँ, तुम मेरे लिए, मेरे भविष्य के लिए बापू का अत्याचार सहती रहीं, पर मैंने ये सब अत्याचार तुम्हारे लिए सहे माँ! हमेशा भगवान् के आगे मेरे सुख के लिए तुम्हारा गिड़गिड़ाना मेरी राहत के दरवाजे बंद करता रहा। शादी से पहले जब मैं शफाखाने से देर करके लौटती थी, तब तुम्हारे चेहरे पर फैली घृणा, गुस्से और हिकारत की ताब मैं न ला सकती थी। तुम्हारी तरफ पीठ करके बोला गया झूठ भी मुझ पर किसी शोहदे की टिप्पणी की तरह हँसता रहता था। फिर भी एक बार तुमने अपनी सारी घृणा पीकर मुझे समझाने की आखिरी कोशिश की थी, 'संधो, ये कंपाउंडर अच्छा आदमी नहीं है। अब तुम्हें क्या बताऊँ, रब ही तुम्हारा रखवाला है।'

''गुस्से से उबलती मैं कहीं यह भी जानती थी कि औरतें दबे स्वर में रग्घू की बातें करती हैं, पर रग्घू ने अपनी आँखों में मुहब्बत की चाशनी भरकर मुझे कहा था, 'संधो, मैं तो गम गलत करने के लिए कभी-कभी दो घूँट शराब जरूर पीता हूँ, पर किसी औरत की तरफ मैंने आँख उठाकर भी नहीं देखा। जब तुम्हारे गाँव की लड़कियाँ अबॉर्शन करवाने आ जाती हैं, तब मुझे बड़ी दया आती है। अब देखो न, रहमती अबॉर्शन ही करवाने आई थी। जब मैं उसे अबॉर्शन के टेबल पर ले गया, तब उसने शोर मचाना शुरू कर दिया कि मैं उसकी इज्जत लूटना चाहता हूँ। अरे, कौन सी इज्जत। देखो संधो, कितना झूठ है। अगर मैं सच्चाई बता दूँ तो क्या कोई उसे गाँव में रहने देगा? नहीं न। बस, यूँ समझो कि मुझे तरस आ गया। लोगों के मुँह मैं बंद नहीं करवा सकता।'

''तब मेरे मन में एक सवाल उठा था। अगर उसने अबॉर्शन नहीं करवाया तो फिर उसे बच्चा क्यूँ न हुआ, पर इस तरह की फिजूल सी बातों को मुहब्बत का तूफानी रेला पीछे धकेल देता था।

''जब संधो गाँव में दसवीं पास करनेवाली पहली अकेली लड़की थी, तब इसी रग्घू ने दौरे पर आए डॉक्टर को कहकर इसे नर्स की ट्रेनिंग के लिए भिजवाया था। तब तो तुम भी खुश थीं माँ, पर तुम और मैं दोनों ही यह नहीं जानती थीं।

मुझे ट्रेनिंग पर भिजवाकर यह बरसों मास्टर की बेटी को शादी का झाँसा देता रहा और जब उसकी शादी हो गई, तब उससे पैसे ऐंठता रहा। यह मुझे खुद मास्टर की बेटी ने बताया था, पर तब मुझे रग्घू के सिवा कुछ न दिखाई देता था, पर हाँ, हमारी शादी के बाद रग्घू ने उसे ब्लैकमेल करना बंद कर दिया था। ब्लैकमेल तुम नहीं समझोगी माँ, तुम सारी उम्र ब्लैकमेल होती रहीं, तुम्हें तब समझ न आया तो अब क्या आएगा।

''क्या-क्या बताऊँ माँ, ये सब जिल्लत की कहानियाँ हैं। तुम नहीं सुनो तो अच्छा है। डॉ. वर्मा के साथ जब इसने मुझे तोहमत लगाई तो मैंने घृणा और गुस्से के मारे अस्पताल जाना बंद कर दिया। थोड़े दिनों के बाद जब दो-तीन फाके लगे तो मुझे फिर नौकरी पर जाना पड़ा। पप्पू कहता, माँ दूध दो न! मैं कहती, पैसे नहीं हैं। वह कहता, पैसे बाजार से खरीद लाओ न! मुझे उसकी बातों पर तरस भी आता और प्यार भी, पर इसका बाप उन दिनों फिर गायब हो गया था और मैंने अस्पताल जाना शुरू कर दिया था। कोई भी डॉक्टर मुझे अपने वार्ड में नहीं रखना चाहता था। मैं अपराधिनी सी नौकरी पर जाती थी। इतनी बेहुरमती मैंने किसके लिए सही? तुम्हारे लिए माँ और तुम्हारे इस पप्पू के लिए और माँ, आज, आज जानती हो उसने मुझे क्या लिखा है माँ, उसने मेरी जात को गाली दी है। उसने लिखा है, मैं डॉक्टर वर्मा की रखैल थी। उसने लिखा है माँ, मैं तुम्हें नफरत करता हूँ। मुझे ऐसी माँ नहीं चाहिए और माँ, उसने लिखा है, मैं नहीं जानता मैं किसका बेटा हूँ और मत पूछो क्या-क्या लिखा है। यह रग्घू पिछले आठ-दस दिन से गायब था तो मैंने सुख की साँस ली थी। मेरी रसोई के बरतन चमकने लगे थे। मेरे आँगन की धूप मीठी हो गई थी। मेरे घर से हवा सहमी-ठिठकी-झिझकती द्वार से लौट न जाती थी, भीतर आकर एक जवान लड़की की तरह झूमती थी, अठखेलियाँ करती थी। मेरे बाल बिखरकर मुझे छेड़ते थे। मैं खुशी से खिल जाती थी। तभी पहले आई पप्पू की चिट्ठी और फिर आया यमदूत, तुम्हारा जामाता। तुम ठीक ही कहती थीं माँ, यमदूत से ही जामाता बना है। इसने घर में घुसते ही घर की पूरी साँस रोक दी और बैठा भी नहीं। बादलों की गड़गड़ाहट की तरह बोला, 'जिस बेटे पर तुम्हें नाज था, वह अब सब जान गया है। वह तुम्हारे मुँह पर थूकेगा भी नहीं। ला, अब ये चूड़ियाँ मुझे दे दे। अब तो उसकी बहू तुम्हारे गंदे हाथों की ये चूड़ियाँ कभी नहीं पहनेगी। ला, मुझे दे। कम-से-कम मैं इनका सदुपयोग कर सकता हूँ।'

''मैं स्तब्ध रह गई। मुझे जितनी घृणा रग्घू पर आज हुई, उतनी पहले कभी न हुई थी। पप्पू का रहस्य मेरे सामने खुल गया था। जिस पप्पू को सेंत-सेंतकर रखा

था, जिसके भविष्य के लिए मैंने अपना वर्तमान दाँव पर लगा दिया, उसने मेरी उम्मीद का दीया बुझाने के लिए एक साँस भी इस्तेमाल न की। मेरा सारा मोह बह गया और उसके साथ ही बेदर्दी से रग्घू मेरे हाथ की सोने की चूड़ियाँ उतारता रहा। मैंने तो पप्पू को बाप से बचाकर रखना चाहा, पर कहाँ बचा पाई।''

संध्या फिर चटाई पर औंधी होकर लेट गई और बड़ी बेचारगी से कहने लगी, ''मैं हार गई हूँ माँ! मैं सच्ची हार गई हूँ। तुमसे सबकुछ छुपाकर रखने का जो मेरा संकल्प था, वह भी हार गया है। अब तुम सब जान जाओगी माँ! पर मैं कब तक फिसलती बात को पकड़कर रखूँ। तुम मर जाओ माँ, ताकि मैं मुक्त हो जाऊँ। मैं कब आजाद हो सकूँगी।''

माँ के मरने की बात अपने ही मुँह से सुनकर संध्या जोर-जोर से बैन करने लगी, ''माँ, तुम्हारे लिए क्या-क्या सहती रही। मैं जानती थी रग्घू का असली चेहरा देखकर तुम बचोगी नहीं, पर माँ, मैं अब थक गई हूँ। अब मुझे पप्पू की कोई शर्म नहीं, तुम्हारा कोई लिहाज नहीं। हाँ, सब जान जाओ, सबको मालूम होना चाहिए मैं कितनी फरमाबरदार बेटी रही हूँ। मैंने माँ को कभी नहीं बताया, मेरी बाँह कैसे टूटी, मेरे माथे पर कैसे टाँके आए, मेरी हँसुली कैसे गुम हुई, मेरे पैरों से कड़िया कौन खींचकर ले गया।

''माँ, माँ! मैंने भी वह सब सहा, जो तुम सहती रहीं, पर क्या हुआ। सब बह गया। मैं तुम्हारे मरने की दुआ नहीं करती, तुम्हारे मुक्त होने की फरियाद कर रही हूँ। तुम्हारी मुक्ति में ही मेरी आजादी है। माँ, जिस दिन रग्घू ने बरामदे से पप्पू की दोनों टाँगें लटकाकर फेंकने की धमकी दी थी, उसी दिन मैंने इसे तुम्हारी सफेद चाँदी के रुपयों की पोटली थमाई थी। वह गुम नहीं हुई थी माँ, इसी हरामी को उसकी दरकार थी। मैंने सच को छुपाने के लिए हमेशा तुमसे झूठ बोला। मेरे पास और कोई चारा न था।''

ठक-ठक-ठक!

इतनी हल्की ठक-ठक रग्घू की नहीं हो सकती। अब तो उठना ही पड़ेगा। पता नहीं इतने मुँह सवेरे कौन आया है।

संध्या ने उठने की कोशिश की। दुपट्टे से छलनी जिस्म ढँका और लड़खड़ाती हुई दरवाजे तक पहुँची।

द्वार पर तारवाला खड़ा था। कभी इसकी पत्नी की पहली जचगी पर संध्या ने रात भर जागकर उसकी डिलीवरी करवाई थी। तारवाला भौचक उसे देखता रहा गया। उसने डरते-डरते कहा, ''बहनजी, क्या बीमार हैं। रात में भी दो बार द्वार

खटखटाया, किसी ने खोला नहीं। मैंने सोचा, आप सोई होंगी। सुबह आऊँगा। तार ले लीजिए।'' संध्या के हाथ काँपने लगे। यह तार कहीं माँ का तो नहीं। उसके मन में कुछ घुड़का। उसने कहा, ''माँ, तुम मरना नहीं। नहीं माँ, मैं तुम्हें सब बताऊँगी माँ, पर तुम मरना नहीं। मुझे तुमसे बल मिलता है माँ।'' उसने सोचकर डरते-डरते तार खोला और दीवार से घिसटती-घिसटती चौखट पर बेहोश हो गई।

□

हमने खुद ही किया

इस मर्तबा भी इकबाल ने इसरार करके खिड़कीवाली सीट करवाई थी। उसने हाथ में लिया बैग सीट के ऊपर बने स्थान पर रखा और सीट पर बैठकर इत्मीनान से पेटी बाँधने लगा। बैठते ही अंग्रेजी चाशनी में डूबी हिंदी की घोषणाओं से उसे खीझ हुई, फिर वह जहाज उड़ते ही आसमान पर नजर डालकर धरती को देखने लगा। बड़ी खूबसूरती से तिकोने, चौरस, गोल, ऊबड़-खाबड़ खेतों में तरह-तरह के रंग बोल रहे थे। हरे रंग की ऐसी विविधता उड़ते हुए देखना भी एक ऐय्याशी है। हरा रंग अपनी चूनर फहराए आँखों में ठंडक दे रहा था। कहीं तोते जैसा शोख हरा, कहीं नन्ही फूटती कोंपलों जैसा हल्का हरा, कहीं खूब गाढ़ा मूँगिया और कहीं ललाई की झलक लिये जहरमोहरा हरा। कोई दोशीजा हरा दुपट्टा काढ़ते-काढ़ते रंग खत्म होने पर कोई भी हरा इस्तेमाल कर गई हो। प्रकृति से बढ़कर दोशीजा कौन है।

आकर्षक खेतों पर उड़ते जहाज ने टेढ़ा होकर जरा सा बाँकपन दिखाया तो उसका साया अलग होकर जरा दूरी पर उड़ने लगा। इकबाल मुसकरा दिया। यह जानना निश्चय ही कठिन है, ज्यादा सुंदर कौन है धरती या आसमान। उसने नीचे देखा, धूप की हल्की सी झाँईं हर तरफ पसरने को आतुर थी। आसमान साफ था। जमीन पर सबकुछ एक अच्छी तरह झाड़ी-पोंछी तसवीर की तरह लग रहा था। उसे ध्यान आया, लंदन में ऐसी खुली धूप कितनी कम निकलती है और बादलों के चूहारंग बदलते आसमान को सब डर्टी वैदर (गंदा मौसम) कहते हैं।

उसने आँख बंद की और यह सोचकर खुश हुआ, अभी इसी खिड़की से पीर पंचाल दिखाई देगा, बर्फानी चोटियाँ उभरेंगी, हिमालय के शिखर और फिर उनकी गोद में वादिए कश्मीर, जिसे टकटकी लगाकर देखते ये पहाड़ कभी हिलते भी नहीं हैं।

अपने में खूब मस्त था इकबाल, जब उसने अपने कंधे पर एक हाथ की

छुअन महसूस की। उसने मुड़कर देखा तो एक परिचारिका ने पूछा, ''क्या आपको कश्मीरी आती है?''

उसने हाँ में गरदन हिलाई तो परिचारिका ने कहा, ''देखिए, ये सामने जो बुजुर्ग बैठे हैं, इन्हें पूछिए, ये नाश्ता वेजिटेरियन लेंगे या नॉनवेजिटेरियन।''

बुजुर्ग अंग्रेज जैसे दिखाई देते इकबाल को हैरत से देख रहा था। जब इकबाल ने उनसे कश्मीरी में बात की तो खुशी, गर्व और अविश्वास से उसके चेहरे पर चमक आ गई। इकबाल से उसने पूछा, ''ये क्या देते हैं खाने को, आप आमलेट लेंगे, चिकन, इडली-डोसा?''

बुजुर्ग ने इत्मीनान से कहा, ''मैं चिकन ही खा लूँगा।'' फिर बात का सिरा पकड़ते हुए उसने पूछा, ''क्या नाम है तुम्हारा?''

''जी, इकबाल।''

''किसके घर से हो?''

''मत्तुओं के घर से।''

''अपना सुलतान मत्तू?''

''जी, वे मेरे चाचा अब्बा हैं।''

''हाँ, फिर तो अपने ही हो। मेरी साली की बेटी ताहिरा उनके घर में है। बड़े शरीफ लोग हैं। मैं रिजवान नजीर हूँ। सब रिजवान हाजी कहते हैं। तीन बार हज कर आया हूँ, अल्लाह का बड़ा कर्म है।''

''सलामालेकुम। ताहिरा तो मेरी भाभी हैं।''

''हाँ, उसको कहना रिजवाना हाजी मिला था। अरे, ये जहाज क्यों हिल रहा है?''

''बस, आप अपनी पेटी बाँध लीजिए। हम श्रीनगर में पहुँच रहे हैं।''

''पर अभी तो चढ़े थे। चिकन खाया और श्रीनगर। यह तो बड़ा आला इंतजाम है।''

इकबाल मुसकरा दिया।

रिजवाना हाजी के लिए घर से गाड़ी आई हुई थी। उसने इकबाल को भी उसमें बिठा लिया। बैठते ही उसने कहा, ''देखा बेटा, कैसा बदजायका मुर्ग था। इनके अंडे भी अच्छे-खासे बदजायका होते हैं। घर पहुँचकर मैं देसी अंडों का आमलेट कहवे के साथ खाऊँगा। मेरे बेटे, यह तो बताओ, ये मिलिटेंसी कब खत्म होगी?''

इकबाल को जवाब न सूझा। उसने कहा, ''इंशाअल्लाह, जल्दी।''

''देखो, मेरी पेटी उस लड़की ने जहाज में बाँधी तो मुझे बड़ी शर्म आई। मैं

अब कभी जहाज से न जाऊँगा, पर इतनी जल्दी आ सकते हैं, मुझे पता न था। मेरा पोता किसी काम से ऊड़ी गया हुआ था, नहीं तो मैं अपनी कार में ही आता। पोता तो चलाता ही है, ड्राइवर भी रखा है मैंने। हमारी सिल्क की फैक्टरी है। अब तो बेटा ही देखता है, पर मुझसे पूछकर ही हर काम करता है। बड़ा नेक बेटा है मेरा।"

बेटे के बारे में सोचते-सोचते बुजुर्ग अगली सीट से सिर टिकाकर सो गए। अब इकबाल घर लौट आने का मजा सोच सकता था। उसे दस-बारह बरस पहले की याद बेसाख्ता हो आई।

अपनी मरजी से हिंदू लड़की से शादी करके वह विलायत चला गया था। उसके घरवालों को तो ज्यादा एतराज न था, पर सीमा के बाप तेजराम ने बाबेला खड़ा किया तो हिंदू-मुसलिम दंगों का माहौल बनने लगा। इसके विलायत से आते ही फिर धीरे-धीरे सब शांत हो गया था। सीमा ने घर चिट्ठी डाली थी, जिसके उत्तर में उसके बाप ने लिखा था, आज के बाद यह हिमाकत न करना, तुम हमारे लिए मर गई हो। फिर सीमा सिर्फ इकबाल के लिए जीने लगी। अब तो इंशाअल्ला तीन बच्चे हैं।

पिछले दिनों जब इकबाल की दादी का इंतकाल हुआ तो उसने घर पर चिट्ठी डाली थी, जिसका जवाब उसके भाई गुलरुख ने दिया था। इसके बाद ही तो खतोखिताबत शुरू हो गई थी। खतों से कश्मीर के हालात का पता चलता रहता था। हमीद के खतों से ही उसने आतंकवाद का नाम सुना था। 1989 का वह खत पढ़ते ही इकबाल हिचकियाँ लेकर रोया था। वह खत उसे आज भी जबानी याद है। सीमा ने उसे रोते देखकर खत जला दिया था, पर उसके सीने में लिखे हरुफ वह न मिटा सकी।

भाईजान,

आदाब!

कल रात श्रीनगर के हजारों-लाखों लोग सड़कों पर आ गए थे। औरतें भी नारे लगा रही थीं। सभी कहते हैं, हिंदोस्तान ने हमें एक्सप्लायट किया। हमें इतनी देर से अपनी कॉलोनी समझता आ रहा है। हम भी क्या करते, हमारे अपने लीडरों ने हमें धोखा दिया। अब हम अपना फैसला खुद करेंगे। हमें निजात चाहिए, हमें चाहिए आजादी। बरजला में बसें भर-भरकर पार जा रही हैं, पार यानी पाकिस्तान। कोई रोकने-टोकनेवाला नहीं। बसों से नारों की आवाज आती है :

पाकिस्तान जाएँगे
क्लशनकाफ लाएँगे...।

भाईजान, क्या बताऊँ, सारे पंडित जम्मू भाग गए हैं। कहते हैं, तीन लाख हैं। वहाँ कैंपों में बदहाली की जिंदगी बसर कर रहे हैं। कश्मीर की बड़ी बदनामी हो रही है। एक खौफ है, जो पूरी वादी पर चील की तरह मँडरा रहा है।

भाईजान, श्रीनगर की वे शामें बिला गई हैं, जब सभी अमीराकदल में चाय-कॉफी पीने जाते थे या अहदू के कबाब खाने। सब सपना हो गया है। भाभीजान को आदाब कहिए। उनका परिवार भी जम्मू चला गया है, कहीं नगरोटा कैंप में ठहरा है। यहाँ की खैरियत क्या कहूँ।

आपका भाई

गुलरुख

खत पढ़कर इकबाल बरसों दुःखी होता रहा और अब एक दिन सीमा से सलाह करके उसने वतन का टिकट कटवा लिया। अब उसे देखना है किस हाल में हैं याराने वतन।

लंदन से दिल्ली तक वह श्रीनगर की यादों में ही खोया रहा। जहाज पर सिंधियों की बरात हिंदोस्तान आ रही थी। पंद्रह-बीस लोग थे। उन्होंने पूरा जहाज सिर पर उठा रखा था। इकबाल वतन जाने की खुशी में भरा बैठा था। उसने किसी से बात न की। उनका शोर भी उसे जेहनी तौर पर श्रीनगर में भटकने से न रोक सका।

इकबाल डॉक्टर है। लंदन में डॉक्टरों की बड़ी इज्जत है, पैसा भी खूब है, पर घर तो घर ही होता है न, तभी तो वह तीन सूटकेस भरकर तोहफे ला सका है। सीमा ने अपनी सास को बाँटने के लिए सोलह जनाना सूट भेजे हैं। फिर कितने खिलौने, टेपरिकॉर्डर, टेलीफोन, एक वीडियो और पाँच सोने की गिन्नियाँ भी हैं। वह वीडियो की कैसट रखनेवाली जगह में हैं शायद। सीमा ने हर तरह से नेक बीवी बनने की कोशिश की है। बहुत अच्छी माँ भी है वह।

माँ, मेरी माँ पता नहीं कैसी होगी और अब्बू बूढ़े तो हो ही गए होंगे। घर में इतने बच्चों के पैदा होने की इत्तिला मिलती रहती है कि अब उसे गिनती याद नहीं है। गुलरुख के ही माशा अल्लाह चार बच्चे हैं। सीमा ने सबका हिसाब लगाकर तोहफे भेजे हैं। इकबाल ने सोचा, मैं तो चाबियाँ अम्मी को दे दूँगा, वे अपने आप जिसे जो देना होगा, देती रहेंगी।

हिंदोस्तान में घुसते ही सब अपना लगने लगता है। अंतरराष्ट्रीय हवाई अड्डे पर कैसे एक औरत ने बड़े हक के साथ उसे अपने बच्चे की उँगली पकड़ाते हुए कश्मीरी में कहा था, 'हे भाई, इसका खयाल रखना। मैं जरा बेटी को लेकर बाथरूम

जा रही हूँ। यह लड़का बड़ा शैतान है, हाथ न छोड़ना।' वह इकबाल की हाँ या न सुने बगैर बाथरूम चली गई थी। इकबाल मुसकरा दिया था।

इकबाल से बच्चा हाथ छुड़ाने की कोशिश करने लगा तो इकबाल ने उसे बड़े प्यार से कश्मीरी में पूछा, "तुम कहीं पढ़ते हो?"

उसने उर्दू में जवाब दिया, "अम्मी पढ़ाती हैं, नहीं तो हमसाए में किशन कौल सर पढ़ाते हैं। जब स्कूल ही नहीं लगता तो क्या करें?"

इकबाल को हँसी आई, पर वह संजीदा बना रहा। उसने सोचा, यह मासूम छोटा बच्चा नहीं जानता, स्कूल क्यूँ नहीं लगता, इम्तेहान क्यूँ नहीं होते, मिलिटेंसी क्या है?

इकबाल ने बड़े प्यार से उसे पूछा, "तुमको डर लगता है?"

"लड़के ने बड़ी मासूमियत से कहा, "हाँ, जब क्लशनकाफ की आवाज आती है तो टाठू के बिस्तर के नीचे छुप जाता हूँ। वहाँ गोली नहीं लग सकती।"

अपने वतन के मुस्तकबिल का यह हाल देखकर इकबाल को तकलीफ हुई। उसने बड़े प्यार से लड़के को पूछा, "तुम दिल्ली में किसके पास आए थे?"

लड़के ने डरते-डरते बताया, "अब्बू अस्पताल में हैं। उनको मिलिटेंट ने मारा था। उनको गोली लगी थी, पर वह डॉक्टर ने निकाल दी। डॉक्टर ने कहा, अब डर की कोई बात नहीं। अब्बू भी अगले जुम्मे को घर को जाएँगे।"

उसकी माँ लड़की के गीले कपड़े प्लास्टिक में ठूँसते हुए बोली, "इसने आपको तंग तो नहीं किया?"

इकबाल ने कहा, "बिलकुल नहीं। बड़ा प्यारा बच्चा है।"

उस औरत ने खीझकर कहा, "हाय खोदाया, इसके अब्बू यहाँ अस्पताल में हैं। वहाँ मेरी सास पर फालिज गिरा है और मैं गेंद की तरह कभी यहाँ, कभी वहाँ डोलती रहती हूँ। पता नहीं कब सब ठीक होगा। खुदा, अब हमें माफ कर दो। हम क्या कहें भाई, हमने खुद ही किया।"

बुजुर्ग ने इकबाल को कहा, "लो, तुम्हारा घर आ गया। भाई को मेरा सलाम कहना। अब मैं राजबाग से आगे अपने घर जाऊँगा।"

इकबाल अभी सामान उतार रहा था कि बरामदे में खड़े उसके अब्बू ने देख लिया, "हे, इकबाल हो क्या?"

जब तक इकबाल अपने रुँधे हुए गले से कुछ कहता, फाटक खोलकर गुलरुख ने उसे अपने आगोश में ले लिया। पीछे से बच्चों की आवाजें आ रही थीं:

'इकबाल चाचा आ गए'

'इकबाल चाचा आ गए'

'इकबाल चाचा आ गए'

अब इकबाल से रहा न गया। वह और गुलरुख जारो कतार रो रहे थे। जब अब्बू ने आकर इकबाल को हाथ से पकड़कर सीने से लगा लिया, इकबाल की माँ हाथ में शीरीनी लिये आई। उसने इकबाल के माथे से छुआकर शीरीनी आसमान में उछाली तो सब बच्चे खुश होकर खाने लगे।

इकबाल के आगोश में माँ थी, किसी भी जन्नत से ज्यादा अजीज। वह माँ को पकड़कर इस तरह घर में लाने लगा जैसे वह नहीं, माँ विलायत से आई हो।

बड़े कमरे में तीनों सूटकेसों के आसपास दर्जन-भर बच्चे नाचने-कूदने लगे तो इकबाल की माँ ने अपनी बड़ी बेटी को चाबियाँ देकर कहा, ''तुम्हारी सीमा भाभी ने सबके लिए तोहफे भेजे हैं। सूटकेस उठाकर उस कोने में ले जाओ। अपनी सकीना भाभी तथा रजिया भाभी को साथ रखो और सबमें बाँट दो। तोहफे तुम्हारे बच्चों के लिए भी हैं! पंद्रह जनाना सूट भेजे हैं बहू ने। तुम लोग अपने-अपने लिए चुनकर बाकी बचे सूटकेस में बंद करके चाबियाँ मुझे दे देना। जाओ अब।''

जगह खाली होते ही इकबाल के अब्बा ने हुक्का गुड़गुड़ाते हुए कहा, ''हम तो तबाह हो गए। सोचा था इन्होंने, आजादी मिलेगी, पर क्या मिला? हजारों जवान बेटे कुरबान हो गए। हुक्म कोई देता है, मानते हैं हमारे बेवकूफ बच्चे। तुम नहीं जानते, गुलरुख के साले की बॉडी परसों ही जेहलम से मिली। उसके पास बंदूक थी, कागजात थे। हमने पहचान लिया था, पर लाश लेने से इनकार कर दिया, नहीं तो ये पुलिस हमें कहीं का नहीं छोड़ती। गुलरुख के साले के साथ ही मेरा बड़ा पोता भी था। हमने उसे दिल्ली में शॉल बेचनेवालों के साथ रफूगर बनाकर भेज दिया है। अरे, मेरा, सुल्तान मुहम्मद का पोता क्या आखिर में रफूगर ही होना था। वाऐ खोदाया!'' सुल्तान मुहम्मद रोने लगा। सबकी आँखें भर आईं। उसकी बीवी जारो कतार रोने लगी। वह कह रही थी, ''मैंने शुरू में इसको, तुम्हारे बाप को कहा था मत दो चंदा, मत करो उनके साथ बहसें, मत करो वादे, कोई फायदा न होगा, पर मैं ठहरी बेवकूफ औरत, मेरी बात कौन सुनता। अरे, आज मेरे गुलरुख की बेटी, मेरी पोती सुरैया बाईस बरस की हो गई। इस कलमुँहे श्रीनगर में एक जवान लड़का नहीं मिलता। मेरे खुदा, यह कब अपनी ससुराल जाएगी, कब मेरा पोता हिंदोस्तान से लौटेगा, कब हम पहले की तरह खुशगवार हो जाएँगे? मेरे खुदा, हम पर तरस खाओ। हमें पैदा किया है तो जीने भी दो मेरे खुदा।''

बुढ़िया का गला रो-रोकर बैठ गया तो इकबाल के बाप ने कहा, ''रोकर इतने

बरस से जब कुछ नहीं हुआ तो अब क्या होगा। सब्र करो, सब्र। मुझे देखो, मैं भी तो सब्र कर रहा हूँ। आज मेरा बेटा इतने बरसों के बाद आया है। जाओ रसोई में, इसके लिए गोश्त-वोश्त पकाओ, बेवकूफ औरत।''

इकबाल की माँ को अब गुस्सा आ गया, ''अरे, तुम्हीं खाली अक्लवाले हो। तुम सब अक्लवाले हो। ले लो आजादी। जब बच्चे ही नहीं रहे, आजादी का सुख कौन भोगेगा? अल्लाह माफ करना, कौन सी आजादी चाहते हैं ये लोग? मुझे तो अमन चाहिए। मुझे अपने बच्चों के लिए वही पहलेवाला कश्मीर चाहिए। मेरे खुदा, हमें माफ करो।

''इकबाल, ये हालात हमने ही तैयार किए हैं। हमने खुद ही किया है यह हाल कश्मीर का।'' यह कहकर इकबाल की माँ बेहोश हो गई।

□

बू तूँ राजी?*

रामनगर के मोड़ पर पहुँचते ही ताँगे खड़े हो गए। खड़े होने से पहले घोड़ों ने आगे-पीछे होकर ताँगे को अच्छी तरह झिंझोड़ दिया। ताँगे के भीतर परदे में बैठी बुआरानियाँ होशियार होकर बैठीं। बुआ मसाँ छोटी और बुआ पतू बड़ी। एक नौ बरस की, दूसरी ग्यारह बरस की। दादीजी की इच्छा थी, दोनों पोतियाँ एक ही घर में जाएँ, ताकि उदास न हों। उन दिनों राजपूतों के एक तबके (वर्ग) की बेटियाँ शादी हो जाने के बाद फिर कभी मैके न आ सकती थीं। विदाई के समय मैकेवाले चंदन की लकड़ी दहेज में देते थे, ताकि मृत्यु के समय मैकेवालों की ओर से चिता में डाली जा सकें। दोनों लड़कियाँ दहेज और चंदन की लकड़ी लेकर मैके से विदा होकर आ गई थीं और अब ससुराल जा रही थीं। इस उम्र में ससुराल का कोई अर्थ नहीं होता, पर दूसरी जगह जाने का चाव तो होता ही है।

जम्मू से यह काफिला मुँहअँधेरे चला था। आठ-नौ घंटे बाद ऊधमपुर से रामनगर के मोड़ तक पहुँचा। इससे आगे ताँगे के जाने का रास्ता नहीं है। पहाड़ी इलाका है, इसलिए पालकियाँ ही बड़े आराम से जा पाती हैं।

ताँगे खड़े हो गए तो मसाँ ने पतू को कहा, ''दीदी, लगता है पहुँच गए हैं।'' पतू ने अपना सालू सीधा करके बाँहों में पड़े कलीरे उठाए और गोद में रखकर बोली, ''नहीं मसाँ, अभी रामनगर दूर है। पुरोहितजी कह रहे थे, आज रात हमें झनूनता गाँव में काटनी होगी। फिर सुबह आराम से नाश्ता वगैरह करके चल देंगे। ताँगा सिर्फ ऊधमपुर तक ही आता है। आगे का सफर पालकियों में तय होगा। अभी तो रामनगर का मोड़ ही आया है।''

''दीदी, पालकी में हमें बड़े झूले मिलेंगे न! सुबह से ताँगे में ही बैठे हैं, पीठ में दर्द हो रहा है। दीदी, मुझे भूख भी लगी है और प्यास भी। इतने घंटे ताँगे में

* बुआ तुम ठीक?

बैठे-बैठे कितना थक गई हूँ मैं।''

''तुम तो सोती ही रहीं। मैं तुम्हारी गरदन बार-बार सीधी करती रही हूँ। न करती तो तुम गिर जातीं।''

उम्र तो पतू की भी ग्यारह बरस ही थी, पर वह मसाँ से दो बरस बड़ी थी और अपने होश में उसने हमेशा मसाँ को जिंदा गुड़िया की तरह गोद में खिलाया है। बड़ी-बूढ़ी की तरह उसने मसाँ से कहा, ''माँजी कहती हैं, ससुराल में भूख-प्यास सहन करनी होती है। हर समय भूख-भूख नहीं करना।''

मसाँ हैरान होकर पूछने लगी, ''क्या हमारी ससुराल में पेट-भर खाना नहीं मिलेगा?''

पतू को रोना आ गया, पर उसने मसाँ को डाँटते हुए कहा, ''पागलों की तरह बक-बक मत कर। अपनी ससुराल के बारे में इस तरह नहीं कहते। बापूजी ने हमें खाते-पीते जमीदारों के घर दिया है। माँजी कह रही थीं, उनके घर में दूध-दही की कमी नहीं। तीन कोठरियाँ तो भूसे से भरी ही रहती हैं। जमीन भी बहुत है। गाय, गोरू, खच्चरें, भैंसें और फिर मरदों के घोड़े।''

ताँगे के परदे के बाहर कुछ आवाजें सुनाई पड़ रही थीं।

पतू ने मसाँ को कहा, ''नाइन और कहारिन आ रही लगती हैं।''

तभी पतू की नजर मसाँ के कलीरों पर पड़ी। उसने गुस्सा होते हुए कहा, ''यह क्या, तुमने फिर नारियल खा लिया। लगता है, जब मैं सो रही थी, तभी तुमने दाँव लगाया होगा।''

मसाँ को हँसी आ गई। उसने मचलकर कहा, ''दीदी, सच बताऊँ, पहला नारियल तो मैंने कंडोली नगरोटे के पास पहुँचते ही खा लिया था। दूसरा मैंने तब खाया, जब घोड़ा झज्जर कोटली की चढ़ाई चढ़ रहा था। दीदी, तुम उस वक्त ताँगे की सीट पकड़कर घोड़े को देख रही थीं, नहीं तो मैं तुम्हें भी नारियल खाने को देती। पता है, यह कलीरा बुआ मक्खनी ने पहनाया था। मैंने देखा था, उसका नारियल बड़ा पुराना था तो भी बड़ा मीठा था।''

पतू ने मसाँ को प्यार-भरे गुस्से के साथ आँखें दिखाईं। तभी नाइन ने परदा उठाकर कहा, ''नीचे उतरो बुआरानियो! शाबाश! पालकियाँ आ गई हैं। उनकी ओट में मुँह-हाथ धोकर ताजादम हो जाओ। करनैलनी ने बड़ी दूर दिया आपको। चलो-चलो। कहार भी हाथ-मुँह धोने चले गए हैं। अभी वहाँ कोई नहीं है। मियाँजी ने दो पालकियाँ मँगवाई हुई हैं।''

बुआ मसाँ यह सुनते ही कपड़े सँभालती-सँभालती रोने लग गई। उसने

कहा, ''मैं अकेली पालकी में नहीं बैठूँगी। दीदी के साथ बैठूँगी। अकेले में मुझे डर लगता है।''

पतू ने नाइन को कहा, ''पुरोहितजी से कहो, हम दोनों एक ही पालकी में बैठेंगी।''

जम्मू के प्रसिद्ध जनरल रौनकसिह की दोनों बेटियाँ एक ही घर में ब्याहकर जा रही थीं। दोनों दामाद फौज में थे। घर बड़ा समृद्ध और डुग्गर में भी स्वर्ग कहलाने वाले गाँव रामनगर में था। भरे-पूरे घर में बेटियों को खाने-पहनने का सुख रहेगा। इकट्ठी रहेंगी तो हमें भी संतोष रहेगा।

दोनों पालकी में बैठीं तो कहारों ने कहा, ''ज्यादा हिलना-डुलना नहीं। दोनों आमने-सामने बैठ जाओ। पहाड़ी इलाका है। चढ़ाई-उतराई भी बहुत हैं। चढ़ाई में आगे की तरफ बोझ रखना और उतराई में पीछे की तरफ।''

पालकी में कपड़ा ऊपर-नीचे होने लगा। मसाँ ने देखा तो हँस पड़ी। उसे बड़ा अचंभा हुआ। उसने कहा, ''दीदी, पालकी का कपड़ा साँस ले रहा है।''

पतू ने कहा, ''आराम से बैठो। डोली न डोले। कहारों को धक्का न लगे।''

मसाँ ने पतू को पूछा, ''बापूजी ने हमें कितने ट्रंक दिए हैं दीदी। उनमें वह सुत्थन भी है न, जो महारानी ने माँजी को दी थी। है न, हरे गुलबदन की सुत्थन। मैं लोहड़ी के त्योहार पर पहनूँगी।''

पतू ने कहा, ''जो तेरा मन हो, पहनना, पर अभी सुत्थन तुम्हें बहुत बड़ी होगी।''

''अरी दीदी पालकी के कपड़े में एक सूराख तो है, पर उससे पूरे पहाड़ नहीं दिखाई देते। कितने सुंदर पहाड़ हैं। क्या जरा सा परदा हटाकर देख लूँ ?''

पतू किसी दाना की तरह बोली, ''अब तो सारी उम्र यही पहाड़ देखने हैं। आराम से बैठी रह।''

मसाँ ने पूछा, ''दीदी बात करने से तो डोली नहीं डोलती न ?'' पतू को हँसी आ गई। उसकी छोटी सी बहन हमेशा से सवाल करती है। मसाँ शह पाकर फिर पूछने लगी, ''दीदी, माँजी कहती हैं, राजाओं की बेटियाँ ब्याही जाती हैं तो दहेज को झंडे लगते हैं। भला हमारे दहेज को क्यूँ नहीं झंडे लगे ?''

पतू ने उत्तर में कहा, ''एक झंडा एक लाख रुपए के दहेज के पीछे लगता है। हमारे बापूजी के पास एक लाख रुपया कहाँ है।''

मसाँ कुछ उदास हो गई। फिर उसने पूछा, ''हम भाई की शादी में जाएँगे तो क्या हमें फिर दहेज मिलेगा ?''

''नहीं मुई, दहेज तो एक ही बार मिलता है। वैसे भी अब हम कभी मैके नहीं जाएँगे। तुमने देखा नहीं, छोटी पिटारी में चंदन की लकड़ी डालते समय माँजी किस तरह रो रही थीं। अब हमें कोई लकड़ी देने भी न आएगा। हम हमेशा के लिए विदा कर दी गई हैं।'' उसकी आँखें भर आईं। उसने घूँट भरकर याद किया। माँ ने कहा था, ''मसाँ के सामने रोना नहीं, मेरी बच्ची। यह तो अभी यह भी नहीं जानती, ससुराल क्या होती है।''

मसाँ को गुस्सा आया। उसने कहा, ''यह मुआ ससुराल कैसा रिवाज है।''

पतू ने नाराज होकर कहा, ''यह गाली कहाँ सीखी? ससुराल जाकर क्या हम गाली देंगे? अच्छा नाम होगा बापूजी का।''

मसाँ चुप लगा गई, पर कितनी देर चुप बैठती। उसने बात को उड़ाते हुए पूछा, ''दीदी, हम अपने दूल्हे को कैसे पहचानेंगे? मुझे तो किसी ने जीजाजी का मुँह भी नहीं देखने दिया।''

पतू ने गंभीर होकर कहा, ''ससुराल जाकर भी तुम उनके सामने नहीं पड़ोगी। वे तुम्हारे जेठ हैं।''

मसाँ हैरान हुई। उसने पूछा, ''तो दीदी, तुम क्या लगोगी?''

पतू ने बचपन से मसाँ को गोदी में खिलाया है। उसने उसे गले लगाकर कहा, ''तुम्हारी तो मैं दीदी ही रहूँगी मसाँ।''

पालकी जरा सी हिली तो कहार चिल्लाए, ''ओह बुआरानियो, आराम से बैठो। हिलो नहीं।''

नाइन और कहारिन एक ही खच्चर पर लदी हुई थीं। वे भी चिल्लाईं, ''ऐ बुआ, हिलना नहीं, आराम से बैठो।''

शोर सुनकर आगे जाते दूल्हे भी मुड़कर देखने लगे। पतू पालकी में बने सूराख से देख रही थी। दोनों दूल्हे सुंदर, जवान, होशियार लग रहे थे। पतू ने सोचा, पता नहीं, बड़े दुल्हा कौन होंगे। उसे शर्म आ गई। धीरे-धीरे दोनों की आँख लग गई।

पहाड़ से बहता पानी राह में से जाकर खड्ड में गिर रहा था। एक कहार का पैर फिसलते-फिसलते रह गया। कहारों ने आगे खुली जगह देखकर वहाँ डोला उतार लिया और फिसलनेवाले कहार को गाली देने लगे, ''मुए, अभी तो तुमने सोलह मकई की रोटियाँ खाई थीं। क्या भूखे थे?''

सभी हँसने लगे तो दोनों लड़कियाँ पालकी में जग गईं। उन्होंने देखा, पालकी जमीन पर रखी है और कहार बातें कर रहे हैं।

मसाँ ने कपड़ा उठाकर कहा, ''दीदी, देखो, कितने पहाड़ हैं। दरिया भी है।''

पतू एकदम जगाने से डर गई थी। जरा सा सँभलते ही कहने लगी, ''क्या दरिया नहीं देखा। क्या तवी से सुंदर है।''

पता नहीं, देविका है या तवी ? पतू ने सूराख में से देखा। जरा सा आगे मोड़ पर दोनों दूल्हे सिगरेट फूँक रहे थे। एक खूब जोर से सिगरेट का कश लेता; फिर दूसरे को दे देता। दोनों मुसकराने लगते। दोनों नए-नए सिगरेट पीनेवाले लगते थे। बरतनों से लदी खच्चर ने गरदन घुमाई तो बड़े पतीले के साथ बटलोई ठुनकने लगी। कहारें बातें कर रहे थे। जगानूँ गाँव दिखाई देने लगा है। ''वहाँ से झनूनता गाँव जाएँगे, फिर झनोत्तेरों की बावड़ी में नहाएँगे। वहाँ मंदिर भी है और समय भी। रात वहीं काटेंगे।'' बड़े मियाँ कह रहे थे।

मसाँ व पतू सुन रही थीं। मसाँ ने पतू को कहा, ''दीदी, हम भी बावड़ी में नहाएँगे न!''

पतू ने कहा, ''मसाँ, हम वहाँ सराय में ही कहीं कमरे के अंदर नहाएँगे। हम बावड़ी में थोड़े नहा सकती हैं ? हम तो दुल्हिनें हैं। सब बराती होंगे। दूल्हे और उनके रिश्तेदार। हम तो कमरे से बाहर ही नहीं निकलेंगे।''

जगानूँ में गात्तलियों की ढक्की उतरते हुए भी बुआरानियाँ डरती रहीं, ''माँ, कैसी जगह ब्याह दिया हमें।'' उन्होंने महसूस किया, पर कहा कुछ नहीं। सफरी हुक्का पीहर कहारों की थकावट भी उतर गई थी। फिर पालकी उठाकर चलने लगे। रास्ते में जहाँ भी पहाड़ी पर कोई घर होता, छोटे-छोटे बच्चे घरों से निकल आँगन में खड़े होकर नाचने लगते :

''नई दुलिन नई दुल्हिन''

रात को झनूनता गाँव में सब ठहरे। ऊपर के कमरे में औरतें और नीचे मर्द। सुबह नहा-धोकर खाना बनानेवाले चूल्हे सुलगाकर बैठ गए। दूध आ गया। खमीरी रोटियाँ गरम कीं और कयूर सिंकने लगे। सब रामनगर की बातें कर रहे थे। सबने डटकर नाश्ता किया और धीरे-धीरे पहाड़ी रास्ता चढ़ने लगे। कठिन पहाड़ी रास्ता और खड्डों से निकलते-निकलते कहार बीच में ताजादम होने के लिए रुकते तो मसाँ और पतू भी डोली की ओट में बैठकर ठंडी हवा में खिल उठतीं। बहुएँ उतारनेवाले घर में एक पुराना बूढ़ा खाँस रहा था। अभी ससुराल की दहलीज लाँघने का मुहूर्त न था। सब लोग उस पहाड़ी घर के दालान में पसर गए। मसाँ और पतू को नाइन व कहारिन पिछवाड़े बनी एक कोठरी में ले गई। वहाँ एक पहाड़ी नाला बह रहा था।

नाइन ने कहा, ''बुआ, तुम लोग नहा-धोकर कपड़े बदल लो, अभी ससुराल

जाने का मुहूर्त नहीं हुआ।''

नाइन की नजर मसाँ के कलीरों पर पड़ी। कौड़ियों के नीचे से सूखे नारियल गायब थे, ''हे भगवान्, कौड़ियाँ तो हैं, पर नारियल गायब। ननदें कलीरे उतारेंगी तो क्या सोचेंगी। ये कौड़ियाँ मैं अपने झोले में डाल लेती हूँ। नहीं तो सभी कहेंगे, भूखी बहुएँ आई हैं।''

कहारिन बोली, ''तेरा पेट तो खूब भरा है, तभी तो कौड़ियों पर नजर गई है। चलो बुआरानियो, कुछ थोड़ा सा चख लो। वहाँ नई बहुओं को कयूर मिलेंगे, पर थोड़ा सा कौर ही लेना।''

कहीं दूर से बधाइयाँ गाई जा रही थीं। पहाड़ों में आवाज दूर से भी साफ सुनाई देती है। कहते हैं, पहाड़ भी साथ गाते हैं। ससुराल ऊपर पहाड़ी पर थी, पर आवाजें जैसे चाँदनी में छनकर आ रही थीं :

न्यौरा बज्जै लाला पलंगे दे पावै
छुनकनी मुनकनी बौट्टी लेई आवे
अज्ज सुहामनी रात
कलेहार न्यौरा बज्जै

दोनों लड़कियाँ एक-दूसरे को देखने लगीं। ब्याह हो जाने के उछाह के साथ-साथ एक भय भी सिर उठा रहा था। फिर ससुराल की ढक्की चढ़ते, पूनियों पर पैर रखते, ड्योढ़ी तक पहुँचते पता ही नहीं चला; क्या हो रहा है। फौजी बाजा, कोई डोगरी, पहाड़ी धुन बजा रहा था। रुपयों की होली में और गुल्लरे की बटलोई में हाथ डालते समय स्त्रियों का मंगलगान कान में पड़ रहा था :

तेरे स्हौरे ने लाड लडाएआ
दम्में बोरिऐं हत्थ पोआए आ

मुँह जुठराने के लिए क्यूरों का थाल आया तो मसाँ को याद आया, खाना नहीं है, बस, जरा सा छूना भर है। अब भूख भी किसे रही थी। वैसे भी थकान और नींद के मारे बुरा हाल था। इसके बाद बेहोशी में ही दोनों ने कोई पचास जोड़ी पाँवों पर माथा नवाया।

देवर की गोद में बैठने की रस्म होने लगी तो औरतों ने कहा, ''देवरजी, भौजाई भी है और साली भी, बस, बैठ जाओ गोदी में।''

सब हँसने लगे। दुनिया बस गई।

इस शादी के पंद्रह बरस बाद जम्मू से फिर एक बुआ रानी चनैनी के राजा के संग ब्याही गई। महाराजा प्रतापसिंह की बेटी को महाराजा हरिसिंह ने पंद्रह झंडों

का दहेज दिया। फिर बहन की पालकी के आगे खड़े होकर पूछा, ''बुआरानी, कोई कमी तो नहीं रह गई ?''

बुआरानी की भर्राई सी आवाज बड़ी मुश्किल से समझ आई। उन्होंने हाथ जोड़कर कहा, ''मुझे बुलाना महाराज।''

महाराज ने हाथ जोड़ते हुए कहा, ''कल रात का भात आप यहीं खाना।''

चमत्कार हो गया। राजपूतों की ब्याही बेटियाँ अब मैके भी आ सकेंगी। रास्ता खुल गया। महाराजा हरिसिंहजी के गुणगान होने लगे। खबरें सब जगह फैल गईं। मसाँ और पतू के भाइयों ने भी सुनी तो घोड़े कस लिये।

घर में कहा, ''आज रात ऊधमपुर में काटेंगे और परसों सुबह अपनी बहनों के पास ही नाश्ता करेंगे।''

घोड़े दौड़ने लगे। कुछ खयालों में, कुछ सड़कों पर।

रामनगर में अभी यह खबर न पहुँची थी। सुबह काम्मे गोरू खोलकर गए तो मसाँ और पतू दोनों बहनें पिछवाड़े जाकर गोबर पाथने लगीं। मसाँ एक आह भरकर बोली, ''बड़े भैया की रानू भी ब्याहने लायक हो गई होगी। हमारी तो दोनों बेटियाँ ब्याही गईं। इसे भी अच्छा घर मिल जाए।''

पतू ने कहा, ''सुना है, भाभीजी के मैकेवाले रामबन के बड़े शाह हैं। बड़े रसूखवाले हैं। अच्छे लड़कों की क्या कमी है।''

मसाँ को जैसे कुछ याद आया। गोबर मलते-मलते उसने कहा, ''दीदी, वह रामबन ही की गोली थी न, जिसे कभी-कभी माँजी महलों में मिलने जाती थीं।''

''हाँ, वो नरात्तू, तुम्हें कैसे याद आ गई ? वह मामीजी के मैके की लड़की है। नौ बरस की विधवा हो गई थी। फिर रनिवास में आ गई। उन दिनों राजा के सिपाही इस तरह की अनाथ और सुंदर लड़कियों को ढूँढ़ने में घूमते रहते थे। फिर वे दरबार में लाई जातीं। रानियों के पास उनको टहल, सेवा या फिर दूसरे कामों के लिए रख लिया जाता। गरीबों की बेटियों के बदले उन्हें कुछ मिल जाता। इन लड़कियों से मिलनेवाले पहाड़ी सौगातें; कभी गुच्छियाँ, कभी कलाड़ियाँ, कभी मकई का आटा आदि लाते। कितनी-कितनी देर ड्योढ़ी पर बैठे रहते, कभी सारा दिन भी हो जाता।''

मसाँ हैरान होकर सुन रही थी। उसने कहा, ''दीदी, सौगातें तो ज्यादा ड्यौढ़ी अफसर ही ले जाता होगा!''

''हाँ मसाँ, कुछ दिए बगैर कहीं भेंट होती होगी। फिर लड़की आती तो भी क्या सबके सामने बात हो पाती। आनेवाला पूछता, 'बू तूँ राजी ?' (बुआ, तुम

ठीक ?) बुआ गरदन हिलाकर आँखों में 'हाँ जी' कहती और आँखों में गंगा-जमना भरकर चली जाती।''

''बू तूँ राजी ?'' इतनी सी बात पूछने के लिए कितनी देर बैठना पड़ता। उसने एक आह भरी।

मसाँ ने कहा, ''चलो, हमसे तो वे ही भाग्यशाली हैं। हमें तो कोई यह भी पूछने नहीं आता।''

फिर मसाँ ने कुतूहलवश पूछा, ''पर दीदी, ये लोग क्यों मैके नहीं जा सकती थीं ?''

पतू ने कहा, ''नहीं, रनिवास में जो भी आ जाता है, वह फिर दहलीज नहीं लाँघ सकता था। कहते हैं, एक बार महाराजा प्रतापसिंहजी को अंग्रेज रेजिडेंट ने कहा था कि मेरी मेम रनिवास में जाकर रानियों से मिलना चाहती हैं। महाराजा ने कहा, हमारे धन्य भाग वे आएँ, पर हमारे यहाँ यह रिवाज है कि जो स्त्री रनिवास में आती है, वह बाहर नहीं जा सकती। फिर मेम ने आने की हिम्मत नहीं की।'' इस बात पर दोनों खिलखिलाकर हँस पड़ीं और उपले पाथने लगीं।

मसाँ और गोबर लेने के लिए मुड़ी तो दूर पहाड़ियों में से उसने दो घुड़सवारों को आते देखा। उसके हाथ वहीं रुक गए। घुड़सवार तब तक ढलान में ओझल हो गए थे।

मसाँ ने बड़े चाव से पतू को कहा, ''दीदी, कोई दो लोग घोड़े पर आ रहे हैं। शहर के लगते हैं।''

पतू ने हाथ से गोबर पोंछते हुए कहा, ''तुम्हें ऐसे ही लगता रहता है। देखो, कोई भी नहीं है।''

उसी वक्त घुड़सवार फिर चढ़ाई पर आ गए थे। सूरतें तो पहचानी न जाती थीं, पर केसरी पगड़ियाँ दूर से दिखाई दे रही थीं।

पतू ने खुश होकर कहा, ''उनके कंधों पर बंदूकें भी हैं। चलो, आएँगे तो हम भी अपने घर का हाल-चाल पूछेंगे।''

मसाँ ने घबराकर कहा, ''देखो दीदी, सूरज कहाँ आ गया है। अभी हमें नहा-धोकर रसोई भी बनानी है। आज बापूजी भी ऊधमपुर से आ जाएँगे। कामे भी उनके साथ हैं। खाना जल्दी तैयार होना चाहिए।'' फिर उसकी नजर अपने आप रास्ते पर घूम गई। पहाड़ी चढ़ते-उतरते घुड़सवार चाँद की तरह कभी नजर आते, कभी ओट में हो जाते। अब घुड़सवार इस तरफ आ रहे थे। पतू ने देखा तो उसके हाथ से उपला गिर गया। उसने घबराए हुए स्वर में कहा, ''मसाँ, ये तो अपने भाई

लगते हैं। सारी शक्ल बापूजी की तरह है। हे राम, अगर राजा को पता चल गया तो क्या होगा ?''

मसाँ उधर ही देख रही थी। उसने कहा, ''देखो, छोटे पंडित को कुछ पूछ रहे हैं और उसने हमारे घर की तरफ इशारा किया है।''

''हाँ मसाँ, ये हमारे ही भाई हैं। हमारे माँ-जाए।'' दोनों घबरा गईं। भाई क्या सोचेंगे, जनरल की बेटियाँ उपले पाथ रही हैं। राजा से चोरी आए होंगे तो पता नहीं क्या सजा मिलेगी। हे राम!

अब घुड़सवार चले तो इन्होंने जी भरकर उन्हें देखा। फिर एक-दूसरी का हाथ कसकर पकड़ा और पहाड़ी से छलाँग लगा दी।

□

चौकीदारिन

सरवर जान नई ब्याई गाय को गुड़ की चूरी खिलाकर बाहर निकली तो साँझ का सुरमई आँचल धीरे-धीरे आकाश के होशो-हवास पर छाता जा रहा था। अभी कोई तारा नहीं निकला था, पर धूलिया आसमान पर कई सूराख सरवर जान को दिखाई देने लगे थे। उसके कलेजे में एक जोर की मरोड़ उठी। दर्द की इस मरोड़ से निकली आह को पहचानकर ही शायद उसकी गाय रंभाई। सरवर जान ने हाथ का कटोरा नीचे रखकर गाय के सिर पर हाथ फेरा और अपना गुड़वाला हाथ उसके मुँह के पास ले गई। गाय की पनीली आँखों में दर्द था। गाय कसमसाई तो सरवर जान ने उसके थनों को देखा। बछड़े के भरपेट दूध पीने के बाद भी उसके थन दूध से कड़े हो रहे थे। सरवर जान दुहनियाँ लेकर पीढ़े पर बैठकर दूध दुहने लगी।

मिट्टी की दुहनी में दूध की धारें ऐसे गिरने लगीं, जैसे पहाड़ी चट्टान पर बारिश की बौछारें गिरती हैं। सरवर जान को आज इस घर में आए पंद्रह बरस हो गए हैं। कितनी ही ऐसी शामें हैं, जब शेर खाँ वक्त पर घर नहीं आता। वैसे तो महीने में एकाध शाम ही ऐसी होती है, पर इसका धड़का उसे हर शाम होता है। जब तक शेर खाँ घर वापस नहीं आ जाता, वह दोपहर ढलने के बाद पूरी साँस नहीं ले पाती। आधी-आधी छोड़ी हुई साँसें एक धुँध की चादर की तरह उसका वजूद ढँक लेती हैं।

आवाज आ रही है। अलिफ से अब्बा, बे से बतख, पे से पानी। उसकी छोटी बेटी रट रही है। उसे सिर्फ अलिफ से अब्बा सुनाई देता है।

कितने प्यार से शेरे ने इनके नाम रखे हैं। नीली और लाली। नीली बड़ी है, उसकी आँखें नीली हैं और लाली है छोटी, उसके बाल लाल हैं। सबसे बड़ा है उसका बेटा सावन, जो बाप को मुत्तासिर करने के लिए एक ताल में पट्ठे काट रहा है, ताकि बाप खुश होकर उसे रात को थोड़ी देर के लिए सुलतान मिरासी के

घर जाने दे। सावन को डफली बजाने का बेहद शौक है।

दूध की धारें अब मानो किसी ताल में गिर रही हैं। गंभीर और किसी रियाजी उस्ताद जैसी आवाजें, वे जैसे सरवर जान का कलेजा मथ रही हैं। थोड़ी सी नीलाहट लिये हुए पतला सा दूध दुहनी के गोल मुँह तक भर गया है। गाय निश्चल खड़ी है। उसने दूसरी दुहनी ली। उस पर गिरनेवाली दूध की धारों की आवाज के साथ सावन के हाथों कटते पट्ठों के कराहने की आवाज शामिल हो गई है। शाम डरावनी सी हो उठी है। बाहर 'भालू' कुत्ता अपनी गुर्राहट तेज कर रहा है। सरवर जान के कान बजे हैं। बाहर खुले दरवाजे के पास गली में से आती आहटें रुकी हैं। शायद शेरा ने कतलू को थोड़ी देर रुकने के लिए कहा होगा। फिर थप्प की आवाज, जैसे उसके कलेजे पर कुछ गिरा हो। ये सेबों की थैली होगी। कुछ रखने की आवाज, ये मेवे होंगे। फिर शेरा के अंदर दालान तक आकर रुकते कदम और भयानक खामोशी। सरवर की दूसरी दुहनी भी भर चुकी है। गाय प्यार से सरवर को निहार रही है। एक झुँझलाई सी भरपूर आवाज उभरी है, ''सावन की अम्माँ!''

दुहनी जरा सी छलकी। सरवर जान ने कहा, ''ओह! आज मैं सिर्फ सावन की अम्माँ हूँ।'' दोनों दुहनियाँ उठाकर वह बाहर आई। सामने से आती दोनों बेटियों को एक-एक दुहनी थमाकर ऊँची लंबी जहीन सरवर, शेर खाँ के सामने जा खड़ी हुई। आँखों में आँखें डालकर बोली, ''आज फिर?''

''अल्लाह कसम, सरो···।'' शेर खाँ बोला, थोड़ा सा मुड़कर वह बगैर बात सुने चली गई। जब लौटी तो उसके हाथ में लोटा था। पानी लेकर शेर खाँ ने उसे देखे बगैर कहा, ''कतलू बाहर बैठा है।''

''जानती हूँ।'' मुख्तसर सा जवाब था।

पर उसके जवाब से शेर खाँ मुतमइन हो गया। उसने सोचा, मेरे साथ कैसी भी बेरुखी बरते, कतलू की खातिर में कोई कसर न होने देगी। उसने अपना बड़ा सा कोट अलगनी पर डाला और गरम पानी से भीगे तौलिए को एक तरफ रखकर अपनी पेशावरी चप्पल खोलने लगा। आज पैर खुद साफ करने होंगे। सरो जब मुहब्बत में होती है, तभी उसके पाँव खूब रगड़कर साफ करती है। कितना सुकून आता है। तभी कतलू ने दरवाजे पर से कहा, ''मैं जा रहा हूँ शाह। बाजी ने शहर की मिठाई और दूध की हाँडी आपा के लिए भेजी है।'' शेर खाँ ने अपनी कराकुली टोपी उतारकर अंदर रखे नोटों में से एक नोट कतलू की हथेली पर रखा। कतलू ने नोट लेकर कहा, ''इसकी क्या जरूरत थी शाह···हमेशा ही तो देते हो।'' यह कहकर उसने नोट अपनी बंडी में खोंस लिया और सलाम ठोंककर चला गया।

जमीन से चप्पल एक तरफ हटाकर शेर खाँ ने पाँव पोंछे और तौलिया फेंककर जमीन पर बिछे मोटे सतरे पर लेट गया।

जब आदमी अपने कमरे में अकेला रह जाता है, तब बीते दिनों के लम्हे जो उसके आसपास ही मँडरा रहे होते हैं, उसके बदन पर आकर चीटियों की तरह रेंगने लगते हैं। शेर खाँ की आँखें बंद होती गईं। बेजान सा शेर खाँ अब अपने माजी के आगोश में था। उसने देखा, उसके छोटे-छोटे लाल-लाल पाँव स्कूल से नंगे पैर आने पर ठंड से बेजान हो चुके हैं। उसका जूता पता नहीं कौन ले गया है। नूर बेगम गरम-गरम पानी से भीगा, मोटा खुरदुरा कपड़ा उसके पाँव पर रगड़ रही है। कितना अच्छा लग रहा है। शेर खाँ ने अपना एक पाँव दूसरे पर धीरे-धीरे रगड़ना शुरू किया। नूर बेगम और करीब आ गई।

आठ-नौ बरस का, गाँव के स्कूल में दूसरी जमात में पढ़नेवाला शेर खाँ शर्म के मारे चित पड़ा है। ठंडे पाँव उसे हिलने तक की इजाजत नहीं दे रहे। नूर बेगम उसके पाँव पर तेल मल रही है। फिर अपने आँचल से पोंछ, सीने से लगाकर रजाई में घुसी बैठी है। वह नूर के हाथों से अपने पाँव छुड़ाता है। आँसू की गरम-गरम बूँद टप्प से उसके पाँव पर पड़ती है। एक कील सी अंदर घुस जाती है। नूर बेगम जा चुकी है, पर कील बाहर नहीं निकली। तभी उसकी माँ की आवाज आती है, ''शेर खाँ शेरू, ले, दूध और रोटी खा। तू नूरी से क्यों घबराता है, तेरी बीवी है वह, इस घर में उसका और कौन है? तू उसके साथ खेला कर।''

''अम्माँ, खाना खाने दे न और नूर के साथ मैं कभी न खेलूँगा। वह मुझसे बहुत बड़ी है।'' झल्लाकर शेर खाँ बोला।

माँ ने प्यार से कहा, ''कितनी? सिर्फ दस साल और चार बरस में तो तू बड़ा हो जाएगा।''

''कितना बड़ा अम्माँ, अब्बा के जितना?''

''नहीं, पर काफी बड़ा, इतना बड़ा कि नूरी से कभी-कभी खेल भी सके।''

''तब क्या वह छोटी हो जाएगी?''

''कौन, नूर? पगला कहीं का। बड़ा होने के बाद, कोई भी छोटा नहीं होता।''

''पर मुझे स्कूल में सब लड़के छेड़ते हैं। कल उस्ताद भी कह रहे थे।''

''क्या कह रहे थे?''

''यही कि वह मेरी बीवी है।''

''बीवी तो है ही बेटा, उसके चाचा ने जब तेरी फूफी से शादी की थी, तब तुम पाँच ही बरस के थे। तुम्हें कैसे याद होगा।''

"पर अम्माँ, शादी में तो ढोल बजते हैं। ढोल तो बजे नहीं। शादी कैसे हुई ?"

"बजे थे बेटा, पर तब तू मेरी गोद में सो रहा था।"

"अम्माँ, मुझे नींद आ रही है। तू मेरे साथ सो जा। मैं रोटी खा चुका।"

"पर अभी बहुत काम है।"

"काम वह करेगी, तू मुझे सुला, मुझे डर लग रहा है।"

शेरू की माँ ने अपने बेटे को सीने से लगा लिया और रजाई में उसे लपेटकर गाने लगी—

दरसी दे बनाँ विच्च बुननी आँ लोइयाँ
जिनाँ गल्लाँ डरदी सी ऊऐ गल्लाँ होइयाँ,
लग्गी कैंची दिल नूँ...

(दरसी के जंगल में लोइयाँ बुन रही हूँ। जिन बातों से डरती थी, वे ही बातें हो गई हैं। दिल में कैंची सी आ लगी है।)

ठक्क की आवाज से शेर खाँ चौंका। उसने देखा सोए-सोए उसकी आँखों में से आँसू बह रहे थे और उसकी बेटी नीलू उसका ठंडे कहवे का प्याला लेकर बाहर जा रही थी। आज पंद्रह बरस पहले का वह दिन कैसे पूरा-का-पूरा जी उठा है। उसने आसपास देखा। नूर कहीं न थी। माँ को मरे अब अरसा हो चुका था, पर नूर तो थी, जो अपने घर से एक बूढ़ी गाय की तरह निकाली जा चुकी थी।

तभी सावन ने आकर कहा, "अब्बा, खाना खाने चलो।"

"मुझे आज भूख नहीं है। तुम लोग खा लो।"

"अब्बा, काली घोड़ी का पाँव अभी तक ठीक नहीं हुआ।"

"हूँ, काँटा अच्छी तरह से निकाला था ?"

"हाँ, अब्बा।"

"तो गरम पानी से साफ करके एक बार फिर आक के पत्ते पर देसी घी चुपड़कर बाँध देना।"

सावन के निकलते ही सरवर जान आ खड़ी हुई। "क्यों, बहुत कुछ खिला दिया उसने ? घर में भी लोग इंतजार करते हैं। तुम्हारी दोनों बेटियाँ गुमसुम दस्तरखान पर बैठी हैं।"

शेर खाँ उठ बैठा। उसने कहा, "चलो, मैं आ रहा हूँ।"

लोई को लपेटते ही काले धागे से बँधा ताबीज ठक से नीचे गिरा। नूरी की आवाज उसके कानों में रस घोलने लगी। "इसे बाँह पर बाँध लेना। दरगाह गई थी। वहीं से लाई हूँ, तुम्हारे लिए।" शेर खाँ ने ताबीज उठाकर छत की कड़ियों

में खोंस दिया और खाने के लिए चला गया।

सावन अपनी माँ के आँचल से हाथ पोंछकर बोला, ''अब्बा, मैं⋯''

''हाँ-हाँ, सुलतान के यहाँ जाओगे? चले जाओ, पर जल्दी आना।'' सभी हैरान होकर उसे देखने लगे। सुलतान मिरासी के नाम से भी शेर खाँ चिढ़ता था।

हाथ धोकर शेर खाँ फिर अनमना सा बिस्तर में गिर गया। तभी वह फिर आ गई —नूर, अठारह-उन्नीस बरस की नूर। उसने देखा, स्कूल से आते ही वह अपना पट्‌टी-बस्ता फेंककर माँ को ढूँढ़ने लगा। नूर ने गरम पानी से भीगा तौलिया उसे दिखाकर कहा, ''चलो, पाँव पोंछ दूँ।'' पाँव पुँछवाने में बला का आकर्षण था। अब उसे आदत भी पड़ चुकी थी। यही वह वक्त था, जब नूरी दो मिनट के लिए अपने छोटे से बलमा के पास होती थी। वह उसके पाँव साफ करती और इसी बहाने उसे इस घर में अपने पैर पक्के जमने का यकीन हो जाता। शेरू जल्दी करने को कहता। वह मुसकराकर देर लगाती। शेरू के पाँव साफ होते तो उसे लगता स्कूल के मटमैले धूलभरे टाट की गंदगी से मुक्त हो गया है। अब भी तो उसे पाँव साफ करवाने में बड़ा रस आता है। नूर मकई की रोटियों पर मलाई का ढेर डालकर ले आती थी। उसे पकड़ाकर भाग जाती। कभी-कभी वह देखता, रसोईघर से नूर उसे देख रही है⋯कभी-कभी खाना पकाते वक्त वह धीरे-धीरे गाती—

अज्ज छोट्‌टा, कल बड्‌डा
माये दिनो-दिन जोत सो आई। वोऽऽऽऽ

(आज छोटा है तो कल बड़ा हो जाएगा, दिन-ब-दिन ज्योति और ज्यादा तेज लौ देगी।)

वह बाहर भाग जाता। सुबह उसकी पट्‌टी उसे साफ मिलती। काली स्याही की बोतल अच्छी तरह भीगी-भिगाई। किताबें बस्ते में करीने से लगी हुईं। कलम की नोक अच्छी तरह गढ़ी हुई। वह खुश होकर सोचता, मैं जवाँ मर्द हूँ और ये नूर जो इतनी सुंदर है, जो चाँदनी की तरह चमकती है, धूप की तरह खिलखिलाती है, महज मेरी बीवी है। हमेशा हमारे घर में रहेगी। बड़ा होकर मैं उसे मेले में ले जाऊँगा। अब्बा के खास घोड़े पर बैठकर उसे भी साथ बिठा लूँगा, पर स्कूल जाते ही जब उसे दोस्त छेड़ते, ''अहा, क्या पट्‌टी लिशकी है! क्या आँखों में सुरमा, बीवी ने डाला होगा!'' तो सबके हँस पड़ते ही उसके सपने हवा हो जाते। यह खिलखिलाहट उस्ताद के आने पर खत्म हो जाती, पर शेर खाँ सारे दिन के लिए बुझ जाता। माँ उसका बुझा चेहरा देखती तो कहती, ''जाओ, बच्चों के साथ जाकर खेलो।'' शेर खाँ कहता, ''नहीं, मैं न जाऊँगा। सब मुझे छेड़ते हैं।'' माँ के सीने

से एक आह निकलती। बचपन तो मेरे बच्चे का घुट गया है। जवानी कैसी होगी? या अल्लाह, रहम कर! ऐसे बेमेल ब्याह तो हमारी बिरादरी में कितने ही होते हैं। फिर मेरे बच्चे को ही यह बात क्यों ज्यादा महसूस होती है?

नूरी की खूबसूरती के चर्च तो सारे गाँव में थे। सुघड़ भी वह उतनी ही थी। जब पानी भरने कुएँ पर जाती तो खिलखिलाती हुई हमउम्र बहुओं के साथ बाँटने को कोई राज उसके पास न होता। वह अछूती सी खड़ी रहती, एक तरफ खामोश, चोर की तरह। जब उसे कोई छेड़ता तो शर्म से उसका चेहरा लाल हो जाता, वह पानी भरने के लिए कुएँ पर चढ़ जाती। सभी के घड़े अपनी पीतल की बालटी से दनादन भर डालती। हर कोई दुआ देता। इसके बाद अपने घड़े उठाकर गीली रस्सी गीले हाथों पर डाले वह रूखी-सूखी घर आ जाती।

कभी-कभी शेरा चिढ़कर उसका लाया दूध का कटोरा फेंक देता। नूरी की आँखें खाली कटोरे को जमीन पर टिकते-झनझनाते देखतीं और आँसुओं से लबा-लब भर जातीं, शेर खाँ ने अपनी रजाई को थोड़ा मोड़ा। एक आह उसके सीने से उठकर अतीत पर फिर गई। उसने सोचा, 'मैं तो बच्चा था, पर समाज कितना पापी है। मुझे तो नूरी माँ जैसी ही लगा करती थी और डर के मारे वह बच्चा कभी-कभी रात में दोस्तों से छेड़े जाने पर बीवी के नाम से भी डर जाता।'

उस दिन जब शीशे से कटा लहूलुहान पैर लेकर वह घर में घुसा था, तो माँ घर पर न थी। नूरी ही तो थी। पट्ठे काटनेवाली दराँती उसके हाथ में थी। जैसे मार डालेगी। ऐसे ही खड़ी थी नूरी। उसने रोते-रोते कहा था, ''स्कूल में शीशा चुभ गया।'' नूरी ने उसे गोद में ले लिया था। दराँती की नोक से ही उसका काँच निकाल दिया था। तड़पकर शेरा उससे चिपट गया था।

नूरी ने उसके बालों पर हाथ फेरकर उसके माथे को वैसे ही चूम लिया था, जैसे माँ चूमती है। फिर कपड़ा जलाकर उसके जख्म पर पट्टी बाँध दी थी। उस दिन के बाद उसे नूरी से डर न लगता था, पर तभी शेरा के मामा एक दिन आकर उसे ले गए थे। माँ ने ही चिट्ठी लिखवाई थी। शेरा के मामा का गाँव बड़ा था। वहाँ आठवीं तक का स्कूल भी था और मामा का कारोबार भी काफी बड़ा था। मामा की एक ही लड़की थी—सरवर जान और शेरा भी माँ का एक ही बेटा था। माँ और मामा की बातचीत उसने चुपके से सुनी थी। माँ कह रही थी, ''शेरा बहुत छोटा है और नूरी बहुत जवान। इसे तुम ले जाओ वीर। मेरा एक ही बच्चा है। मैं इससे अलग तो रह सकूँगी, पर इसके साथ रहकर मैं इसका बचपन घुटता हुआ नहीं देख सकती। बड़ा करके भेज देना। बीच-बीच में मैं आती रहूँगी।''

मामा ने कहा था, ''खतीजा, तभी तुमसे कहा था, उम्र का इतना फर्क नहीं होना चाहिए।''

माँ ने लगभग रोकर कहा था, ''शेरू के अब्बा के आगे मेरी कब चली है? फिर इस घर में दो हाथ चाहिए थे। जबसे मैं बीमार रहती हूँ, घर तो सारा नूरी ही सँभालती है।''

मामा भी तीखी आवाज में बोले थे, ''तुम्हें एक नौकरानी चाहिए थी, बहू नहीं। शेर खाँ को जब तक मैं न भेजूँ, बुलाना नहीं। तुम लोग उससे वहीं मिल सकते हो, पर खतीजा, उस बेजुबान पर रहम करो, उसे आजाद कर दो।''

''वह यह घर छोड़कर नहीं जाएगी वीर। उसके चाचा ने उसे भाई के मरने के बाद इसीलिए बड़ा किया था कि किसी दिन उसका घर बसाने के लिए इसकी कुरबानी दी जा सके। तीन-चार बरस हो गए हैं, कभी इसको चाचा ने घर पर नहीं बुलाया। इसकी माँ के गहने शेरा की फूफी लादे-लादे फिरती है। अब तो माशा अल्लाह, उम्मीद से भी है। हमारे बुलाने पर भी वह उसे नहीं भेजता। नूरी को जिंदगी में पहली बार घर मिला है वीर, वह इसे छोड़कर नहीं जाएगी।''

मामा ने कहा, ''जब शेरा जवान होगा, तब?''

माँ ने बड़े विश्वास से कहा, ''शेरा की एक और शादी करवा दूँगी। मालकिन तो नूरी ही रहेगी।''

शेर खाँ इससे ज्यादा न सुन सका। उसकी छाती में एक बगूला सा उठा। जो खुशी उसे मामा के घर जाने में हो रही थी, वह निकल गई। उसने सोचा, अगर नए स्कूल में भी मामा ने बता दिया, उसकी बीवी है तो क्या होगा? वहाँ भी सब छेड़ेंगे। वह भागकर अपने कमरे में गया। उसने देखा, नूरी रो रही थी और उसके कपड़े तहा रही थी। उसका जी चाहा, नूरी से कहे, मैं कभी किसी और से शादी नहीं करूँगा, पर उसे देखकर वह हमेशा की तरह खामोश रह गया। नूरी ने अपने आँसू पोंछे बगैर उससे पूछा, ''सभी कपड़े रख दूँ या कुछ यहाँ रहने दूँ?''

''नहीं, सभी रख दो। मैं यहाँ कभी नहीं आऊँगा।'' यह कहकर शेर खाँ भाग गया था।

नूरी तनिक सी मुसकराई थी। शेर खाँ उस मुस्कान का अर्थ न समझता था, पर आज, अब क्यों याद आ रही है उसकी बात? नूरी को अब बूढ़ी हो जाना चाहिए था, पर वह तो वैसी ही है, उसकी आँख का नूर अभी तक वैसा है...शेर खाँ ने रजाई और कसकर लपेट ली। कमरे में दीये की पीली सी रोशनी हुई। उसकी बंद आँखों से भी वह दिखाई देती थी। सरवर जान ने फूँक मारकर दीया बुझा दिया।

चुपचाप उसकी बगल में आकर लेट गई। शेर खाँ ने बेसाख्ता उसे अपने आगोश में ले लिया। उस वक्त वह नूरी थी। जवाँ-जवाँ नूरी।

उजाले में जो मसले हल नहीं होते, अँधेरे में कैसे बहस के बगैर ही सुलझ जाते हैं?

दूसरे दिन का सूरज किसी पागल की जुल्फों की तरह बिखरा-बिखरा था, पर सरवर जान हँस-हँसकर बच्चियों के बस्ते नूरी के भेजे सेबों और बादामों से भर रही थी। हँसकर बोली थी, ''तुम लोगों की बड़ी अम्माँ ने भेजे हैं।'' लड़कियाँ शरमाकर भाग गई थीं। जब खुश होती थी सरवर, नूर को हमेशा बच्चों की बड़ी अम्माँ कहती थी। खुद भी उसे आपा कहती, पर यह खुशी बरसात के चढ़नेवाले सूरज की तरह होती थी।

आपा या नूरी अब मौलवी अमीन की बेगम थी और मौलवी की पहली बीवी के सब बच्चों को व्यवस्थित कर चुकी थी। अब उसका छोटा बेटा ही उसके पास था। इसी दुधमुँहे बच्चे के लिए मौलवी ने कभी कोई औरत या बीवी चाही थी, जो उसे पालकर बड़ा करती। मौलवी के बच्चों को और उसके घर को सहेज लेती। ये सब काम नूरी ने किए थे, चौकीदारिन की तरह। अब मौलवी साहब के इंतकाल के बाद वह उनके छोटे बेटे के साथ घर पर रहती थी।

कतलू उसके बागों का कारोबार सँभालता था, पर नूरी को कभी भी यह घर अपना न लगा था। उसका मन हमेशा खिंचता रहता।

शेर खाँ ने जीन कसी। उसने सोचा, काम पर जाऊँगा। आज घोड़ों की खरीदारी करनी है। शायद माजी के आगोश में से भी निकल पाऊँ। घोड़े पर बैठकर शेर खाँ ने एड़ लगाई, लेकिन इसी के साथ जैसे उसके खयालों को भी एड़ लग गई।

वह रात जीती-जागती औरत की तरह उसके सामने थी। वह रात, जब शेर खाँ को न जाने कितनी तरह की औरतों ने नूरी के कमरे में ढकेल दिया था। कमरे में 30 बरस की नूरी 20 बरस के शेर खाँ को देखकर जरा भी नहीं शरमाई थी। पीले पत्ते की तरह वह काँप रही थी, पीले पत्ते ही की तरह मानो डाल से टूटकर गिर भी पड़ी। रो रही थी नूरी। शेर खाँ की समझ में न आया वह क्या करे। नूरी कभी-कभी आँगन में लगे खुबानियों के पेड़ की तरह उसे याद तो आती थी, पर नूरी—उसकी बीवी, उसके सपनों का ताजमहल तो नहीं है। नूरी ने ही कहा, ''बैठो शेर खाँ।'' शेर खाँ फिर स्कूल से आए उस बच्चे की तरह हो गया, जिसके पाँव में शीशा लगा था। वह भी रोने लगा। नूरी उसे देखते ही चुप हो गई। उसने शेर खाँ का हाथ पकड़ा और कहा, ''नहीं शेर खाँ, तुम मत रोओ, रोऊँगी मैं। मुझे रोने

की आदत भी है और अब अच्छा भी लगता है। जिस तरह से रो-रोकर मैंने अपनी मुरादों की रातें काटी हैं, उस तरह से तुम्हें न काटने दूँगी। तुम तो मेरे छोटे से बलमा हो न। मैंने तुम्हें बचपन से बड़ा भी किया है। तुम हमेशा मेरे शौहर थे। मैं ही कभी तुम्हारी बीवी न थी। तुम्हारी बीवी हूँ, ऐसा तो कभी मुझे भी नहीं लगा। तुम्हारे नाम की ओट में मैंने एक शौहर जरूर देखा है, पर यकीनन वह तुम नहीं हो। तुमने मुझे घर दिया, मेरा अपना घर, वही पाकर मैं खुश हूँ। तुम्हारी हसरतें नहीं टूटने दूँगी। जानती हूँ तुम्हारे मामा तुम्हारी शादी सरवर से करना चाहते हैं।''

शेरा चीखकर बोला था, ''नहीं-नहीं, मैं शादी नहीं करूँगा।'' नूरी ने कहा था, ''वह तो तुम्हें करनी ही पड़ेगी। मैं तुम्हें आजाद करती हूँ शेरा। मैंने मेहर की रकम भी माफ की। अल्लाह तुम्हें खुश रखेगा। यह मैं जानती हूँ। मैंने हमेशा तुम्हारे लिए दुआएँ माँगी हैं। लोगों ने भी मुझे हमेशा तुम्हारे लिए दुआएँ ही दी हैं। शादी की रात जब तुम पाँच बरस के थे, तब मुझे तुम शौहर थोड़े ही लगे थे, तब तुम मुझे एक घर लगे थे, जहाँ मैं महफूज रह सकती थी। घर की कितनी ममता होती है। लोग तो कभी-कभी चले भी जाते हैं, पर घर कभी नहीं साथ छोड़ता। घर बेमुरव्वत भी नहीं होता शेरा।'' शेरा के सिर पर हाथ फेरकर नूरी ने कहा था, ''रोओ नहीं, मैं कल सुबह चली जाऊँगी। मौलवी साहब की बीवी का इंतकाल हुए कल एक महीना हो जाएगा, उनका दुधमुँहा बच्चा मैं बचा लूँगी। मौलबी साहब को भी एक औरत चाहिए, बीवी नहीं, पर मेरी तकदीर में बीवी बनना लिखा ही कहाँ है। एक शौहर मिला, जो दस साल छोटा था, दूसरा हासिल करने जा रही हूँ, जो बीस साल बड़ा है। उनके घर में चार लड़कियाँ भी हैं। उन्हें मेरी जरूरत है।'' यह कहकर नूरी रुकी थी।

फिर अवाक् शेरा ने देखा, वह रोकर भीख माँग रही थी, ''यह घर मेरा है, मुझे कभी-कभी बुला लिया करना। इस घर की दीवारों पर मेरी जिंदगी के सालों की तारीख लिखी है। इस घर की कोई भी ऐसी दीवार नहीं है, जिसके सीने के साथ लगकर मैंने अपने माजी के ख्वाब नहीं बुने। कोई ऐसा दरख्त नहीं है इस घर के पिछवाड़े में, जिस पर आनेवाले फूलों में मैंने अपने बच्चों के चेहरे नहीं देखे। इस घर की छत की कोई भी कड़ी ऐसी नहीं है, जो मेरी आँखों की ताब ला सकी हो। इस घर पर आनेवाली हर रात मैंने अपने सीने में जज्ब कर ली है। हर दिन तुम्हें दे जाऊँगी।

''पर मुझे कभी-कभी बुला लिया करना। शेर खाँ, शेर खाँ, बुलाओगे न? रोओ नहीं, अब भी कभी-कभी जी चाहता है तुम आठ बरस के हो जाओ, मैं

अठारह की, ताकि न मैं सपने बुनने से चूकूँ, न तुम तोड़ने से बाज आओ। अब रोओ नहीं। लोग सुबह तुम्हारी सूजी आँखें देखकर सोचेंगे, बड़ी बहू ने तुम्हें मारा है।

''जाओ, इस चारपाई पर सो जाओ। मैंने गरम पानी रखा हुआ है। तुम्हारे पाँव पोंछकर मैं भी सो जाऊँगी। सुबह तक।''

शेर खाँ वह रात कैसे भुला सकता है, जब अपने सीने के बीच उसके पाँव रखे नूरी रात-भर जागती रही थी। सुबह जब वह पक्की नींद सो रहा था, तभी वह बेचारी गाय, जिसका खूँटा तो घरवालों ने खोल दिया था, पर रस्सी गले में बँधी रहने दी थी, धीरे-धीरे खूँटे को घसीटती मौलवी के घर चली गई थी।

सवेरा हुआ तो घर भर में कुहराम मच गया था। रिश्ते की किसी औरत ने कुछ कहना चाहा था, तभी उस घर में पहली बार शेर खाँ की कड़कती हुई आवाज गूँजी थी, ''खबरदार जो नूर बेगम के बारे में किसी ने एक लफ्ज भी बोला। मैंने खुद उसे तलाक दिया है। आज उसका निकाह मौलवी साहब से होगा। अम्माँ, आज तुम्हारी नौकरानी चली गई और मेरी बीवी मर गई। उसके खिलाफ इस घर में कोई नहीं बोलेगा। नहीं तो मैं कल ही जाकर फौज में भरती हो जाऊँगा।''

सारे आँगन में सन्नाटा छा गया था। कभी-कभी नूरी को लेकर अगर कोई फुसफुसाहट होती तो शेरू को देखते ही बंद हो जाती।

फिर उसी साल शेरा की शादी सरवर जान से हो गई थी।

शेर खाँ का चित्त, दोराहे पर खड़ा, भूले हुए मुसाफिर की तरह टुकुर-टुकुर देखता रहता। रात भर वह सरवर जान को मन-ही-मन नूरी कहता, फिर सुबह उससे आँख न मिलाता। नूरी अब सबके लिए एक कहानी थी, पर उसके लिए एक हकीकत। उसका घोड़ा 'तीरंदाज' जब भी नूरी के घर की पहाड़ी से नीचे उतरता, अखरोट के दरख्त के पीछे से नूरी का साया लरजता हुआ दिखाई देता और जैसे-जैसे उसका घोड़ा ढलान से नीचे उतरता, नूरी गायब होती जाती। अनारकली की तरह, जो ईंटों के पीछे चुने जाने पर धीरे-धीरे गायब हो गई थी।

ढलान पर उतरने से पहले शेर खाँ थोड़ी देर पहाड़ी पर खड़ा रहता था। कभी डूबते सूरज को देखता, कभी नूरी के साये को। इसी तरह कई बरस बीत गए। सावन तो पहले बरस ही आ गया था। फिर दोनों बच्चियाँ भी आ गईं। दिन हाथों से फिसलते रहे, फिसलते ही रहे। शेर खाँ के गले में फाँस अटकी ही रही, नूरी की फाँस।

फिर एक दिन जब वह उस गली में से जा रहा था, कतलू ने ही उसके

घोड़े की रास थामकर कहा था, "शाहजी, आपको आपा बुला रही हैं।" घोड़े से उतरकर शेर खाँ नूरी के सामने वैसे ही खड़ा हो गया, जैसे जज के सामने चोर आकर खड़ा होता है।

नूरी ने ही मौन तोड़ा, "कैसे हो शेर खाँ?" शेर खाँ ने एक आह भरकर कहा, "सलामालेकुम बेगम साहिबा, मैं अच्छा हूँ, आप कैसी हैं?" नूरी की आँखों में आँसू भर आए, पर उसने मुसकराकर कहा, "आज कितने ही दिनों के बाद इधर आए हो। मौलवी साहब काफी बीमार हैं। इन्हें शहर के अस्पताल में पहुँचाना चाहती हूँ।"

शेर खाँ, जिसकी आवाज से आसपास का सारा इलाका थर्राता था, एक मासूम मेमने की तरह सिर्फ गरदन हिलाकर रह गया।

नूरी ने एक टोकरी उसे थमा दी थी, "यह बच्चों के लिए ले जाओ।" शेर खाँ हिम्मत बाँधकर बोला, "अभी मैं पालकी का इंतजाम कर देता हूँ, साथ जाऊँगा। आप घर पर ही रहिए।" फिर मौलवी साहब जब ठीक होकर आ गए, तो कभी-कभी शेर खाँ वहाँ आने लगा। आने-जाने का यह सिलसिला अफवाह बनकर सरवर जान के पास भी पहुँचा था। एक दिन उसने पूछ ही लिया, "ये आए दिन बच्चों के लिए मेवे कहाँ से आते हैं?"

"नूरी, नूर बेगम...मौलवी साहब के घर से।"

सरवर ने मुँह खोलना चाहा, शेर खाँ ने बंद कर दिया, "ये बच्चे नूरी के भी हो सकते थे। आइंदा यह जिक्र न हो।"

सरवर चुप हो गई थी, पर जब भी कभी घर में मेवे आते, वह बच्चों को खूब सुनाती, "तुम लोगों को बड़ी अम्माँ ने मेवे भेजे हैं।" कभी-कभी मजाक में भी बड़ी अम्माँ का जिक्र होता, पर कहीं अंदर मन में उससे सहन न होता। बड़े अधिकार से कतलू उसे बाजी कहता था। उसी से मौलवी साहब की बीमारी और नूरी की सेवा की खबरें वह सुनती रहती और फिर मौलवी साहब का इंतकाल हो जाने पर जब शेरा ने उससे आकर कहा था, "सरो, मौलवी साहब नहीं रहे, मैं नूरी के घर जा रहा हूँ। तुम चलोगी?" तो उसने "नहीं, तुम्हीं जाओ," ही बोला था।

शेरा घोड़े को एड़ लगाकर चला गया था और पूरी तरह से कभी घर न लौटा। सरो के बच्चे थे, घर था, पर वह मालिक की मालकिन न हो सकी थी। अपने और शेर खाँ के बीच उसे हमेशा नूरी खड़ी मिलती थी। नूरी उसकी सौत, नूरी उसकी सास, उसकी दुश्मन, उसकी साझेदार।

बच्चों के लिए तोहफे आते तो जिस खुशी से बच्चे उन्हें स्वीकार करते,

सरवर जान से बरदाश्त न होता। कभी उसे लगता, पति तो नूरी का है ही, कहीं ये बच्चे भी ···और वह थर्रा जाती। बच्चों ने अपनी बड़ी अम्माँ का अस्तित्त्व स्वीकार कर लिया था।

फिर एक घटना हुई। इतने बरसों बाद सरवर जान फिर उम्मीद से थी। गाँव की अनुभवी दाई ने कह दिया था, इस बार मेरे बस का नहीं है, इसे शहर ले जाओ। शेर खाँ तैयारी में लगा हुआ था। एक दिन सरवर जान से कहने लगा, "कल हम शहर जाएँगे। पता नहीं, कितने दिन लगें? तुम कहो तो नूरी को बुला लूँ, बच्चों को भी सहारा देगी, घर भी देखेगी।"

तड़पकर सरवर बोली थी, "अब ज्यादा देर क्या है? मेरे मरने के बाद यहीं ले आना।" शेर खाँ चुप रह गया था, पर जाते-जाते कतलू को वहाँ छोड़ गया था।

अस्पताल पहुँचते ही सरवर जान को दर्द उठा था, फिर डॉक्टर ने मरा बच्चा निकालकर उसकी जान बचा ली थी।

शेर खाँ बाहर कह रहा था, "अल्लाह पाक, मेरा ईमान रखना।" फिर सरवर जान ने ही उससे कहा था, "मैं ठीक हूँ। तुम दाई का इंतजाम करके बच्चों को देख आओ। मुझे अच्छे सपने नहीं आते।"

शेर खाँ डॉक्टर से पूछकर चला गया था। आठवें दिन आकर सरो को ले जाने के लिए।

अस्पताल में सरवर जान अब अच्छी हो चुकी थी। टाँके निकलने का इंतजार था। उसे थोड़ा होश आने लगा तो उसने पाया, रोज शाम को नीचे के वार्ड में कोई चिल्लाता है। एक औरत की गिड़गिड़ाहट, आकाश को चीर डालती गुहारें, फिर मंद पड़ती आवाजें। रोज शाम के वक्त एक खौफ सरवर जान के ऊपर तारी होता। जब तक वे आवाजें उभरकर मिट नहीं जातीं, वह थर्राती रहती।

"मेरा बच्चा कहाँ है, कहाँ है मेरा लाल? कल ही तो पैदा हुआ था। अल्लाह, मेरा बच्चा कहाँ ले गए?"

सरवर जान ने दाई से पूछा, "इस औरत का बच्चा भी मरा पैदा हुआ था क्या?" दाई बोली, "नहीं बीवी, इसका बच्चा कहाँ से होगा, इसका खाविंद तो अभी स्कूल जाता है। यह पागल जैसी हो गई है। घर में जेठानी के हर साल बच्चे होते थे। यही उनको पालती रही। कहते हैं इस बार उसे जुड़वाँ बच्चे हुए तो यह पागल हो गई कि एक बच्चा मेरा है, अल्लाह ने मेरे लिए भेजा है। जेठानी से बच्चा छीनने लग गई। घरवाले मार-पीटकर मायके छोड़ आए। अब इसके माँ-बाप ने इसे यहाँ रखा है। ससुरालवाले इसे अब नहीं रखेंगे। इतने साल वहाँ खटती रही। अब,

जब चार-पाँच साल बाद इसका आदमी बड़ा होगा, तब राज करने कोई दूसरी आ जाएगी। औरतों का भाग ही खोटा है, पर तुम क्यों रोती हो?''

''मुझे उसके पास ले चलोगी?'' सरवर जान ने रोते हुए कहा।

दाई बोली, ''तुम्हारा मन बड़ा कमजोर है बीवी, थोड़ी ठीक हो जाओ, फिर चलेंगे। दिन में वह बिल्कुल ठीक होती है। मैंने कितनी बार उससे बातें की हैं।''

''तो अभी उसे बुला सकती हो?''

''अभी, बड़ी जल्दी में हो बीवी? डॉक्टर राउंड लगाकर चले जाएँ, फिर बुला लाऊँगी।''

दोपहर को वह आई, हाथ में खाने की थाली लिये। सरवर जान उठ बैठी। थाली दाई को थमाकर वह औरत सरवर जान की बाँहों में समा गई। दोनों औरतें रोने लगीं। मानो एक-दूसरे की व्यथा बरसों से जानती हों।

सरवर ने उसके आँसू पोंछ लिये, अपने बहने दिए, फिर प्यार से पूछा, ''मैं तुम्हारी बाजी हूँ। मेरे साथ चलो। तुम्हारा निकाह कहीं करवा दूँगी। अल्लाह ने तब तक खाने को बहुत दिया है।''

''नहीं बाजी, मैं यहीं ठीक हूँ।''

''सारी उम्र कोई अस्पताल में नहीं रह सकता। तुम्हारा नाम बेगमा है न, चलो मेरे साथ।''

''नहीं बाजी, हमारे गाँव में रसूल है। रसूल मेरा बचपन...''

''अच्छा, मैं चलूँगी तुम्हारे घर। अब सब पागलपन छोड़ दो।'' खाना खाकर सरवर जान ने उसकी कंघी की। आँखों में काजल डाला और अपने गले की जुगनी उसके गले में डालकर कहा, ''आज से मैं तुम्हारी बहन हूँ।''

''अच्छा बाजी, अब मैं चलूँ, मुलाकाती आनेवाले हैं।''

''क्या रसूल आ रहा है?''

''हाँ, बाजी!'' उसने शरमाकर कहा।

उस रात चिल्लाने की आवाजें बंद हो गईं।

जिस दिन सरवर जान को घर जाना था, सवेरे ही शेर खाँ पालकी लेकर आ गया था। बेगमा ने शेर खाँ से घूँघट निकाला तो सरवर ने मना कर दिया, ''ये भाई है तुम्हारा।''

बेगमा ने सरवर जान के लंबे-लंबे बालों में खूब तेल डालकर मींडियाँ गूँथ दीं। उसकी आँखों में काजल डाल भवों पर काला टीका लगाकर कहा, ''तुम्हारी कभी कोई सौत न होगी।''

''मेरी सौत नहीं है, आपा है।''

''हैं, क्या कहा?''

''कुछ नहीं। घर जाने के लिए जी तड़प रहा है।''

पालकी में बैठी सरवर जान से गले मिलकर बेगमा रोई तो नर्स दौड़कर आ गई। बेगमा ने कहा, ''नहीं बहन, मैं पागल नहीं हूँ। आज तो मैं ठीक हो गई हूँ।''

सारे दिन की थकान के बाद सरवर जान आँगन में आकर खड़ी हुई तो चारों ओर देखकर उसने मन में सोचा, मैं कुछ दिनों के लिए ही तो यहाँ न थी, पर कैसा लगता है। कुछ नया, कुछ पुराना। शेर खाँ उसे अंदर चारपाई तक ले गया। सावन और दोनों बेटियाँ सहमी सी खड़ी थी। सरवर ने बाँहें फैलाकर सबको गोद में ले लिया। फिर शेर खाँ से बोली, ''शाह, शाहजी!''

''क्या है सरो?''

''मेरी एक बात मानोगे?''

''कहो न?'' शेर खाँ बोला।

''जाकर नूरी आपा को घर ले आओ। वहाँ उसने सब बच्चियों की शादी कर दी, पर ये दोनों भी उसी की हैं। मेरी आँखें खुल गई हैं शाह। यह घर उसी का है, उसे ले आओ। जब तक वह नहीं आएगी, मैं इस घर का पानी न पिऊँगी।''

उस रात शेर खाँ के आगोश में सरो थी, नूरी न थी।

□

पाँव तले

अस्पताल के गेट के बाहर की अधकच्ची सड़क पर सुबह की हल्की धूप के साये चीलों की तरह मँडरा रहे थे। दूर से एक ताँगा तेजी से इस तरफ आ रहा था। सिर उठाए काली घोड़ी मस्ती से चल रही थी। ताँगे के रुकते ही चौधरी दलीप सिंह नीचे उतरे। आसपास एक नजर डाली और अस्पताल के गेट पर ठिठके। सब वैसा ही था। गेट पर झुकी बेल की टहनियाँ अपने जानेवालों के कपड़ों को छेड़ रही थीं। चरमराकर खुलता गेट बूढ़े सिपाही की फटी वरदी की तरह टिकाऊ और बेरंग सा था। कच्ची पगडंडी पर ताजे-ताजे कदमों के निशानों पर सूखे पत्ते बच्चों की तरह पकड़ा-पकड़ी खेल रहे थे। गेट के भीतर घुसते ही चौकीदार ममदू ने खड़े होकर चौधरी को सैल्यूट मारी। पिछली बार चौधरी ने उसे एक रुपया दिया था। हर आने-जानेवालों को अपनी कानी आँख से घूरता ममदू का कुत्ता चौधरी को देखकर पूँछ हिला रहा था।

चौधरी ने भीतर जाते-जाते ममदू को मुसकराकर देखा। चौधरी के कदमों की हल्की सी आवाज ड्यूटी रूम के पास जाकर ठिठक गई। एक रिपोर्ट पर झुके डॉक्टर कैलाश ने जब अपने-आपको नजरों के घेरे में महसूस किया तो चौधरी साहब को देखते ही कुरसी छोड़ उठ खड़ा हुआ। फिर उन्हें अपने से सटाकर धीरे-धीरे बातें करते हुए बाहर गेट तक आ गया। चौधरी के सुस्त कदम अब इत्मीनान से उठ रहे थे।

गेट से निकलते ही उन्होंने देखा जीतो अभी भी गठरी सी बनी ताँगे की पिछली सीट पर बैठी थी। कोचवान के हाथ से घोड़ी ऐसे ही धीरे-धीरे नजाकत से घास खा रही थी, जैसे नई ब्याही दुलहन नाक की नथ को जरा सा ऊपर उठाकर छोटे-छोटे निवाले लेती है। संगराम पास में ही खड़ा उसकी पीठ पर धीरे-धीरे हाथ फेर रहा था। संगराम को देखकर चौधरी के मुँह का मानो जायका बिगड़ गया। हालाँकि

घर से निकलते वक्त जब वह धीरे से आकर चौधरी के कदमों के पास ताँगे की अगली सीट पर बैठा था, तब चौधरी को अच्छा ही लगा था। वहीं पड़ी मावे की पेड़ियाँ चौधरी ने हाथ से परे कर दी थीं। तब चौधरी अकेला था।

दो खिदमतगारों ने जीतो को उठाकर व्हील चेयर पर बिठा दिया था और अब वे उसे भीतर ले जा रहे थे। डॉक्टर ने आगे बढ़कर चेयर पर हाथ रखा तो जीतो ने कबूतरी की तरह अपने घुटने और भींच लिये। डरी हुई नजरों से डॉक्टर को देखने लगी। डॉक्टर ने कहा, ''जीतो, कैसी हो ?'' जीतो ने कोई उत्तर न दिया।

अस्पताल में मर्दों के वार्ड के आगे से जब जीतो गुजरी तो बाहर बैठा एक मरीज बोला, ''ओए, ये तो हट्टी-कट्टी तंदुरुस्त लड़की है, इसे क्या हुआ, इसके पाँव नहीं हैं क्या ?'' खिदमतगार ने उसे घूरा तो वह चुप हो गया। इसी खिदमतगार ने रात को उसे रस्सी से बाँधकर जबरदस्ती दूध पिलाया था।

जीतो के कमरे में बिस्तर तैयार हो चुका था। एक तरफ नर्स चार्ट लगा रही थी। जीतो को खिदमतगारों ने उठाकर चारपाई पर लिटा दिया। डरे हुए बच्चे की तरह चारपाई के जँगले की छड़ें जीतो ने कसकर पकड़ लीं और पलंग के साथ चिपक गई।

डॉक्टर के साथ चौधरी धीरे-धीरे बातें कर रहा था। रास्ते में उन्होंने देखा एक कमरे में दो मरीज एक-दूसरे को खूँखार नजरों से देख रहे थे। डॉक्टर मुसकराकर उनके करीब जाकर खड़ा हो गया। दोनों मरीजों ने उसे हिकारत से देखकर मुँह मोड़ लिये। डॉक्टर मुसकराते हुए ही बोला—

''क्यों, अब तक नाराज हो मुझसे ?'' उन दोनों में से किसी ने भी उत्तर न दिया। हँसते हुए ही डॉक्टर अपने कमरे में आया। चौधरी ने घबराए हुए स्वर में पूछा, ''ये क्या हुआ कैलाश ?''

डॉक्टर बोला, ''कुछ नहीं, रात को इनमें मारपीट करवानी पड़ी।''

''मारपीट, वह कैसे ?''

चौधरी को घबराया देख डॉक्टर ने कहा, ''यह मामूली बात है। रात को बेड नंबर चार अपनी नर्स से शादी करना चाहता था। अस्पताल में हम दो ही थे। मैं और नर्स। ये बड़ा वायलैंट हो गया। अभी इसी वक्त शादी करूँगा। नर्स डर गई। बाहर भी न जा सकती थी। डर तो मुझे भी लगा, पर डरने का वक्त न था। मुझे एक तरकीब सूझी।

''बेड नंबर चार को नजरअंदाज करके मैंने बेड नंबर पाँच को पूछा, ये नर्स कौन है, सिस्टर है न ? उसने कहा, हाँ। मैंने पूछा, सिस्टर के मायने जानते हो ?

उसने कहा, बहन होती है।

''मैंने कहा, तुम्हारी इस बहन से यह शादी करना चाहता है। यह सुनते ही बेड नंबर पाँच उस पर पिल पड़ा, कौन उल्लू का पट्ठा हमारी बहन से शादी करेगा? माँ का दूध पिया है तो आ, देखूँ। तुममें कितनी ताकत है। बस दोनों गुत्थमगुत्था हो गए और शादी टल गई, पर अब दोनों मुझसे नाराज हैं।'' डॉक्टर ने देखा चौधरी का चेहरा फक्क पड़ चुका था। चौधरी डरते हुए बोला, ''मैं जीतो को यहाँ न रहने दूँगा डॉक्टर!''

''डर गए चौधरी साहब!''

''नहीं, मेरी जीतो एकदम मासूम है, यह सब देखकर डर जाएगी।''

''आपको हम पर भरोसा नहीं है क्या?''

चौधरी बोला, ''भरोसा तो है बेटा, तभी तो यहाँ लाया हूँ, पर जीतो मेरी बहू ही नहीं, बेटी भी है। अब तरलोक के न रहने पर वह मेरा बेटा भी हो गई है। कोई ऐसी-वैसी बात हो जाए तो मैं गाँव में किसी को मुँह न दिखा सकूँगा।''

चौधरी का हाथ दबाकर डॉक्टर ने भावुक होते हुए कहा, ''तरलोक मेरा भी तो कुछ था। जीतो मेरी भी भाभी है।'' तभी जीतो के कमरे में उसके चिल्लाने की आवाज आई—

''नहीं, नहीं, मैं जमीन पर पाँव न रखूँगी।''

चौधरी और डॉक्टर भागकर जीतो के कमरे में गए। जीतो हाथ-पाँव पटक रही थी। नर्स उसे पकड़े हुए थी। रोते-रोते जीतो ने इन दोनों को देखा तो वह फिर चिल्लाई—

''नहीं, मैं अपना वजन न कराऊँगी। मैं जमीन पर पाँव नहीं रख सकती। मैं आपके पाँव पड़ती हूँ। मेरे बच्चे, हाय मेरे बच्चे!''

डॉक्टर ने उसके सिर पर हाथ फेरकर कहा, ''ठीक है, तुम्हारा वजन नहीं लेंगे। लेटी रह।''

चौधरी ने देखा; जीतो का चेहरा लाल-भभूका हो चुका था। उसकी आँखें बरसात में मुँह तक भरी बावड़ी की तरह हो रही थीं, जिनमें लाल सुर्ख गुलाब के फूल तैर रहे थे। जीतो ने अपना पल्ला आगे खिसकाया और अपने दोनों पाँव सलवार के पायँचों में छुपाकर गुच्छा सी होकर लेट गई। डॉक्टर ने उसे एक इंजेक्शन दिया। धीरे-धीरे उसकी आँखें आँख-मिचौनी खेलने लगीं और वह बिस्तर पर लुढ़क गई। डॉक्टर ने अपने पसीने को पोंछते हुए चौधरी को कहा, ''चलिए, मेरे कमरे में चलिए।''

कमरे में उसने अपनी आवाज को मजबूत करके कहा, ''मैं यहाँ से जीतो को बेइलाज न जाने दूँगा। आप अब जाइए, कल शाम तक आइएगा।''

धीरे से उठकर चौधरी कारीडोर से होते हुए फाटक तक यूँ चलकर आया जैसे बाप बेटी को विदा करके आता है। गेट पर संगराम चिंतित सा खड़ा था। चौधरी उसे अनदेखा करके ताँगे की पिछली सीट पर ढेर हो गया। संगराम आगे जाकर कोचवान की बगल में बैठा तो घोड़ी चल दी।

चौधरी की बंद आँखों के आगे कई वाकयात तारों की तरह झिलमिलाने लगे।

तरलोक जब जीतो को ब्याहकर लाया था, तब उन्होंने सूबेदार की जीप माँगी हुई थी। जीप के आगे पगड़ी का शमला ऊँचा किए गर्व से तना चौधरी और बगल में सेहरे की लड़ियों को सँभालता तरलोक। तलवार उसने घुटनों में दे रखी थी। पीछे जीतो के साथ उसके मैके की नाइन और जीतो का छोटा भाई थे। जीप में मट्ठियों की टोकरियाँ थीं। पानी की सुराही थी और एक नया-नकोर ट्रंक था, जिस पर खाकी रंग की एक गर्भिणी सी अटैची हिल रही थी। जीप के शीशे में से सामान देखकर वह सोच रहा था, मेरे लिए नामालूम समधियों ने कौन से रंग की अचकन भेजी होगी। उनका दर्जी माप तो बड़ी ठसक से ले गया था। तभी जीतो ने चेहरे से लाल सालू जरा सा हटाकर सुराही का पानी पिया था। ताजी गीली सुराही की सोंधी-सोंधी महक से पूरी जीप महक उठी थी, जैसे पहली बरसात पर उसके खेतों में से आती है। तभी उसे अपने खेतों में पड़े हुए गेहूँ के अंबार याद आ गए थे। उसी वक्त जीतो ने सोने के चूड़े से भरी अपनी सजरी बाँह ऊपर की थी।

तरलोक की माँ के पाँव दबाने जब भी बहू रात को आकर उसके पायताने बैठती, तभी किसी-न-किसी बहाने से चौधरी बुढ़िया को बुला लेता। फिर गेहूँ की बालियों की तरह खुशियों में से खुशियाँ निकलती गईं। दोनों पोते जैसे गुलाब और मोगरा हों, वैसे ही खिले हुए, वैसे ही तरोताजा।

उस मनहूस शाम से पहले घर कितना स्वर्ग था। लोग कहते, एक ही बेटा है, पर चौधरी के कहे में, तरलोक ने पढ़-लिखकर भी खेत ही सँभाले थे। कैसे भरा हुआ था सारा संसार। चौधरी के मुँह से आह निकली। ताँगे को एक झटका लगा। घोड़े के हिनहिनाने की आवाज आई। चौंककर चौधरी ने पूछा, ''अरे भई, क्या हुआ?''

कोचवान ने नीचे उतरते हुए कहा—

''कुछ बदमाश लड़कों ने पूरी सड़क पर पत्थर बिछा दिए हैं। संगराम हटा रहा है।'' चौधरी ने अपनी आँख से बहता पानी पोंछा। उसे लगा पता नहीं किसका

स्वर्ग ताँगे के नीचे आकर कुचला जा सकता था। ताँगे के दोबारा चलते ही चौधरी की आँख लग गई। कल तड़के फिर अस्पताल आना होगा। सफर का काम सुबह-सवेरे ही ठीक रहता है।

अस्पताल में सुबह हमेशा थकी हुई आती है, क्योंकि वहाँ रात तो होती ही नहीं। न सन्नाटा, न रात का शांत माहौल। फिर दिमागी मरीजों के इस अस्पताल की रात तो झपकी भी नहीं ले सकती।

दवाई के जोर से जीतो रात-भर सोई रही। सवेरे अजीब से शोर ने उसे जगाया। ये अस्पताल का खास शोर था। धीरे-धीरे उसकी चेतना लौटी तो उसने अपने पाँव फिर सिकोड़ लिये। तभी दाई ने आकर उसके हाथ-मुँह धुलवाए। उसे दूध पीने को दिया। दूध का गिलास देखकर जीतो को अपने बच्चे याद आ गए। उसने कहा—

''न, मैं दूध न पिऊँगी। मुझे कुछ नहीं पीना।'' दाई ने प्यार से कहा, ''डॉक्टर साहेब आनेवाले हैं।''

जीतो ने कहा, ''तो मैं क्या करूँ, आप लोग मुझे क्यों तंग करते हैं? मुझे माफ करो, मेरी जान छोड़ो। मैं दूध नहीं पिऊँगी।''

नर्स ने दाई के हाथ से गिलास ले लिया और जीतो के पास बैठकर उसकी पीठ सहलाने लगी। धीरे-धीरे गिलास उसने मेज पर रखा। जीतो ने देखते ही एक हाथ मारकर गिरा दिया। छन्न की आवाज हुई और जीतो ने देखा दरवाजे पर डॉक्टर खड़ा था। डॉक्टर ने काँच चुनते जमादार को कहा, ''बाद में इसे व्हील चेयर पर बिठाकर बाग में ले जाओ।''

जीतो चीखी, ''नहीं, मैं नहीं जाऊँगी।''

डॉक्टर ने सख्ती से कहा, ''तुम जरूर चलोगी।'' यह कहकर वे राउंड पर चले गए।

बाग में डॉक्टर ने व्हील चेयर खुद पकड़ ली। धीरे-धीरे उसे चलाने लगा। बेइरादा इधर-उधर घूमते डॉक्टर सोच में था, कैसे शुरू करूँ!

धीरे से उसने कहा, ''जीतो, तुम्हें मुझ पर भरोसा नहीं है?''

जीतो ने जिद्दी बच्चे की तरह कहा, ''नहीं, मुझे किसी पर भरोसा नहीं है।''

डॉक्टर ने चेयर खड़ी कर दी। फिर हौले से पूछा, ''क्या मैं तुम्हारा दुश्मन हूँ? देखो यहाँ कितने मरीज हैं। सभी ठीक होकर अपने घर जाएँगे। मैं चाहता हूँ तुम भी ठीक होकर अपने घर जाओ।''

जीतो ने कहा, ''मुझे क्या हुआ है? मैं तो बिल्कुल ठीक हूँ।''

''सचमुच,'' डॉक्टर जरा सा आगे को झुका फिर बोला, ''यही तो मैं कहता हूँ, पर तुम जमीन पर अपने पाँव क्यों नहीं रखतीं?''

जीतो ने बड़े दु:खभरे लहजे में कहा, ''जमीन कहाँ है डॉक्टर।''

डॉक्टर की आवाज में दृढता थी। वह बोला, ''यहाँ, मेरे पाँव के नीचे। यहाँ जमीन है, तुम्हारी कुरसी के नीचे, इस दरख्त के नीचे, सब जगह जमीन है।''

जीतो ने कसकर चेयर की बाँहें पकड़ लीं। फिर कहा, ''डॉक्टर, मेरे पाँव के नीचे जमीन नहीं है। मेरे पाँव के नीचे तो अँधेरा है, जिसमें मुझे अपने बच्चों की शक्लें दिखाई देती है। मेरे बच्चों के मासूम चेहरे। अगर मैं जमीन पर पाँव रखूँगी तो मेरे बच्चे कुचले जाएँगे।''

''और अब तो मेरे और बच्चे भी नहीं हो सकते, फिर में क्या करूँ?''

डॉक्टर ने संजीदगी से कहा, ''तुम कोशिश तो करो।''

जीतो बिफर पड़ी, ''अपने बच्चों को कुचलने की कोशिश! यही चाहते हो आप सब? मैं मर जाऊँगी, पर जमीन पर पाँव न रखूँगी। नहीं डॉक्टर, मेरे बच्चों के चेहरे क्या तुम्हें नहीं दिखाई देते?'' यह कहकर वह सुबक पड़ी।

डॉक्टर जीतो की चेयर को धीरे-धीरे चलाते हुए जंगले तक ले गया। सामने पहाड़ी थी। जमीन पर सुंदर घास। डॉक्टर ने घास की तरफ देखा और बोला—

''जीतो, देखो यह जमीन है। इस पर घास उगी है। इतनी छोटी सी दूब, इसे भी धरती ने आसरा दिया है। इसकी ओट में छोटे-छोटे फूल देखती हो न। इन्हें कोई जूड़े में नहीं लगाता, न ही मंदिर में चढ़ाता है। किसी के पाँवों तले भी आते हैं। फिर सिर झाड़कर उठा लेते हैं। देख रही हो, तुम्हारी कुरसी के पहिए के नीचे आई यह दूब कैसे धीरे-धीरे फिर से सीधी हो रही है।''

जीतो ने नीचे देखा और फिर रोने लगी। रोते-रोते ही उसने कहा, ''डॉक्टर, मैं दूब नहीं हूँ। दूब अकेली है। मेरी जिम्मेदारियाँ हैं। मेरे बच्चे किसी पहिए के नीचे नहीं आएँगे। नहीं आएँगे।''

डॉक्टर ने सामने देखा, सूरज सिर पर आता चला जा रहा था। सारा दिन रोशन हो चुका था। उसने दूर से आती नर्स को इशारा किया। नर्स मरीज को कमरे में ले गई।

शाम तक जीतो अपने बिस्तर से न हिली। मिलने का समय हुआ तो चौधरी अपने दोनों पोतों को उँगली से लगाकर अस्पताल में दाखिल हुआ। जीतो छत की तरफ देख रही थी। कमरे में बच्चों के घुसते ही जैसे उसे गुलाब और मोगरे की खुशबू आई। उसने मुड़कर देखा, बच्चे उसी की तरफ देख रहे थे। जीतो ने शाम

को जंगल से लौटी गाय की तरह रँभाकर अपने दोनों बछड़ों को गले से लगा लिया। पीठ पर हाथ फेरते-फेरते अचानक उसने दोनों बच्चों के कपड़े उतारकर कमरे में फेंक दिए और जोर-जोर से चीखने लगी—

"नहीं...मेरे बच्चे नए कपड़े नहीं पहनेंगे। ये ट्रक के नीचे आ जाएँगे। पाँव तले कुचले जाएँगे। किस दुश्मन ने मेरे बच्चों को नए कपड़े पहनाए हैं ? किसने..."

कमरे में सकता छा गया। चिल्लाहट सुनकर ज्यों ही डॉक्टर कमरे में दाखिल हुआ, चौधरी ने उसके दोनों पाँव पकड़ लिये।

"मेरी बहू को ठीक कर दो डॉक्टर।" उसकी आवाज में बेबसी थी और उसके आँसू गालों पर रुके हुए थे। डॉक्टर ने चौधरी को उठाकर कहा, "यह क्या करते हैं चाचाजी, आइए मेरे साथ।" डॉक्टर उन्हें ड्यूटी रूम में ले गया।

जीतो के दोनों बच्चे सहमे हुए कबूतरों की तरह खड़े थे, जैसे बिल्ली ने अभी-अभी झपट्टा मारा हो। जीतो बेहोश थी। संगराम, जो अब तक दरवाजे पर खड़ा था, धीरे-धारे आकर दोनों बच्चों को उठाकर बाहर निकल गया। ताँगे पर जाकर उसने दोनों के हाथ में घोड़ी की लगाम का एक-एक सिरा पकड़ा दिया। बच्चे खुश हो गए। घोड़ी भूसा खा रही थी। चौधरी के साथ-साथ डॉक्टर भी बाहर आया। संगराम ने दोनों हाथ जोड़ दिए। डॉक्टर ने पूछा, "कैसे हो संगराम।" संगराम बोला, "अच्छा हूँ।" डॉक्टर ने कहा, "तुम तरलोक के असली दोस्त हो। तुमने उसके खेत सँभाले हैं। मुझे हमेशा लगता है, तरलोक की दोस्ती का कर्जा तुम्हीं अकेले उतार रहे हो।" संगराम ने कहा, "नहीं डॉक्टर, मैं तो कुछ भी नहीं कर रहा। भगवान् की यही इच्छा थी। उसकी जगह मैं उस दिन मोटरसाइकिल चला रहा होता तो यह सबकुछ न होता। मेरे पीछे रोनेवाला कोई भी तो नहीं है।"

डॉक्टर ने उसे बच्चों के साथ आगे बिठा दिया था। घोड़ी चल पड़ी। आज फिर पिछली सीट पर चौधरी अकेला था। आज भी उसके खयालों की लगाम उसे पीछे की तरफ खींच रही थी। उसने आसमान की तरफ देखा। आसमान पर बादलों के टुकड़े उस दिन भी मँडरा रहे थे। आसमान पर धुँध भी थी। तरलोक ऐसे में ही मोटरसाइकिल लेकर घर से निकला था। सामने से अपने खेतों से आता संगराम भी बिना कुछ कहे पीछे बैठ गया था।

गली के नुक्कड़ पर मनियारी की दुकान से उसने मटियाले रंग की निक्कर व बनियान खरीदी थी। पैकेट संगराम को पकड़ा दिया था। मनियारीवाले ने ही तो बताया था। वहाँ से निकलत ही अगले मोड़ पर तेजी से आते ट्रक ने मोटरसाइकिल उलट दी थी। सगराम उछलकर ताजा कटी घास के गट्ठरों पर जा गिरा था। उसका

सिर घास पर और टाँगें किसी ठोस चीज से जा टकराई थीं। वह घास बेचनेवाली की बाँह का मोटा सा चाँदी का कड़ा था, जिससे उसकी टाँग का मांस फट गया था। तरलोक तो वहीं खत्म हो गया था।

संगराम ही तरलोक को उठाकर घर लाया था। फिर उसे याद है आँगन में पछाड़ खाकर बेहोश होती जीतो और तरलोक के मृत शरीर पर हाथ फेरती उसकी माँ का विलाप। उसके बाद संगराम भी बेहोश हो गया था। जीतो तभी से ऐसी हो गई है। संगराम को देखकर घर में सबकी आँखों में गुस्सा भर आता है, जैसे संगराम ने ही तरलोक को मारा हो। इस बार गन्ने के खेत का जब सारा काम संगराम ने किया तो जीतो ने गुड़ घर में घुसने ही नहीं दिया। संगराम जानता है, उसकी पीठ पीछे सभी कहते हैं, यह क्यों न मर गया। तरलोक के मरने से इतनी जिंदगियाँ तबाह हो गईं, यह मर जाता तो किसी का कुछ न जाता। संगराम ने कई बार अपने कानों से सुना है, पर वह इन बातों की परवाह नहीं करता। वह ज्यादा पढ़ा-लिखा नहीं, पर खेतों की पढ़ाई में सबसे आगे है।

तरलोक के खेतों में उसके होते भी संगराम काम देखता था। उसके मरने के बाद तो उसने दौड़-धूप का सारा काम अपने ऊपर ले लिया है। चौधरी सब देखता है, पर कभी सीधे मुँह संगराम से बात नहीं करता। संगराम रोज चौधरी के घर से बेइज्जत सा चला जाता है, फिर आने के लिए। संगराम को पता है, इस उम्र में चौधरी इतने खेत नहीं सँभाल सकता। अस्पताल में भी संगराम इसीलिए जाता है ताकि चौधरी अकेला न रहे। जीतो को देखकर उसे हमेशा अपराध-बोध होता है, पर वह क्या करे!

अस्पताल में जीतो पहले से बेहतर हो चली है, पर पाँव जमीन पर नहीं रखती। डॉक्टर उसे आज फिर अस्पताल के बगीचे में ले गया। सारी रात यह सोया न था। उसने जमीन से मिट्टी उठाकर पूछा—

"जीतो भाभी, यह क्या है?"

"मिट्टी है।" जीतो ने शंकित होकर उसे देखा। फिर जोड़ दिया, "पर मैं नीचे पाँव नहीं रखूँगी।"

"क्यों नहीं। सारी जिंदगी क्या कुरसियों पर काट दोगी? तुम्हारे बच्चों को तुम्हारी जरूरत है जीतो! शाबाश।"

जीतो बोली, "मुझे भी तो जरूरत थी उसकी। वह क्या किसी को दिखाई नहीं देता?"

"उसे भूल जाओ जीतो, अब भविष्य के बारे में सोचो।"

''हाँ, जमीन पर पाँव रखूँ। यही न? पर जमीन कहाँ है डॉक्टर साहब। नीचे तो साँप हैं—काले-काले नाग।''

''नहीं जीतो,'' डॉक्टर ने दृढता से कहा, ''यह जमीन ही है। पागलों जैसी बातें मत करो। आओ, मैं तुम्हारा पाँव जमीन पर रखवाता हूँ।''

जीतो कहीं खो सी गई थी। आवाज जैसे कहीं दूर से आ रही थी। एक जगह पर नजर जमाए हुए बोली—

''डॉक्टर, क्या आपने कंडी प्रदेश के कुएँ देखे है? उनमें कहीं-न-कहीं तला होता है। मेरे पाँव के नीचे तो वह भी नहीं है। कितना काला भयंकर अँधेरा है। कैसी अँधेरी खोह है। जैसे अंधे कुएँ, अंधे चहबच्चे और साँप। रोशनी की कोई किरण कहीं पर नहीं है। नहीं डॉक्टर, आप जिद न कीजिए। मैं नीचे पाँव नहीं रखूँगी।''

डॉक्टर ने पूछा, ''जीतो, मैं तुम्हें धीरे से सहारा देकर अपने साथ चलाऊँ?''

जीतो अचानक बिफर पड़ी, ''तुम कौन होते हो मुझे सहारा देकर चलानेवाले, मेरे साथ चलनेवाला मेरा सिर का साँई तो चला गया। मेरे बच्चे कहाँ हैं, कहाँ हैं? बोलो, बोलो! मेरे तो और बच्चे हो भी नहीं सकते।'' यह कहकर जीतो रोने लगी।

इस बात का डॉक्टर के पास कोई जवाब न था। वह जेब में डाले गुमसुम खड़ा था। तभी मरदाने वार्ड में से चिल्लाने की आवाज आई। कई लोग दौड़-भाग रहे थे। डॉक्टर ने नर्स को बुलाकर जीतो को वार्ड में ले जाने का इशारा किया और वहाँ से चला गया। डॉक्टर निराश हो रहा था।

शाम को चौधरी ने आकर पूछा, ''कैसी है जीतो?''

डॉक्टर बोला, ''कुछ समय तो लगेगा। कोशिश कर रहे है। तरलोक की मौत का सदमा बड़ा गहरा है। इसका दिल-दिमाग जैसे सुन्न हो गया है।''

चौधरी ने कहा, ''हमारे भाग खोटे हैं। वह तो गया। बहू भी न जिंदा में रही, न मुरदा में। यह मेरे पोतों की माँ है कैलाश।''

''डॉक्टर तो कोशिश ही कर सकते हैं चाचाजी। आप हौसला रखिए। मुझे यकीन है जीतो ठीक हो जाएगी। आप उसके कमरे में जाइए।''

उनके जाते ही संगराम आ खड़ा हुआ। बचपन में ये सब पीपल के दरख्त के नीचे चिलम पीने का अभ्यास करते थे। डॉक्टर ने उसे देखा तो सब याद आया। डॉक्टर बड़े इतमीनान से बोला, ''संगराम, फायदे में तुम्हीं रहे। हमें तो घाटा ही घाटा है। रात को नींद भी नहीं ले सकते।''

संगराम कहने लगा, ''मैं ही कहाँ सोता हूँ। न जाने कौन सी होनी तरलोक को उठाने आई थी, साथ में मुझे भी जोड़ दिया। न रहते बनता है, न छोड़ते। अपने

खेत देखूँ-न-देखूँ, तरलोक के खेत तो अनदेखे नहीं रह सकते। ऊपर से अब ये बीमारी।''

डॉक्टर बोला, ''सब ठीक हो जाएगा। फिक्र न करो। तुम अपना फर्ज पूरा करो।''

कुछ दिन डॉक्टर ने कोई कोशिश न की। रोज जाकर जीतो के पास थोड़ी देर खड़ा होकर चला जाता। अस्पताल की देख-रेख में जीतो के चेहरे पर पहली बरसात में धुल जानेवाले दरख्त जैसी चमक आ गई थी। खाना-पीना ठीक चल रहा था। चौधरी आता, आकर चला जाता। एक निराशा सी उसके सफेद बालों पर काँपती रहती। उसने अपने पोतों को कभी भी दोबारा अस्पताल में लाने की हिम्मत न की। जीतो हमेशा डरी सी रहती। किसी से कोई सवाल न करती। अस्पताल की मशीनी जिंदगी में वह एक पुर्जे की तरह फिट हो गई थी। हर दिन एक जैसा। न सुबह में ताजगी, न दोपहर में आलस, न शाम को उदासी। अजीब दिन गुजर रहे थे।

फिर एक दिन डॉक्टर आकर जीतो के बेड के कोने पर बैठ गया। जीतो ने घबराकर उसे देखा और तिपाई पर पड़ा दूध का गिलास एक ही साँस में पी गई। जैसे मार के डर से स्कूल जानेवाला बच्चा माँ के बदले हुए तेवर देखकर बस्ता उठाकर झट से सीढ़ियाँ उतर जाए। फिर उसने डॉक्टर की तरफ डरते-डरते देखा।

डॉक्टर ने धीरे से पूछा, ''शादी से पहले तुम क्या करती थीं जीतो!''

''पढ़ती थी।''

''स्कूल जाती थीं न?''

''हाँ।''

''कैसे जाती थीं?''

''पैदल।'' सहमी हुई आवाज में जीतो बोली। डॉक्टर को देखकर उसका हौसला बढ़ा। अपनी रौ में कहने लगी—

''हम सब लड़कियाँ इकट्ठी जाती थीं। वही तरलोक साइकिल पर जाते थे। आप भी तो साथ में होते थे।''

''हाँ, मैं भी होता था। तुम पैदल स्कूल जाती थीं। थकती नहीं थीं क्या?''

''नहीं, सब लड़कियाँ बातें करती थीं। पता ही न चलता था।''

''पर तुम पैदल जाती थीं न?''

''हाँ, आपको तो पता है।''

''फिर अब क्यों नहीं चलतीं?''

''अब कैसे चलूँ डॉक्टर साहब, अब तो मेरे पाँव के नीचे जमीन ही नहीं हैं।''

''तब क्या होता था ?''

''मुझे भी नहीं मालूम। तब मैं सिर्फ आसमान को देखकर चलती थी।''

''अब भी तुम आसमान को देखो और जमीन पर पाँव रखो।''

''नहीं···''जीतो जोर से बोली, ''अब मैं आसमान को देखकर नहीं चल सकती। अब मेरा रिश्ता जमीन से हो गया है। मेरे बच्चे हैं, और पाँव के नीचे जमीन नहीं है।'' अचानक जीतो ने पूछा, ''मैं मर तो न जाऊँगी डॉक्टर।''

''नहीं, तुम नहीं मरोगी, पर आज तुम चलोगी जरूर। जिसका रिश्ता जमीन से हो जाता है, वह जमीन पर ही चलता है। चलो, मैं तुम्हारे साथ चलूँगा।''

जीतो ने भरी हुई आवाज में, पर बड़े आत्मविश्वास के साथ कहा, ''नहीं, तुम मेरे साथ नहीं चल सकते डॉक्टर! तुम खाली हो, मैं भरी हुई।''

उसकी आवाज को नजरअंदाज करते हुए डॉक्टर बोला, ''तुम मेरे कंधे पर हाथ रखकर चलने की कोशिश करो।''

अब जीतो उबल पड़ी—

''नहीं, मैं नहीं चलूँगी। मैं जानती हूँ, मैं अँधेरी खाई में गिर जाऊँगी और फिर मेरे बच्चे खाई के किनारे खड़े-खड़े सैल पत्थर हो जाएँगे। सब खत्म हो जाएगा। सबकुछ।''

डॉक्टर बोला, ''तुम जमीन पर पाँव तो रखो।'' यह कहकर उसने चारपाई के नीचे जीतो के पाँव लटकाकर उसे बिठा दिया। ज्यों ही डॉक्टर ने उसे उठाने के लिए जीतो के कंधे छुए तो वह चिल्लाने लगी—

''नहीं···मैं नहीं चलूँगी। देखो, नीचे जमीन पर मेरे बच्चे हैं। वे कुचले जाएँगे। मैं नहीं···'' उसकी चीख सुनकर नर्सें अंदर आ गईं। तभी चौधरी ने भी प्रवेश किया। उसके पीछे संगराम था। दोनों जीतो की विकराल मूर्ति देखकर डर गए।

डॉक्टर ने बड़ी हलीमी से कहा, ''जीतो, मेरी तरफ देखो। देखो कौन आया।''

जीतो फिर चिल्लाई, ''मैं पाँव नहीं रखूँगी। कहाँ है जमीन, मुझे क्यों दिखाई नहीं देती ? मुझे यहाँ से ले चलो। मैं यहाँ नहीं रहूँगी।''

तभी दीवार से लगे संगराम ने अपने मोटे-मोटे बड़े-बड़े खुरदुरे हाथ चारपाई के नीचे रखकर कहा—

''लो, इन पर पाँव रखो। यहाँ से तुम नहीं गिरोगी।''

जीतो के पाँव डॉक्टर ने उन हाथों पर रख दिए। जीतो थोड़ा सा काँपी पर हाथ बड़े मजबूत थे। उसकी टाँगें लड़खड़ाईं। पाँव सिकुड़े, फैले। फिर सिकुड़ गए। जीतो सीधी खड़ी हो गई। आँखें बंद किए हुए। महीनों बाद खड़े होने की

अनुभूति से वह भर गई। कमरे में सन्नाटा था। वार्ड में से सब जीतो के कमरे की ओर देख रहे थे।

जीतो की आँखें बंद थीं। उसे लग रहा था उसके दोनों पाँव टापुओं पर खड़े हैं। ये टापू भरे-भरे हैं। इन पर उसके बच्चे खेल रहे हैं। उसका ससुर हुक्का गुड़गुड़ा रहा है। उसकी सास मक्खन के बड़े-बड़े पेड़े, लस्सी से निकालकर अपने हाथों में तौल रही है। ये दोनों पेड़े उसके बच्चे हैं। उसने आँखे बंद किए-किए ही दोनों पैर जमीन पर रख दिए। उसके पाँव तले पूरी दुनिया सिमट आई थी।

□

कानवाई

गुलाबी आज फिर गुलाबी हो रही थी। आज कानवाई आने का दिन न था। बरसों से उसे कानवाई और न कानवाई के एहसास में झूलना पड़ा है। कानवाई को न चाहने पर भी उसका एक-एक ट्रक गुलाबी ने गिना है। खाकी तिरपाल, गहरे हरे फौजी ट्रक 'शक्तिमान', खाकी होल्डाल, काले ट्रक, जिन पर सफेद रंग से सूबेदार पी.एम. जमवाल या लांस नायक जीत डोगरा लिखा रहता है। सामान पर उँघते बैठे फौजी इधर-उधर डोलते से। ऊबता सा माहौल। हर ट्रक एक-दूसरे से मिलता सा, जैसे सरकारी बैल अनुशासन की डोर में बँधे हुए सड़क पर नाक की सीध चलते जा रहे हों।

एक, दो, तीन, साठ, सौ, फिर शुरू से गिनती। जम्मू-कश्मीर की जरनैली सड़क, ट्रकों के बोझ से हाँफती हुई, पहाड़ों के मोड़ों में दम सा लेती हुई जब पीर पंचाल की नेहरू टनल के बाद ट्रकों को कश्मीर की हसीन वादी में उगल देती है, तब जैसे खटाक से प्रकृति का सारा दृश्य ही बदल जाता है।

बनिहाल से गुजरते ट्रकों पर से जब कोई सिपाही अपने जँगले पर खड़ी गुलाबी को आँख मार देता है, तब वह लाल होकर अंदर भाग जाती है। चीड़ों के दरख्तों पर सूरज के साये हँस पड़ते हैं। धूप सेंकती बुलबलें हड़बड़ाकर किसी दुकान की छत पर जा बैठती हैं। ऊबता सा माहौल बदल जाता है। गुलाबी की रसोई में उबले हुए अंडों में से भाप आनी बंद हो चुकी है। गुलाबी अंडा गोल सा घुमा देती है। अंडे पक चुके, हाँ, अब उन्हें छीलना है। सुबह-सवेरे गुलाबी अपनी सहेली भीमी के साथ रामनगर की सड़क पर सैर करने जाती थी। वहाँ दीवार से चिपक-चिपककर चलती हुई वे दोनों ट्रक गिना करती थीं। भीमी के घर में घड़ी तो नहीं थी। जब उसकी जाग खुलती, आसमान पर बुझते हुए तारों का राखिया ढेर देखकर घर से चल देती। कभी-कभी अंदाज गलत भी होता। रात ज्यादा होती।

एक बार इसी तरह जब रात अभी काफी बाकी थी, गुलाबी और भीमी सैर को निकली थी। रामनगर पहुँचते-पहुँचते कानवाई आनी शुरू हो गई। सड़क पर सैर करनेवाले अभी पहुँचे न थे। फौजियों के डर से वे दोनों दीवार से लगकर खड़ी हो जातीं। ट्रक की रोशनी के करीब आते ही वे सड़क छोड़ देतीं, पर एक दिन एक मोड़ पर ज्यों ही वे सड़क के बीच चलने लगीं, बिना रोशनी का एक ट्रक साँड़ की तरह आ धमका था। उस बदहवासी में दोनों सड़क की दीवार पर से कूदीं और फिसलती हुई दूर नीचे जा पहुँचीं। टटोल-टटोलकर काँटे निकाले और फिर पत्थरों पर गिरती-पड़ती तवी नदी तक जा निकलीं। पहले उन्होंने वहाँ पानी पिया, जख्म धोए और फुक्का मारकर रो पड़ीं। दूर औरतें नहाने आ गई थीं। ये दोनों भी नहाकर लौटी थीं। दोनों ने तवी का पानी हथेलियों में भरकर कसम खाई थी कि यह बात किसी को न बताएँगी, अपने पतियों को भी नहीं।

"आज क्या दोपहर का खाना नहीं पकेगा?" उसके पति बिलादर की आवाज रसोई की छोटी सी चारदीवारी को कँपा गई। गुलाबी ने घबराकर कहा, "बस, अभी लीजिए। नीम की दातुन खिड़की के पास पड़ी है। आप जब तक नहाकर आएँ, खाना तैयार होगा।" बिलादर बाहर निकल गया। गुलाबी सोचने लगी, बापूजी ने भी क्या नाम रखा है—बिलादर एक ही बेटा है। भाई भी न था, सो इसे अंग्रेजी का ब्रदर बनाते-बनाते देसी बिलादर बना दिया। उसे हँसी आ गई। आग की कुछ चिनगारियाँ हतब की लकड़ी में से छिटककर उसकी मारकीन की सलवार पर आ पड़ीं।

बिलादर खाना खाकर गया तो रात को कब लौटेगा, कौन जाने। गुलाबी बरामदे में जाकर बैठ गई। कानवाई गुजर रही थी। जैसे ही एक ट्रक निकलता, उसकी छाती का बोझ मानो हल्का हो जाता। सड़क के उस टुकड़े को वह अपनी बहन समझती, जिस पर होकर ट्रकों का काफिला गुजर रहा होता। बरामदे की पाटी पर गुलाबी को ऊँघ आ गई। उसने देखा, घोड़ी पर बिलादर बैठा है। थोड़ी-थोड़ी देर के बाद अपने बाप के कान में कुछ कह लेता है। लड़कियों के कहने पर वह दुल्हा देखने छत पर गई थी। सब हैरान थे। इतने बड़े घर में गुलाबी का रिश्ता कैसे हो गया। माता की कृपा उस पर बचपन में ही हो गई थी। सारा मुँह चेचक के दानों से भरा था। गोरी-चिट्टी गुलाबी की छोटी-छोटी कंजी आँखें ढेर सारे काजल की कालिमा से और भी छोटी दिखाई दे रही थीं, पर दाँत, कितने सुंदर दाँत थे। जैसे मोतियों की पंक्तियाँ, रंग गोरा और गुलाबी जैसे मैदा और सिंदूर मिल गए हों। दूर से तो उसके दाग दिखाई न देते थे। फिर भी ससुराल में किसी ने उसे प्यार न

किया, सिर्फ कुछ औरतें मुँह बिचकाकर चली गईं। उसने सोचा, उसका पति तो उसे चाहेगा। घर में सास भी नहीं, ससुर के सामने तो जाने से रही, पर जब रात को नशे में धुत्त बिलादर कमरे में आकर मुश्किल से पलंग तक पहुँचा तो वो बड़ी रोई। उसकी आँखों के परनाले उसके चेहरे पर उभरे छोटे-छोटे गड्ढों में भर गए। उसने अपनी किनारीवाली चुनरी से मुँह पोंछा तो उस पर खरोंचें आ गईं। बिलादर के नथुनों से आती शराब की तेज बू को न सहकर वह नीचे बिछी दरी पर सो गई।

दिन-महीने निकलते गए। उसे यह न पता चले मैं कहाँ हूँ। सहेलियों की छेड़-भरी पूछताछ में वह शरमा जाए। वैसे भी उसे ज्यादा चुप रहने की आदत थी। बनिहाल की दुकानों पर जब बिलादर जाने लगा था तो उसके बाप ने कहा, ''इसे भी साथ ले जा। खाना बनाकर तो खिलाएगी।'' तब से गुलाबी खाना बनाकर खिला रही है।

बनिहाल में ही एक सुबह जब वह झरने पर हाथ-मुँह धोने गई थी तो बोलती हुई औरतें एकदम चुप लगा गई थीं। एक पीले से रंग की पंद्रह-सोलह बरस की लड़की वहाँ वैठी थी। दूर से आते-आते उसने सुना था, ''तुम नीचे की तरफ जाकर हाथ-मुँह धोवो। यहाँ हमारी रसोइयों के लिए सुच्चा पानी जाता है।'' यह कहकर उसने अखरोट की दातुन को वहीं पास में थूक दिया था। दूसरी औरत, जो अब तक अपनी पीतल की बटलोई रेत से घिस रही थी, पहली औरत को देखकर बोली थी, ''हूँ, अब इस बिलादर का गंद यहाँ धुला करेगा। आज ही जाकर मर्दों से बात करूँगी।''

जिस लड़की को यह सब कहा गया था, वह निर्विकार बैठी थी। गुलाबी दूर पत्थरों के पास जाकर बैठ गई। बेमन से अखरोट की दातुन करने लगी। सब औरतें जल्दी-जल्दी काम निबटाकर चली गईं। गुलाबी ने पास जाकर उस लड़की को देखा। दुनिया को हिकारत से देखनेवाली उसकी नजर झरने के पानी के बहते बुलबुलों को फटते हुए देख रही थी। पीली सी यह लड़की बेखबर, बेपरवाह सी बैठी थी।

गुलाबी संयत हो चुकी थी। उसने धीरे से पूछा, ''तुम्हारा नाम क्या है?''

''नाम, मेरा नाम!'' यह कहकर लड़की ने आसपास यूँ देखा जैसे नाम को ढूँढ़ रही हो। गुलाबी की छोटी कंजी आँखों की निर्मलता और अपनेपन ने ही उसे खींचा था। नाम याद करने में या बताने में उसे जैसे कुछ दिक्कत सी हुई, फिर उसने कहा, ''मेरा नाम सीता है, पर तुम मेरा नाम क्यों पूछ रही हो?''

गुलाबी ने उसके सवाल को नजरअंदाज करके पूछा, ''तुम कौन हो, बिलादर से तुम्हारा क्या संबंध है?''

''तुमने सुना नहीं मैं बिलादर के अड्डे का गंद हूँ। वे औरतें यही तो कह रही थीं।''

गुलाबी ने कहा, ''उनकी बात जाने दो। मुझे तुम सच-सच बताओ। बिलादर से तुम्हारा क्या संबंध है?''

लड़की बोली, ''तुम यह सब पूछनेवाली कौन हो?''

''मैं उसकी बीवी हूँ। उसकी ब्याहता।''

लड़की खुलकर हँसी। कुछ बुलबुलें जरा सा ऊपर उठकर फिर घास में से कीड़े चुनने लगीं। खेतों में से तभी कोई गाता हुआ निकल गया—

हुस्न छुई बेपरवाइये लो लो।

(दोस्त हुस्न बेपरवाह होता है।)

गुलाबी ने कहा, ''देखो, डरो नहीं, बताओ ये अड्डा काहे का है, तुम वहाँ क्या करती हो?''

सीता दूर सामने की पहाड़ी की तरफ देखते हुए बोली, ''तुम उसकी बीवी हो। यह नहीं जानतीं कि बिलादर नामर्द है। वहाँ रात भर शराब पीता है। पहले मेरी मौसी वहाँ थी। उसे टी.बी. हो गई है। वह बटोत के अस्पताल में पड़ी है। उसी की जगह मैं आई हूँ। बिलादर के सारे मुस्टंडे दोस्त अड्डे के अंदर इकट्ठे होते हैं। उन्हें हँसने-खेलने के लिए कोई चाहिए। औरत से बड़ा हँसने-खेलने का खिलौना और क्या हो सकता है?'' ये कह सीता रुआँसी हो गई।

गुलाबी स्तब्ध थी। पिछले कई महीनों का राज उस पर खुला था।

गुलाबी ने कहा, ''तुम वापस क्यूँ नहीं चली जाती? तुम सब ये क्यूँ करती हो?''

सीता कहने लगी, ''मेरे बापू को अभी भी बिलादर के 600 रुपए देने हैं।''

गुलाबी ने कहा, ''रुपए तुम मुझसे ले लो। यहाँ से चली जाओ।''

सीता थोड़ी देर चुप रही। फिर बोली, ''यह इस जन्म में कहाँ मुमकिन है। बिलादर मुझे जाने न देगा, पर तुम रुपए क्यूँ दोगी?''

गुलाबी ने घमंड में भरकर कहा, ''बिलादर मेरा पति है। वह दूसरी औरत के पास जाए, मैं नहीं सह सकती। वह नामर्द ही सही, है तो मेरा पति और दुनिया को क्या मालूम वह नामर्द है।''

''अगर मैं चली जाऊँ तो बिलादर तुम्हें काटकर फेंक देगा। आदमी की उसके पास कोई कीमत नहीं। फिर उसका दोस्त गिरधारी, जो नामर्द नहीं है, मुझे पाताल से भी ढूँढ़ लाएगा। नहीं, इस जन्म में छुटकारा नहीं मिल सकता।''

गुलाबी ने लाचार होकर कहा, ''तुम कम-से-कम यहाँ नहाने न आया करो। ऊपर उस खेत की आड़ में भी पानी का झरना है, वहाँ जा सकती हो।''

सीता ने कोई उत्तर न दिया। वहाँ से हिली भी नहीं। गुलाबी नहा-धोकर पानी की गागर छलकाती घर चली गई।

अभी उसने रसोई में गागर रखी ही थी कि बिलादर की कड़कती आवाज कानों में पड़ी, ''वहाँ झरने पर उस छिनाल से क्या सलाह हो रही थी? दोबारा उसके साथ देखा तो टाँगें चीरकर रख दूँगा। मेरा नाम बिलादर है।'' यह कहकर उसने दातुन बाहर गली में फेंक दी।

गुलाबी काँप रही थी। शादी के बाद पहली बार बिलादर उससे यूँ बोला था। पहली बार ही गुलाबी ने नजर उठाकर, आँखों में आँखें डालकर बिलादर को देखा। उसकी आँखों में एक निश्चय था और कई सवाल थे। पहली बार बिलादर की आँखें झुक गई थीं। उसने नरम पड़कर गुलाबी को कहा था, ''देखो गुलाबी, मैंने आज तक तुम्हें नहीं छुआ। मैं इस काबिल नहीं हूँ। अपना वंश चलाने के लिए शादी ही एक रास्ता था। माँ तो बचपन में ही मर गई थी। बापू ने सब जानते हुए भी मेरी शादी तुमसे करवा दी। अगर बच्चे न हुए तो इतनी जमीन-जायदाद कौन सँभालेगा? अब तो ट्रकों का काम भी तेजी से चल रहा है। क्या होगा इन सबका?''

गुलाबी की कंजी आँखें अब भी बिलादर पर टिकी थीं। बिलादर ने देखा तो थूक निगलकर बोला, ''बताता हूँ, बताता हूँ, अपना ट्रक ड्राइवर है न, सरदारी, उसी से बच्चे होंगे तुम्हें, हमने माधो पंडित से भी पूछ लिया था। शास्त्रों में यह सब जायज है।''

गुलाबी ने तमतमाकर दीवार पर टँगी दराँती उठा ली थी। बिलादर को देते हुए बोली थी, ''लो, यह लो दराँती, गला काट दो मेरा। मेरी शादी तुम्हारे साथ हुई है। मैं कभी किसी दूसरे आदमी का मुँह भी न देखूँगी। बच्चे होने हुए तो तुमसे ही हो जाएँगे।

बिलादर ने कहा था, ''मैं अमृतसर के बड़े डॉक्टर को भी दिखा आया हूँ। मुझसे तुम्हें कभी बच्चे नहीं हो सकते।'' यह कहकर बिलादर का लहजा थोड़ा सख्त हुआ। थोड़ा रुककर वह बोला, ''बच्चे तो मुझे चाहिए ही। बच्चों के लिए अगर एक और शादी भी करनी पड़ी तो करूँगा, पर तुम सीधे रास्ते पर आ जाओ। हम सबके लिए यही अच्छा है और हाँ, सरदारी दोपहर को खाना यहाँ खाएगा। उसे देख लेना।'' यह कहकर बिलादर उसकी तरफ बिना देखे बाहर निकल गया।

बिलादर के जाते ही गुलाबी फुक्का मारकर रो पड़ी। खाना बनाते-बनाते भी वह रोती रही। आज उसे अपनी सहेली भीमी याद आ रही थी। उसने सुना

था, उसकी शादी ऊधमपुर में हुई है। कोई दुकानदार है। माँ के मरने के बाद भीमी से ही वह सारी बातें करती थी। अपने मन का बोझ कहाँ पटक आए। अजनबियों के इस कस्बे में उसका अपना कौन है। उसे लगा उसकी हालत सीता से भी ज्यादा खराब है। उसने अपने आँसू बह जाने दिए। पानी तो बह गया, पर बोझ बना रहा।

दोपहर को बिलादर के साथ खाना खाने सरदारी भी आया। उसने नजर उठाकर भी ऊपर न देखा। सरदारी भी कुछ न बोला। बीच-बीच में बिलादर ही कुछ-न-कुछ माँगता रहा। सरदारी चला गया तो बिलादर ने अपना हुक्का हाथ में ले लिया, मानो बात करने के लिए कोई सहारा चाहता हो। रसोई में काम कर रही गुलाबी से उसने कहा, ''बच्चों की कोई जल्दी नहीं है। पहले सरदारी मेरा अच्छा दोस्त बनेगा। लोगों को कानोकान खबर न होनी चाहिए। सरदारी का ट्रक जब भी इधर से गुजरेगा, वह यहीं रहा करेगा। तुम इस घर की मालकिन हो और हमारी इज्जत भी। यह बात याद रखना।''

गुलाबी अपना काम करती जा रही थी। बिलादर में अब विश्वास आ गया था। वह ऐसे ही बोल रहा था, जैसे ट्रकों की बात करता है। हुक्के का एक कश लेकर फिर चालू हो गया, ''मैंने तुम्हें आज तक इसीलिए कभी नहीं छुआ। मैं शुरू से ही यह जानता था और हाँ, यह सारी स्कीम बापू ने लड़ाई है। अब हमारे घर की लाज तुम्हारे हाथ में है।''

गुलाबी कुछ न बोली थी। इस आदमी के सामने वह रोना भी न चाहती थी।

उसे लग रहा था कोई जिम्मेदारी का काम उसे सौंपा जा रहा है।

फिर कई बार सरदारी आया, पर गुलाबी ने उससे कभी बात न की। सरदारी भी कुछ न बोलता था।

बिलादर को अपनी स्कीम फेल होती नजर आने लगी। एक दिन सरदारी खाना खाकर गया तो बिलादर ने अपनी फड़कती आवाज के साथ गुलाबी से पूछ लिया, ''क्या सलाह है तुम्हारी? यह नहीं समझना कि मैं कुछ नहीं कर सकता। हमने ट्रक भी सरदारी के नाम कर दिया है। कम-से-कम उससे बात तो करो। बड़ा दयानतदार आदमी है। एक-एक पाई का हिसाब देता है और देखो, मैं अभी बड़ी नरमी बरत रहा हूँ। अगली लोहड़ी तक मेरे घर में बेटा होना ही चाहिए।''

उसके लहजे से दुःखी होकर गुलाबी फफककर रो पड़ी। किस्मत ने उसे कहाँ लाकर फँसा दिया था। उसके चेहरे के चेचक के गड्ढे गंगा-जमना से भरने लगे। उसने बिलादर को कुछ न कहा।

बिलादर बड़े असमंजस में था। इस तरह की किसी औरत से उसका वास्ता न पड़ा था। उसे समझ न आ रहा था कि क्या करे। पहली बार उसने जिंदगी में किसी के आगे हाथ जोड़कर कहा, "गुलाबी, मैं तेरा पति नहीं हूँ। फेरों से कोई पति नहीं हो जाता। मैं कल पहाड़ पर सौदा लेने जा रहा हूँ। कल सरदारी आनेवाला है। एक-दो बजे तक उसका ट्रक आ जाएगा। फिर वह खाना खाकर यहीं रहेगा। तुम चाहो तो शिवजी की फोटो के सामने उसे माला भी पहना सकती हो। पति तो उसे मानना ही पड़ेगा। यह मेरा हुक्म है।"

दूसरे दिन मुँह अँधेरे ही बिलादर अपनी घोड़ी लेकर चला गया था। गुलाबी अकेली रह गई थी। रोते-रोते उसने अंडों की करी बनाई थी। दोपहर होने को अभी समय था। उसने सोचा थोड़ा सुस्ता लूँ। चारपाई पर लेटते ही उसकी आँख लग गई। कश्मीर से आते ट्रक उसकी आँखों के आगे घूमने लगे। अप्पर मुंडा से निकलते ही एक ट्रक सड़क से लुढ़ककर नीचे खड्ड तक जा गिरा। हड़बड़ाकर गुलाबी ने आँखें खोलीं। वह पसीने से लथपथ थी। हिमालय से आती हवा सामने कैलेंडर को हिला रही थी। उसने उठकर सामने बरामदे में जाकर देखा, चिनार ढलती धूप की पतली सी परत में भीगा खड़ा था। ट्रक का कोई पता न था। गुलाबी का मन खाना खाने को न हुआ। उसने अंडों की करी पड़ोसन के बच्चों को दे दी। खुद कहवे के साथ दो बाकर-खानियाँ खाकर पड़ी रही।

उसे आज भी अच्छी तरह याद है। उसने कुल्थों की खिचड़ी पकाई थी। बहुत अच्छी लगती थी। कुल्थ की दाल से चावल भी लाल-लाल हो जाते थे। दूध की सारी मलाई उसने खिचड़ी में डाल दी थी। कोयलों की गरम राख पर खिचड़ी पकती रही। गुलाबी सोचती रही। अगर सरदारी का ट्रक उलट गया तो उनका कितना नुकसान होगा। हजारों का ट्रक, फिर माल और सरदारी। उसके होनेवाले बच्चों का बाप सरदारी। अचानक वह सरदारी के नक्श याद करने की कोशिश करने लगी, पर उसे सिर्फ सरदारी की पीठ दिखाई दी। उसे लगा कोई कहीं से चला गया है। गुलाबी को खिचड़ी की सोंधी-सोंधी महक आ रही थी, पर उसका मन कुछ खाने को न हो रहा था। रसोई में दूध-दही सँभालकर उसने कुंडी लगाई और बरामदे में सो गई। आज कमरे में उसे डर लग रहा था।

पता नहीं कितनी रात थी। चिनार के पीछे अकेला पूरा चाँद हँस रहा था। सामनेवाले पहाड़ की परछाइयाँ खामोशी में हिल रही थीं। खामोशी की आवाज झरने के पानी की बहती बूँदों में से आ रही थी। गुलाबी को कुछ खटका सा लगा था। तभी एक खुरदुरा सा हाथ उसके माथे पर आ पड़ा था। जैसे बुखार नापना

चाहता हो। उसने आँखें खोलीं। सरदारी ही था। गुलाबी उसे जीता-जागता देख कुछ बोलने ही लगी थी कि सरदारी उसे उठाकर कमरे में ले गया। फुसफुसाकर उसने कहा, ''आज मेरे आगेवाला ट्रक अप्पर मुंडा के पास खड्ड में जा गिरा, इसीलिए देर हो गई। वह ट्रकवाला मैं भी हो सकता था गुलाबी, पर मैं बच गया।''

बची-खुची रात ढलती रही। चाँद बादलों में गोते खाता रहा। तारों के झुरमुट धीरे-धीरे खिसकने लगे। आँच पर खिचड़ी अभी कोसी थी। दोनों ने पतीला सामने रखा और खाने लगे। सरदारी बोला, ''गुलाबी, मैं बिलादर का कर्जदार हूँ। मुझसे तवी दरिया पर एक खून हो गया था। बिलादर ने दो साल मुझे अपने अड्डे पर छुपाए रखा। मैं उसकी कोई बात नहीं टाल सकता, पर कर्ज की अदायगी में मुझे तुम मिलोगी यह मैंने न सोचा था। मैंने तवी के पानी से अँजुली भरकर कसम खाई है कि मैं कभी अपने संबंध के बारे में किसी को न बताऊँगा। तुम भी ऐसा ही करना। बिलादर बुरा आदमी नहीं है। अपनी कमजोरी छिपाने के लिए यह सब करता है और फिर बच्चे तो हमारे ही होंगे। खाली नाम उसका होगा। तुम मुझे बड़ी अच्छी लगती हो। मैं कभी शादी न करूँगा। बस, तुम मेरी रहना। बिलादर ने कसम खाई है, वह तुम्हें कभी तिनके से भी न छुएगा। तुम मेरी अमानत हो बिलादर के पास।''

गुलाबी रोने लगी थी। उसे लगा जैसे वह औरत न हो, आलू की बोरी हो, जहाँ चाहो, खिसका दो, पर वो कुछ न बोली। उसे सीधा सा सरदारी अच्छा लगा था। सुबह होते ही वह ट्रक लेकर चला गया था। अलसाई सी सुबह में जब गुलाबी झरने पर नहाने गई तो पहली बार उसे सबके सामने नहाने में लाज आई।

तब से हमेशा उसने सरदारी के आने का इंतजार किया है। जँगले पर खड़े होकर कानवाई के ट्रक गिने हैं। अकसर कानवाईवाले रोज सरदारी का ट्रक न आता था। कभी पंजाब की तरफ चला जाता तो गुलाबी कानवाई गिनते-गिनते हैरान हो जाती। मिलिटरीवालों पर उसे प्यार आने लगता। छोटे-छोटे मासूम चेहरे, मुख्तलिफ नक्श पर एक वरदी जैसे माँ ने अपने बच्चों को एक से कपड़े पहना दिए हैं। कभी उनमें से किसी का चेहरा उदास नजर आता तो गुलाबी सोचती, अभी इसकी मूँछ भी न आई थी। पता नहीं किन हालात में माँ ने भेजा होगा। इसके जोड़ीदार पहाड़ों पर घूम-घूमकर चिलगोजों की आवाज से अपनी प्रेमिकाओं को बुलाते होंगे। इसकी भी कोई प्रेमिका होगी तो सही। कोई-कोई सिपाही उसे देखकर अश्लीलता से हँसता तो गुलाबी को कभी गुस्सा न आता। उनमें अब उसे अपने होनेवाले बेटों के चेहरे नजर आने लगे थे। फिर जब पहला

बेटा हुआ तो बिलादर खुशी से पागल हो गया। दूसरे दिन लोहड़ी थी। उसके घर में छज्जे नाचनेवाले आ गए। बिलादर ने सबको जी भरकर दिया। जो पार्टी नहीं आई, उसे उसने घर बुलवा भेजा। 11 दिन होने पर ऊधमपुर से खास फौजी बैंड मँगवाया। बेटे को उठाकर यूँ घूमता रहा, जैसे चाँद जमीन पर उतर आया हो। एक हाथ से बेटे को उठाकर उसने चिल्लाकर कहा, ''यह है मेरे ट्रकों का मालिक, उल्लू का पट्ठा, यह मेरी दुकानों का सेठ है।'' गुलाबी की धड़कन ऊपर ही टँगी रही, जब तक बिलादर ने बच्चा उसकी गोद में नहीं दे दिया।

सरदारी महीने-भर से गायब था। शायद उसे बिलादर ने कहीं पूना-सतारा की तरफ काम पर भेजा था। गुलाबी बच्चे को दूध पिलाए और कान में कहे, ''तुम्हारा बाप कब आएगा रे ?''

वह रात भी उसे याद है, जब वह ऊपर बरामदे में सो रही थी। नीचे के जँगले को पकड़कर सरदारी ऊपर आ गया था। उसने पहले रोज की तरह गुलाबी को उठा लिया था और रोता रहा था। शेर सा सरदारी माँ गुलाबी के कंधे से लगकर एक महीने की गैरहाजिरी का हिसाब बता रहा था। गुलाबी ने उसे चारपाई पर बिठाकर ऐसे ही सीने में भींच लिया जैसे वह सरदारी की याद आने पर अपने बेटे को भींच लेती थी।

दीया जल रहा था। सरदारी ने अपने एक महीने के बेटे को पहली बार देखा। सोया हुआ बच्चा दीये की रोशनी में अपनी आँखें और जोर से भींच लेता तो सरदारी दीया नीचे रख देता। उसके सहज होते ही दीया फिर उसके मुँह के पास ले आता। बच्चा खीझकर रोने लगा। सरदारी ने अपने खुरदुरे हाथों से उसकी मुट्ठी खोलनी चाही तो बच्चा और रोया। सरदारी ने गुलाबी को गोद में देकर कहा, ''यह बड़ा होगा तो मेरी तरह ट्रक चलाएगा। तब इसके हाथ इतने नाजुक न रहेंगे।'' दूसरे और फिर तीसरे लड़के के पैदा होने पर भी सरदारी ने यही बात कही थी। बिलादर और सरदारी की दोस्ती की तरह बेटे बड़े होते गए थे। गुलाबी उनका स्कूल से आने का इंतजार करती तो कानवाई देखकर सोचती, आज तो सरदारी का ट्रक न आएगा। कभी-कभी बिलादर को पूछती, ''सब्जी सब खत्म हो गई है। कश्मीर से ट्रक आएगा तो सब्जी आएगी।'' एक दिन बिलादर ने जल-भुनकर कहा था, ''यहाँ की सब्जी हजम नहीं होती क्या? तीन बेटों से ज्यादा औलाद मुझे नहीं चाहिए और अब सरदारी की शादी भी होनेवाली है।'' गुलाबी सुन्न हो गई थी।

फिर जब सरदारी आया था तो गुलाबी ने पूछा था, ''तुम्हारी शादी कब है ?''

सरदारी ने उसे देखा था और खीझकर कहा था, ''क्यूँ, तुम्हें क्या हुआ है?''

''बिलादर कह रहा था।''

''अब मेरी शादी नहीं हो सकती। बिलादर नशे में भूल सकता है, पर मैं कैसे भूल सकता हूँ। छोटे पप्पू के बाद वैसे भी मैंने ऑपरेशन करवा लिया था। नहीं तो छोटा 6 बरस का हो गया, क्या तुम्हें और बच्चा न हो जाता।''

गुलाबी ने कहा था, ''एक बेटी चाहिए थी मुझे। राखी-टीके पर बड़ी याद आती है। इतना कुछ घर में है। बेटी होती तो उसे देती। बेटी के बगैर घर सूना लगता है। इस जीवन में कन्यादान से बड़ा कोई पुण्य नहीं है। लोगों की बेटियों के सुहाग गाने जाती हूँ तो कलेजा मुँह को आता है।''

सरदारी ने गुलाबी के आँसू अपने खुरदुरे हाथों में सोख लिये। कहने लगा, ''गुलाबी, ये सपने हमारे नहीं हैं। तीनों बेटे बिलादर के हैं। बेटी भी उसी की होगी। कन्यादान बिलादर ही करता। मैं या तुम नहीं।''

रोते हुए ही गुलाबी ने पूछा था, ''तुमने ऑपरेशन क्यूँ करवा लिया, तुम्हारे घर तो बेटी हो सकती थी!''

''हाँ गुलाबी, पर मेरे बच्चों की माँ तुम जो हो, मैं यह नहीं भूल सकता।''

''घर के लोग कैसे मानेंगे?''

''घर में अब है ही कौन, फिर भी मैंने कह दिया है कि मैं शादी के काबिल नहीं हूँ।''

''यह तुमने क्या किया!''

''मैं उधार की जिंदगी जी रहा हूँ। अगर खून के जुर्म में फाँसी लग गई होती तो कहाँ होता मैं और कहाँ होतीं तुम!''

बरसों बाद गुलाबी ने एक सवाल पूछा, ''उसे तुमने क्यूँ मारा था?''

सरदारी उदास हो गया। कहने लगा, ''मेरी बहन हामिला हो गई थी और वह उससे शादी करने को तैयार न था। बहन ने तवी में डूबकर आत्महत्या कर ली। मैंने उसे तवी में ही डुबो-डुबोकर मार डाला। बिलादर ने सब देखा था और मुझे यहाँ बनिहाल में छुपा लिया था। उस कैद से तो मैं बच गया, पर इस कैद से नहीं बचूँगा। बचना ही नहीं चाहता।''

गुलाबी ने उसके गुँथे हुए हाथ थामकर प्यार से कहा था, ''सरदारी, मैंने जिंदगी में सिर्फ तुम्हें देखा, तुम्हें ही चाहा, तुम कभी शादी मत करना।''

''मैं जानता हूँ, गुलाबी, इसीलिए तो मैं शादी के काबिल नहीं हूँ।''

गुलाबी के तीनों बेटे सरदारी पर पड़े थे। कभी-कभी औरतें उसे छेड़ती

भी थीं, तीनों अपने चाचा पर गए हैं। गुलाबी इस बात पर कभी नाराज न होती थी, पर जब बिलादर ने सुना था तो वह नाराज हो गया था। उसने एक दिन सरदारी को कहा था, ''चाचा, तुम घर में कम आया करो। हम अड्डे पर ही मिल लिया करेंगे।'' जब से सरदारी को बच्चों ने चाचा कहना शुरू किया था, बिलादर भी उसे चाचा ही कहता था। दातुन करते हुए सरदारी ने आग्नेय नेत्रों से बिलादर को ताका था और अँगोछा उठाकर झरने पर नहाने चला गया था।

फिर कई दिन गुलाबी कानवाई के ट्रक गिनती रही थी। महीने हो गए, फिर बरस, पर सरदारी न आया। बिलादर कछ अपराधी सा महसूसता ऊँचा-ऊँचा बोला करता। गुलाबी नफरत के मारे उससे सरदारी के बारे में न पूछती, न ही उससे ज्यादा बात करती। घुटन में जीते-जीते गुलाबी जैसे अंतरमुखी सी हो गई थी। मशीन की तरह घर देखती, बच्चे सँभालती गुलाबी जैसे बेजान गुड़िया थी। औरतें कहतीं, ''भगवान् ने तीन बेटे दिए हैं, इतना धन,'' पर गुलाबी जैसे सबसे परे है। किसी चीज का अभिमान उसे छू तक नहीं गया। गुलाबी के भीतर आग की भट्टियाँ जलती रहती हैं। अब उसने ट्रक गिनने छोड़ दिए थे। खाली-खाली आँखों में भरे ट्रक देखती रहती। सामने के चिनार भर उठते, खाली हो जाते, बर्फ से लद जाते, अँगारे से दमकने लगते, पर गुलाबी में कोई फर्क न आता।

फिर एक दिन जब पप्पू के बस्ते में उसने माउथ आर्गन देखा तो उससे पूछ लिया, ''ये कहाँ से लाए?'' पप्पू सहम गया, उसके मुँह से निकला, ''चाचा।'' गुलाबी की आँखों से गंगा-जमना बह चली। बच्चा डर गया। गुलाबी ने पूछा, ''कहाँ है सरदारी?'' बच्चा कहने लगा, ''उसका ट्रक पनचक्की के पास खड़ा था। उसने मना किया था, माँ को न बताना।''

गुलाबी ने बच्चों को ज्यों-त्यों खाना परोसा था और पड़ोस की औरत को घर बिठाकर पनचक्की पर जा पहुँची थी। ट्रक वहाँ से जा चुका था, पर अब गुलाबी को यह अंदाज हो गया था कि ट्रक इस रूट पर चल रहा है। कभी-न-कभी तो आएगा ही। फिर कई दिन निकल गए थे। एक दिन गुलाबी कहीं से आ रही थी तो रास्ते में पनचक्की के पास दरख्तों की ओट में सरदारी का ट्रक खड़ा था। गुलाबी ने गौर से देखा था। हाँ, वही तो था। पीछे लिखा था—'दुआएँ देते हैं हम ट्रक बनानेवाले को। घर से बेघर कर दिया ट्रक चलानेवाले को।'

नीचे सरदारी ने गुलाबी के कहने पर लिखवा लिया था—'फिर मिलेंगे।' उसी पर सिर रखकर गुलाबी फफक-फफककर रो उठी थी। जैसे ट्रक न हो, सरदारी का कंधा हो।

झरने में से पानी लाते हुए सरदारी ने पहचाना, काले रंग का शॉल, उसने कश्मीर से लाकर गुलाबी को दिया था। उसमें गुलाबी ताजे गुलाब की तरह खिल उठती थी। सरदारी ने कहा था, ''तुम्हें अब नजर न लगेगी।'' गुलाबी हँस उठी थी। सरदारी खड़े का खड़ा रह गया था। गुलाबी का जिस्म रोने के साथ-साथ काँप रहा था। उसने सोचा इस सारी स्थिति में गुलाबी का क्या कसूर है। बिलादर से वह उस दिन के बाद कभी न मिला था। ट्रक की कमाई अड्डे पर पहुँचा देता था, जिसके पहुँचने-न-पहुँचने का कभी कोई संकेत न मिलता था।

गुलाबी रो रही थी। सरदारी स्तब्ध था। क्या करे, क्या न करे। उसने देखा; दूर से कुछ औरतें इसी तरफ आ रही थीं। बालटी नीचे रखकर ट्रक का तिरपाल हटा वह ट्रक पर चढ़ा। उसने गुलाबी की बाँह पकड़कर उसे ऊपर खींच लिया।

गुलाबी बेहोश हो गई थी। सरदारी उसे गोद में लिटाकर रोता रहा। औरतें निकल गईं तो पानी की बालटी लाकर उसने गुलाबी के मुँह पर छींटे मारे और उसे पानी पिलाने लगा। गुलाबी को होश आया तो वह भी रोने लगी। सरदारी ने कहा, ''मैं क्या करता, तुम्हीं बताओ!'' हिचकियों में ही गुलाबी बोली, ''मेरे लिए तुम्हीं पति हो, मेरे बच्चों के बाप हो। इतने दिन मुझे कोई यह भी न बता पाया कि मैं विधवा हूँ या सुहागिन। तुम किसी के हाथ कहलवा नहीं सकते थे कि जिंदा हो।''

''मैं तीन बरस पूना-सतारा चला गया था। तुम्हारी बड़ी याद आती थी। जितना पैसा कमाया, सब आकर बिलादर को भेज दिया। यह ट्रक तो मेरे ही नाम है। तो भी किसलिए करूँ! मेरे बाद इसे कौन चलाएगा। बिलादर के बेटे तो नौकर रख लेंगे।''

गुलाबी ने सरदारी के हाथ अपने हाथों में बाँध लिये। धीरे से बोली, ''उनके बाप तुम न भी हो, पर मेरे पति तो तुम ही हो।''

''यह कहाँ सच है गुलाबी!''

गुलाबी ने जैसे सुना ही नहीं, अपनी रौ में कहती रही, ''मैं अब यहाँ से न जाऊँगी। तुम कहीं भी ले चलो। चाहे महीने में एक बार घर आओ, पर मैं तुमसे अलग न रहूँगी।''

''हमारे बच्चे कौन पालेगा? मैंने सुना है बिलादर बड़े के रिश्ते की बात कर रहा है।''

''अभी वह पूरा बीस का भी नहीं हुआ।''

''बिलादर उम्र नहीं देखता। ठेकेदार की लड़की से शादी होगी तो लड़का

उसके सारे ठेकों पर कब्जा कर लेगा। एक ही लड़की है ठेकेदार की।''

''तुम आओगे शादी में?''

''नहीं, मैं बिलादर की सूरत नहीं देखना चाहता।''

गुलाबी ने पूछा, ''और मैं इस सारे तमाशे में कहाँ हूँ सरदारी! तुम्हारे कहने पर मैं बिलादर और उसके ड्रामे को सहती आ रही हूँ।''

सरदारी आँख भरकर बोला, ''मैं सोचता था, बच्चों में तुम मुझे भूल जाओगी।''

''तुम भूल गए हो मुझे? बच्चे तुम्हारी वजह से हैं। तुम बच्चों की वजह से नहीं हो। तुम्हारे साथ घर बसाने के सपने देखती-देखती ही मैं मर जाऊँगी क्या?''

''नहीं गुलाबी, मेरे साथ तुम्हारा घर नहीं है। हम ट्रकवालों के घर होते भी नहीं। डेरे होते हैं। मैं बिलादर से नहीं मिलता, पर ये जिंदगी उसी की दी हुई है। उसका राज मेरा राज है। कुछ ब्याज तो उतर गया, पर असल तो बाकी है ही। यह कैसे भूल जाऊँ।''

''तुम किसी को भूलो मत, पर मुझे साथ ले चलो। मुझे अब भरोसा नहीं रहा। न जिंदगी का, न तुम्हारा।''

सरदारी ने गुलाबी को अपने पट्टू में छुपा लिया। ट्रक का तिरपाल हिमालय से आती तेज हवाओं से काँप रहा था। शाम के उतरने का वक्त था। बहुत सी बुलबुलें शोर मचाती हुई अपने-अपने घोंसले ढूँढ़ रही थीं। पनचक्कीवाला भी दरवाजे बंद कर रहा था। सरदारी ने गुलाबी से कहा, ''यहाँ से घर काफी दूर है। अब तुम जाओ। अगले वीरवार फिर यहाँ पर इंतजार करूँगा।''

गुलाबी ने कहा, ''झूठ तो नहीं कह रहे?''

''नहीं।''

''पर तुम्हारे क्लीनर को पता न चलेगा?''

''उसका घर पीछे है। वहीं उतर जाएगा। तुम्हारे जाने पर मैं हॉर्न दूँगा। वह किसी ट्रक में बैठकर यहाँ आ जाएगा।''

गुलाबी को याद है—लदी हुई पेटियों, अखरोट-बादाम की बोरियों पर, सेबों पर, कभी लकड़ी पर बैठकर उसने सरदारी को अंडे की करी के साथ खाना खिलाया है। यह ट्रक अब उसे अपना घर लगने लगा था। घर की कितनी साध होती है आँखों को, पर घर उसी के साथ होता है, जिसे औरत चाहती है। सरदारी के ट्रक पर हमेशा तिरपाल बिछी रहती थी। दरख्तों के झुरमुट थोड़े-थोड़े फासले पर बदलते रहते। ट्रक वहीं आसपास खड़ा रहता। गुलाबी को वह

चलता-फिरता राजमहल सा लगता।

बड़े बेटे की शादी हुई तो चिनार के मोटे दरख्त पर एक साया कंबल ओढ़े कितनी रात गए तक बैठा रहा। मानो मधुमक्खियों का बहुत बड़ा छत्ता हो। पगड़ी के शमले को ऊँचा उठाकर बिलादर बेटे की घोड़ी के आगे नाच रहा था। अनारदानों के जंगल का ठेकदार अपनी इकलौती बेटी को ब्याह रहा था। पूरी बस्ती में रौनक थी। नाक में बड़ी सी नथ डाले गुलाबी ने गुलाबी चूनर ओढ़ रखी थी। पीली किनारी में उसका मुँह दमक रहा था। सगुन का बड़ा सा थाल उठाए वह मोरनी की तरह आगे-आगे चल रही थी, साथ के मैदान में बिलादर के ट्रक सजे खड़े थे। उन पर झंडियाँ लगी थीं।

दूसरे बेटे की शादी भी इसी तरह दो साल बाद धूमधाम से हो गई थी। चिनार के मोटे तने से लगकर मधुमक्खियों का छत्ता काँपता रहा था। उसी शान से बिलादर के ट्रक सजे खड़े थे। उसी शान से दुलहिन घर आई थी।

और आज गलाबी के तीसरे बेटे की शादी थी। गुलाबी को लग रहा था जैसे सवेरे से जुते बैलों के कंधों से दोपहर ढलने के वक्त हल उतारा जा रहा हो, हल्की-सी गुलाबी इधर-उधर डोल रही थी। आज सरदारी से मिले उसे पूरा एक महीना हो गया था। उसने सरदारी से कहा था, ''हमारे छोटे बेटे की शादी है। बस इसके बाद मैं आजाद हो जाऊँगी।''

सरदारी सारी रात का जगा था, खुमारी में ही बोला, ''गुलाबी, फिर घर चलोगी न?''

गुलाबी को पता नहीं क्या हुआ था। घर का नाम सुनकर वह दहाड़ मारकर रोने लगी थी। सरदारी जग गया और उसे मालूम हो गया, उसने क्या कहा है। गुलाबी के बालों को खोलते हुए बोला, ''मैं जग गया हूँ गुलाबी, तुम भी जग जाओ। तुम अब तीन बहुओं की सास हो जाओगी। सारे घर का बोझ तुम्हारे ऊपर है। बिलादर भी अब ढल गया है। ऐसी बातें सोचने से क्या फायदा?''

गुलाबी उसके जवाब में सिर्फ रोती रही थी। मन के साथ-साथ उसकी जिम्मेदारियों का बोझ भी हल्का होता चला गया था। अँधेरा होने से पहले वह घर आ गई थी। बेटे की घोड़ियाँ गाती औरतों के हजूम में घिरकर अकेली बैठी रही थी।

उसकी मुँहलगी सहेली ने टहोका मारकर कहा था, ''क्यों गुलाबी, अभी तो बिलादर और आठ बेटों की शादी आसानी से कर सकता है। फिक्र क्यों कर रही हो। जीजे के पास तो सोना उगलनेवाले ट्रक हैं।'' गुलाबी हँस दी थी।

बरात के दिन उसने अपनी दोनों बहुओं के साथ जाते-जाते चिनार पर काला धब्बा देख लिया था। औरतों के हजूम में भी उसे वही धब्बा दिखाई दे रहा था। औरतें गा रही थीं—

चड़दी जंजे बद्दल छाया
म्हराजा, चढ़ेया ई रूप सो आया··

(बरात चढ़ते ही आसमान पर बादल घिर आए हैं। दूल्हे को क्या रग चढ़ा है।)

बिलादर कह रहा था, "गुलाबी, मैंने घोड़ी के ऊपर पैसों के साथ बरी के संदूक की चाबी भी लुटा दी है। अब क्या होगा?" गुलाबी ने बिना घबराए कहा था, "उसकी दूसरी चाबी मेरे पास है। मैं उसे ले आती हूँ। आप लोग चलो।"

तभी भीड़ में से एक औरत बोली थी, "बिलादर भाऊ, तुम बूढ़े हो गए हो। चाबी को भी चवन्नी समझ लिया, पर इतनी औरतों में गुलाबी को कैसे पहचाना, कमाल है।" बिलादर बोला, "भाभी, मेरी असली गुलाबी तो तुम्हीं हो।"

गुलाबी को जाते-जाते बाजों के शोर को चीरती आती ठहाकों की आवाज सुनाई दी थी।

चिनार के करीब वह पहुँची तो चिनार पर काला धब्बा नजर न आया। चिनार के नीचे कुछ काला सा हिल रहा था। उसने सोचा कहीं सरदारी तो नहीं। भागकर देखा, वही था। उसे उठाया तो उसकी बाँह तप रही थी। सरदारी ने कहा, "बुखार-सा है। उतरते वक्त गिर गया। तुम्हें भागते देखा तो डर लगा। तुम जाओ गुलाबी।"

गुलाबी ने कहा, "सारी उम्र मैंने तुम्हारी बात सुनी है। अब तुम्हें मेरी बात माननी पड़ेगी। मेरा मांस खाओ, जो कुछ बोलो।"

गुलाबी उसे पिछले रास्ते से घर ले गई। ऊपर भंडारघर में दीवारों पर सूखे मेवे व सब्जियों के हार लटके हुए थे। यहाँ की चाबी सिर्फ गुलाबी के पास थी। एक चारपाई बिछाकर उसने बिस्तर डाला और सरदारी को लिटाकर नीचे गई। इत्मीनान के साथ उसने गरम दूध में हल्दी और दो कच्चे अंडे मिलाए। सरदारी को पीने को कहा, साथ में छोटी सी मोरी के पास पानी की बालटी रखी। एक काँगड़ी चारपाई के नीचे सरकाई और बाहर से ताला बंद करके बरात की तरफ चली गई।

बिलादर पड़ोस की चाची के साथ नाच रहा था। चाबी लेकर बस में जा बैठा। औरतें घर आकर रतजगा करने लगीं तो गुलाबी धीरे से खिसक ली। एक

रजाई में से पुरानी रुई निकालकर कोयलों की अँगीठी लेकर छत पर चली गई। सरदारी की कमर सेंकते हुए उसे झपकी सी आई। तभी नीचे से गुलाबी-गुलाबी की आवाजें कान में पड़ीं।

उठी तो कोयलों की आँच बुझ चुकी थी। सरदारी बेफिक्री की नींद सो रहा था। उसने सोचा सरदारी की सारी फिक्र मैंने ओढ़ ली है। अब इसे न उतारूँगी, ताला लगाकर वह नीचे चली आई।

दूसरे दिन सरदारी ने उसे कहा, ''मैं ठीक हूँ। मुझे अब जाने दो। शाम ढलते ही बरात वापस आ जाएगी। बदनामी मोल लेने से क्या फायदा।''

''नहीं, तुम जाने के काबिल नहीं हो। बुखार तो उतरा है, पर अभी तुम बड़े कमजोर हो। दवा की जरूरत है तुम्हें।''

''मेरी कोई दवा नहीं है गुलाबी। मेरी चिंता न करो। बस, एक बात मान लो। लोग तुम्हारी बातें करें, यह मुझसे सहन न होगा। मुझे आज ही जाने दो। दो-तीन दिन रह भी लिया तो क्या होगा।''

गुलाबी ने एक फैसले पर पहुँचते हुए कहा, ''तुम यहाँ से अगर जाओ तो ढाबेवाले की बगल की कोठरी में रहो। ठीक होने पर चले जाना। वहाँ मैं डॉक्टर को भिजवा दूँगी।''

शाम के अँधेरे में सीढ़ियाँ उतरकर सरदारी चला गया था। रात को गैस की रोशनी में बहू लेकर बराती आ गए थे।

बिलादर के सारे सपने पूरे हो गए थे। दूसरे दिन उसने दहेज के ट्रंकों की चाबियाँ गुलाबी के पैरों के पास फेंककर कहा, ''ले, अपने कमाऊ बेटों की कमाई।''

गुलाबी के मुँह से निकला, ''बेटी होती तो जानते, माँ-बाप बेटी को किस मन से विदा करते हैं।''

बिलादर की आँखों में खून उतर आया था। नशे में बोला, ''हाँ, अभी हौंस बाकी है। उसी के साथ जाकर क्यूँ नहीं रहती छिनाल!''

गुलाबी ने कमरे में कुंडी लगा ली। दराँती उठाकर बोली, ''छिनाल, तुमने मुझे छिनाल कहा! तुमने, तुम नाली के कीड़े, तुम्हारे सुख के लिए मैं दो जिंदगियों का बोझ ढोती रही। तुमने मुझे गाली दी! आज मैं तुम्हें मार डालूँगी, नहीं तो खुद मर जाऊँगी।''

तब तक उसके बेटे दरवाजा तोड़कर अंदर आ चुके थे। गुलाबी उनकी बाँहों मैं बेहोश हो चुकी थी। होश में आते ही वह चुपचाप उठकर झरने पर नहाने

चली गई। आकर उसने अपने दो-चार कपड़े लिये, चाबियाँ बड़े बेटे को दीं। सभी कोनों में दुबके थे। माँ को कभी उन्होंने ऊँचे बोलते न सुना था। बिलादर हुक्का गुड़गुड़ा रहा था। गुलाबी से नजर मिलाने की उसकी हिम्मत न थी। औरत जात का क्या भरोसा! अगर राज उगल दिया तो उसकी सोने की लंका उजड़ जाएगी। गुलाबी ने चारों तरफ देखा और सीढ़ियाँ उतर गई।

ढाबे पर जाकर सरदारी को उठाया और ट्रक में जा बैठी। उसको देखकर सरदारी को भी कुछ पूछने की हिम्मत न हुई। आसमान पर काले बादलों को चीर चाँद निकलकर आ रहा था। बाईं तरफ पहाड़ और दाईं तरफ की नदी में तेजी से बहता पानी चाँदनी को खुलकर पी रहा था।

सड़क कानवाई से आजाद थी। गुलाबी बिलादर के शिकंजे से निकल चुकी थी। ट्रक सड़क पर यूँ जा रहा था जैसे आशिक के दिमाग में माशूक का खयाल हो।

□

कल कहाँ जाओगी

सुबह की पहली किरण की तरह वह मेरे आँगन में छन्न से उतरी थी। उतरते ही टूटकर बिखर गई थी और उसके बिखरते ही सारे आँगन में पीली सी चमकदार रोशनी कोने-कोने तक फैल गई थी। खिलखिलाकर जब वह सिमटती तो रोशनी का एक घना बिंदु आँगन के बीचोबीच लरजने लगता और उसकी बेबाक हँसी से आँगन के जूही के फूल खुलकर अपनी खुशबू बिखेरने लगते। उसका नाम था प्रीत। मैं उसे प्रीतो कहती थी।

हुआ यूँ कि मेरी एक बड़ी पुरानी सहेली अपने घर जा रही थी। मेरे पति विदेश गए थे। घर वैसे भी काटने को दौड़ रहा था, सो जब मेरी सहेली ने यह प्रस्ताव रखा कि प्रीतो को कुछ दिन मैं घर में रख लूँ तो मैंने फौरन हाँ कर दी। मेरी सहेली का दायाँ हाथ थी प्रीतो, यह मैं जानती थी। उसके किंडर गार्डन स्कूल के बच्चे उसे तीतो कहकर स्कूल में घुसते और फिर वह उनकी पीत आँटी हो जाती। प्रीतो को प्रीत कहलवाने का शौक था। स्कूल से लेकर तकिए के गिलाफ तक का काम प्रीतो के सुपुर्द था, पर जब छुट्टियों में मैडम घर जाने लगी तो प्रीतो को साथ ले जाना उसकी बनिया बुद्धि को ठीक न लगा। मेरी यह सहेली बचपन से ही दबंग थी। एक बार गोलगप्पेवाले से उसका झगड़ा हुआ और मैडम की चप्पल की मार से वह भाग गया था। तब हम सब गोलगप्पों के खोमचे पर टूट पड़ने को ही थे कि मैडम खोमचेवाले की जगह बैठकर प्लेटें सजा-सजाकर सबको देने लगी। आनन-फानन में गोलगप्पे हवा हो गए। तब उसने इमली के पानी की तुर्शी से सी-सी करते हुए बताया, ''मुआ मुझ अकेली को देखकर आँख मार रहा था। मैंने देसी जूती से वह पिटाई की कि भाग गया।'' तब से हम उसे मैडम ही कहते थे। उसका असली नाम भूल ही गए, पर मैडम को कोई न भुला सका। उसके प्रस्ताव पर मैं थोड़ी नाखुश भी थी, पर सोचा प्रीतो की रौनक रहेगी। दो दिन पहले ही मैडम प्रीतो को लेकर मेरे घर आ गई थी। उसको कई किस्म के भाषण पिलाने

के बाद जब मैडम ट्रेन पर बैठी तो प्रीतो, जो उसका राई-रत्ती सँभालकर देती रही थी, थककर चूर हो चुकी थी। आते ही जब दो सैरीडॉन खाकर वह सो गई तो मैंने भी उसे कुछ पूछना ठीक न समझा।

दूसरे दिन अभी सुबह न हुई थी, पर घर में चहलकदमी की अपरिचित आवाजें आनी शुरू हो गई थीं। उन्हें तो मैं किसी तरह से सहती ही, पर जब बाथरूम का पानी धुआँधार बहने की आवाज आई तो हिम्मत ने जवाब दे दिया। लोहे की बालटी में पूरे खुले नल के गिरते पानी से अधिक शोर शायद कोई नहीं कर सकता। बिस्तर में आँखें मीचे-मीचे मैं जोर से चिल्लाई—

"प्री···तो···"

"जी मैडम," वह जैसे सिर पर ही खड़ी थी। "खबरदार, जो तुमने मुझे मैडम कहा," मैं झल्लाकर उस पर बरस पड़ी तो वह मासूमियत से बोली, "तो फिर क्या कहूँ मैडमजी।"

"पहले यह नल बंद करो और तुम मुझे दीदी कह सकती हो।"

वह मुझसे कब आकर लिपट गई, मैं यह जान ही न पाई। दीदी, दीदी कहकर उसने सारा घर गुँजा दिया और अपनी इस उदारता से मैं घमंड से फूल उठी। फिर उसके अतीत की चंद पोटलियाँ पलभर में ही मेरे सामने बिखरी पड़ी थीं।

प्रीतो अकेली बेटी थी। तीन-चार भाइयों की अकेली बहन, पर उसका बाप जो बढ़ई से ज्यादा शराबी था, उसने इसके जरा सा बड़ा होते ही इसे नंबरदार के बेटे को ब्याह दिया। उसे पुराना दमा था। इस अन्याय का विरोध कौन करता, उसके भाई शराबी बाप की मार खा-खाकर दौड़ने की उम्र आते ही घर से भाग गए थे। माँ घर की दीवारों जैसी ही एक दीवार थी।

भगवान् की करनी। सुहागरात के दिन ही सप्तपदी में अग्नि का धुआँ पी-पी कर दूल्हे महाशय को दमे का ऐसा दौरा पड़ा कि उसे अस्पताल ले जाना पड़ा। सुहाग शैया पर बैठी-बैठी प्रीतो सोई रही। किसी ने उधर झाँका भी नहीं। सुबह लोगों ने कहा, कुलच्छनी ने आते ही पति पर वार कर दिया। पता नहीं नंबरदार के इस नाम का क्या होगा। इसका पाँव तो जानलेवा है। तभी हमारी मैडम वहाँ पहुँच गई और शौहर के मरने से पहले ही उसे घर ले आई। सारे गाँव के मुकाबले में वह अकेली ही थी, पर दबंग ऐसी कि उसे देखते ही नंबरदार हुक्का छोड़ उठ खड़ा हो। इसी दबंगता की वजह से आज तक उसकी शादी न हो पाई थी। ऐसी ख्याति थी कि पुरोहित भी उसकी जन्मपत्री लेकर कहीं जाने को राजी न होता, सो कुँआरी ही रह गई। प्रीतो की आँखों में तैरते सपने मैडम ने बड़ी आसानी से पोंछ डाले और

शहर में आकर बच्चों का किंडर गार्डन खोल लिया। प्रीतो को जो सहारा मिला तो उसने अपना सारा मन बच्चों में ही लगा लिया। मैडम उसे प्यार भी करती है, पर मजाल है, जो कभी पता चलने दे।

प्रीतो, जिसने शादी से सुहाग सनी भाँवरों में शरमा-शरमाकर पाँव रखे, अग्नि के आगे कस्मे-वादे करते समय पिघलती रही, वह प्रीतो कब तक अनुशासन में रहेगी, इसका भय मुझे बराबर लग रहा था। मेरे घर में आते ही जरा सी सहानुभूति उसकी आँखों में फिर से सपनों के संदेशे बुनने लगी। सारा काम हँसते-हँसते निपटा लेती और सारा दिन कोई छह बार कंघी करके महाउबाऊ हेयर स्टाइल बनाती रहती। बिंदी लगाने का उसे बड़ा चाव था। मैंने एक दिन कहा, ''प्रीतो, तू बिंदी लगाकर मिटा क्यूँ देती है?''

उदास होकर बोली, ''वह जो मर गया है, पर दीदी, मेरा मन बिंदी लगाने को करता है।'' मैंने कहा, ''उससे तेरा क्या वास्ता है यह कोई शादी थोड़े ही थी?''

वह उत्साहित होकर बोली, ''यही तो मैं कहती हूँ, पर मैडम हमेशा टोक देती हैं। कहती हैं, लाल बिंदी सिर्फ सुहागिनें लगा सकती हैं।''

''तुम काली बिंदी लगाया करो।''

''हाँ दीदी, काली बिंदी तो लगा ही सकती हूँ और अब उसे मरे एक साल तो हो ही गया है। अब उसका प्रेत मुझे तंग नहीं कर सकता।'' यह कहकर वह खिल-खिलाकर हँस पड़ी। इतनी हँसी कि उसका दोनों आँखे आँसुओं से भीग गईं। नाक सुड़ककर वह अपने आँसुओं को पोंछते-पोंछते कहने लगी, ''दीदी, अगर वह जिंदा रहता तो मैं गाँव कभी न छोड़ती। शादी से पहल एक बार उसने रास्ते में मेरा हाथ पकड़कर कहा था, 'कसम खा प्रीतो, मुझे कभी छोड़कर न जाओगी।' मैंने अपने सबसे मीठे आम के दरख्त की कसम खाकर कहा था, 'कभी नहीं।' तभी किसी के कदमों की आहट हुई थी और उसने मेरा हाथ छोड़ दिया था। उसके घरवाले कहते हैं, 'हमें पता था यह ज्यादा दिन न रहेगा। हमने तो शादी इसलिए करवा दी थी कि प्रेत बनकर हमें तंग न करे।' मेरा गला उन्होंने काटना था, सो काट दिया।''

मैंने कहा, ''प्रीतो, तू तो अभी 20 की भी नहीं हुई, ऐसी बातें क्यों करती है? तेरी किसी भी बात से नहीं लगता तेरी शादी हो चुकी है। यह जोग तो तुमने मैडम की संगति में लिया है; जानबूझकर। इसे छोड़ना ही होगा।''

''दीदी, पति को लेकर जो सपने मैं बुना करती थी, उनका राजकुमार यह तो न था। वे सपने बड़ी बेरहमी के साथ मेरी आँखों में से पोंछ दिए गए। अब उस नई स्लेट पर कोई-न-कोई रोज आकर मिटा जाता है। कोई मूरत बनती ही नहीं।''

मैंने उसे बड़े प्यार से पूछा, ''तुम्हें कोई अच्छा लगता है प्रीतो।''

''नहीं, पर जी चाहता है मैं किसी को अच्छी लगूँ। हाथ-पाँव में मेहँदी, माँग में सिंदूर, लाल जोड़ा और सुरमई आँखें। इनके साथ अगर सुहाग होता है तो मेरा भी हुआ था, पर सुहाग तो पति के साथ होता है और वह तो मैंने देखा नहीं।

''प्रीतो, मैडम का किंडर गार्डन तू ही तो सँभालती है। अगर तुझे कोई अच्छा लगे तो क्या सब छोड़ जाएगी?''

''पता नहीं दीदी।''

''पर मैडम क्या यह बात कभी सह पाएगी?''

''यही तो बात है, मैडम का मुझ पर पूरा भरोसा है। इसी से मुझे डर लगता है कि कहीं कोई अच्छा न लगे। मैडम तो मैडम, बच्चों के माँ-बाप भी मुझी पर भरोसा करते हैं। मैडम को तो सबके नाम भी नहीं आते और फिर अगर एक दिन अपने हाथ से बनाकर न खिलाऊँ तो मैडम खाती ही नहीं। कभी-कभी मेरा मन नहीं करता तो भी बनाती हूँ। किसी को भूखा रखना पाप है न दीदी।''

मैंने उसकी तरफ देखा। जी चाहा, इसे कहूँ, तू भी तो भूखी है प्रीतो, पर मैडम आकर मेरे दिमाग की इस नस को दबा गई और मैं मौन हो गई।

दो महीने कब निकल गए, पता ही न चला। बस एक दिन मैडम आई और प्रीतो को लेकर चली गई। जाती बार प्रीतो ने चोरी से मुझसे कहा था, ''दीदी, मुझे भूल न जाना। मैं तो न आ पाऊँगी, पर आप आना। मुझे बुलाओगी न दीदी?'' मैंने उसके हाथ अपने हाथों में लिये और अपने आँसू किसी तरह उससे छुपाकर उसे हौसला दिया। फिर गृहस्थी के ताने-बाने को सुलझाती। मैं प्रीतो की उलझनों को भूल सी गई।

एक दिन भरी दोपहरी में मैं सोने जा रही थी तो मैडम आ धमकी। पहली ही साँस में उसने पूछा, ''यहाँ प्रीतो आई है?''

मैं जड़वत् खड़ी रही, कुछ उत्तर न सूझा। जवान-जहान लड़की आखिर कहाँ गई। मुझे चुप देखकर मैडम बोली, ''उसे आग लगी है यह तो मैं जान गई थी। बस गलती एक ही हुई कि उसे मैं सब्जी लेने अकेली भेजती रही। सब्जी की टोकरी में छुपाकर बिंदी ले जाती थी। उस मरघट के पास जाकर लगाती थी। क्या आग है बिंदी लगाने की। जब भी कलमुँही आती, देर लगाकर आती। फिर कपड़े इस्तरी करते वक्त, सब्जी काटते वक्त या चपातियाँ सेंकते वक्त कैसे-कैसे तो शरमाकर मुसकराती थी पट्ठी। मुझे क्या पता था इसे क्या मौत पड़ी है। नहीं तो उड़ने से पहले ही पर काटकर फेंक न देती। मुझे तो डर लग रहा था, कहीं पागल न हो जाए।

लक्षण सब वही थे। कुछ दिन पहले एक बच्चे की माँ ने न बताया होता तो मुझे कहाँ पता चलना था। कोई मुआ दरजी है। सब्जीवाले की दुकान के पास, उसी के साथ भागी होगी राँड़। उसी के साथ आँख मटक्का चल रहा था। एक बार मिले तो पुलिस में देकर छुट्टी पाऊँ। इंस्पेक्टर तिवारी के दोनों बच्चे मेरे ही स्कूल में हैं।''

मैंने उसकी बातों का परनाला रोकते हुए कहा, ''मैडम, तुम रूखी-सूखी लकड़ी हो। अगर वह नागरबेल कहीं सहारा ढूँढ़ती है तो जाने दो उसे। उसे खुशी ढूँढ़ लेने दो।''

बिफरकर मैडम चिल्लाई, ''ओह, तो यह आग तुम्हारी लगाई हुई है। मुझे पहले ही समझ लेना चाहिए था कि मेरी ट्रेनिंग में कहाँ गलती हुई है। न तुम्हारे घर उसे रखती, न यह नौबत आती।''

अब मुझे भी ताव आ गया। मैंने भी चिल्लाकर कहा, ''यह आग मैंने नहीं लगाई, पर यह आग मुझे ही लगानी चाहिए थी। तुम मेरी दोस्त हो। तुम्हारे पापों का प्रायश्चित्त मैं न करूँगी तो कौन करेगा? तुम क्या जानो पुरुष के प्यार के बगैर जिंदगी कैसी रेगिस्तान सी होती है। फेरों की मारी को तुमने अपने अनुशासन के डंडे से साधकर रखा है। तुम जल्लाद हो तोषी, तुम इनसान नहीं हो। तुमने मुहब्बत की जिंदगी नहीं देखी। कभी देखो तो जानोगी तुमने अब तक क्या खोया है।'' मैडम झल्लाकर बोली—

''मुझे फरेब नहीं खाना है मिसेज आदित्य वर्मा। आप घर में रखकर देखिए, अगर तुम्हारे पालतू आदित्य को भी न झटका दे दे तो मेरा नाम भी तोषी नहीं। दिन-रात उसकी इशारेबाजियाँ क्या मेरी नजरों से नहीं गुजरतीं। अगर इस स्कूल की मुसीबत न होती तो कब की भेज देती उसी गाँव में, जहाँ से कसाइयों के हाथ से इसे छुड़ाकर लाई थी।''

''शादी करवा दो उसकी।'' मैंने कहा।

''हाँ, यही तो करना चाहिए था और फिर तू भी तो करवा सकती है।''

मैंने कहा, ''वह तुम्हारी जिम्मेदारी है तोषी, मैं तो खाली शादी में आ जाऊँगी। चलो चाय पिएँ। पानी खौल रहा होगा।''

तोषी बोली, ''तुम मेरा कलेजा और जलाना चाहती हो।'' मैंने प्यार से उसका हाथ पकड़ा, ''चलो मैडम, तुम्हें रूह अफजा पिलाती हूँ।'' उसके बाद उसका जी थोड़ा हल्का हुआ तो मैंने कहा, ''मैडम, उसकी शादी कर दो। लड़की जवान और भावुकता की मारी है। उसके हालात में एक बार अपने-आपको खड़ा करो और सोचो।''

मैडम बोली, ''मैं कोई अच्छा लड़का देखकर कुछ कर पाती, इसके पहले ही लगता है, वह भाग गई है। आज दूसरा दिन है। तोबा-तोबा, अभी तो शाम की क्लासों के लिए बड़े बच्चे आते होंगे। लो मैं चली।''

मैडम को गए कई दिन हो गए। उससे प्रीतो के बारे में पूछने का हौसला मैं न जुटा पाई। फिर सब भूल-भुला गई। एक दिन शाम के वक्त मैंने दरवाजा खोला तो प्रीतो सामने खड़ी थी। पीछे एक लंबा-तगड़ा खूबसूरत सा लड़का। शराब से बीर-बहूटी उसकी आँखें जैसे मेरे भीतर कुछ कँपा सा गईं। बिखरे बाल और दंभ से भरे चेहरे पर मस्तक उसने मेरी अभ्यर्थना में जरा सा झुका भर दिया। प्रीतो ने कहा, ''यही दीदी है।'' मैं स्नेह से दोनों को अंदर ले आई। कमरे में दोनों को बिठाकर थोड़ा सा मुसकराई भी। चाय का पानी चढ़ाने जैसे ही रसोईघर में गई, प्रीतो पीछे-पीछे आ गई।

हँसकर बोली, ''कैसा है?''

मैंने कहा, ''अच्छा।''

वह हँसी, फिर बोली, ''शराब तो रात को पीता है। आँखें हमेशा लाल रहती हैं।'' होंठों के कई बल सँवारकर वह हँसने लगी। हँसते-हँसते उसकी भरी आँखों को नजरअंदाज करके मैंने कहा, ''मैडम को मिली?''

प्रीतो ने नीची नजर करके कहा, ''गई थी। उसने निकाल दिया और कहा— दोबारा यहाँ मत आना। प्रकाश, यही आदमी बड़ा गुस्सा हुआ।'' थोड़ा ठहरकर बोली, ''दीदी, मुझे पुरानी धोतियाँ देना। यह एक ही धोती है। मैडम की थी।''

मैंने उसे धोतियों के साथ शगुन के रुपए भी दिए और प्यार से कहा, ''प्रीतो, मैं हूँ, कभी उन्नीस-बीस हो तो याद रखना।'' प्रीतो मेरे सीने से लगकर रो पड़ी। मुझे मालूम था वह गलती कर चुकी है। यह आदमी पति जैसा तो नहीं लग रहा। मैंने उसे भी जाते समय शगुन दिया। पता नहीं क्या हुआ, उसने मेरे पाँव छुए। मुझे लगा बेटियाँ ऐसे ही विदा होती हैं।

फिर कुछ दिन बाद मैडम का फोन आया। बगैर भूमिका बाँधे उसने कहा, ''क्या दोस्ती निबाह रही हो मिसेज आदित्य वर्मा। कल तुम्हारी वही साड़ी पहने प्रीतो मिली थी, जो हमने साथ-साथ कॉलेज के मेले से खरीदी थी। कमाल किया तुमने, साड़ी दी तो धुआँ तक न निकाला कि वह आई थी। देखना कहीं साड़ी से कभी आदित्य को भुलावा न हो।'' यह कहकर उसने ठक्क से फोन बंद कर दिया।

आदित्य, मैं चौंकी। यह मैडम कितनी संगदिल है। उसके दूसरे ही दिन प्रीतो फिर आई, पर अकेली। आते ही मेरे पीछे-पीछे रसोईघर में आकर बोली, ''मुझे

बैंगन की पकौड़ियाँ बना दोगी ?'' मैंने उसे भरपूर नजर से देखा। वह शरमाई और कहने लगी, ''अभी तो तीन-चार महीने हैं। आज वह नासिक गया है, तभी आ सकी हूँ। मुझे कुछ पैसे भी दोगी न। वह तो खाली राशन लाकर रख देता है। एक भी पैसा हाथ में नहीं देता। बाहर से ताला लगाकर दुकान पर जाता है। कभी भुने चने खाने को मन करता है। पैसे रात को उसकी पैंट से गिर जाते हैं तो ले लेती हूँ।'' फिर अचानक खुश होकर बोली, ''वहाँ एक खिड़की है, जिसमें से कूदकर मैं कभी-कभी निकल जाती हूँ, पर एक दिन पड़ोसिन ने उसे बता दिया था। उस रात उसने मुझे बहुत मारा।''

मैंने उसकी ओर देखे बिना पूछा, ''कोई शादी का कागज है तुम्हारे पास ?''

बोली, ''नहीं, शादी तो मंदिर में हुई थी।''

पैसे लेकर प्रीतो चली गई। तीन-चार बरस उसका कोई पता न चला। एक दिन मैडम ही कहीं से खबर लाई थी कि उसका पति उसे बहुत मारता है। एक दिन देवर ने छुड़ाने की कोशिश की थी, सो उसे भी मारा और प्रीतो को घर से निकाल दिया। वह तो पड़ोसियों ने बीच-बचाव करके फिर मेल करा दिया। मैं थोड़ी दुःखी हुई, फिर सोचा बच्चे हैं, बच्चों के सहारे औरतें रावण के साथ भी रह लेती हैं। कल बड़े हो जाएँगे। उनके साथ प्रीतो भी बड़ी हो जाएगी।

वक्त बढ़ता रहा। रोज सुबह भी होती, शाम भी। बच्चे स्कूल जाते, घर आते। आदित्य भी और मैं भी जिंदगी के ऐसे अभिन्न अंग बन चुके थे कि उसी रोज के ढर्रे में जरा भी व्यवधान आता तो बुरा लगता। अपनी छोटी सी दुनिया में पूरी दुनिया दिखाई देती। न वहाँ कहीं प्रीतो होती, न उसका वो मरघट पति।

इसी तरह एक शाम आई, साथ लाई कुछ मेहमान। आदित्य बाजार से कुछ सामान लाने गए थे। तभी दरवाजे की घंटी बजी। दरवाजा खोला तो एक अजनबी औरत अपने फूल से दो बच्चों को थामे खड़ी थी। मैंने सोचा किसी का पता पूछना चाहती है। मैंने उसे सवालिया निगाहों से देखा। वह मुसकराई। होंठ मुरझाए से थे तो भी मुसकराहट पहचान लेने में मुझे ज्यादा देर न लगी। मैंने कहा, ''प्रीतो''—वह बच्चों की उँगलियाँ छुड़ाकर यूँ लिपटी जैसे इस भरी दुनिया में उसे पहचाननेवाली सिर्फ मैं अकेली थी।

मैंने उसे छुड़ाते हुए कहा, ''प्रीतो, घर में मेहमान हैं। आओ, अंदर चलो।'' उसे बिठाकर मैंने बच्चों को दूध और बिस्कुट दिए। उन्हें खाता छोड़कर प्रीतो मेरे पीछे-पीछे आ गई। बगैर भूमिका बाँधे उसने कहा—

''दीदी, वह चला गया है। दुबई। घर भी किसी और को दे गया। सिर्फ आज

रात मुझे रह लेने दो।''

मैंने कहा, ''प्रीतो, ये मेहमान आज ही आए हैं। तुम्हें कहाँ सुलाऊँगी। फिर बच्चे भी हैं।''

प्रीतो ने कहा, ''इन्हें लेकर मैं बरामदे में सो जाऊँगी। कल सवेरे यहीं मुझे किसी से मिलना है। वे मेरा कोई इंतजाम करनेवाले हैं। मैडम मुझे किसी आश्रम में भेजना चाहती है। बस कुछ दिन की बात है।''

मेरा माथा ठनका। मैंने कहा, ''तुम मैडम के घर क्यों नहीं गईं?''

''वे कभी नहीं रखेंगी दीदी और फिर मैं आश्रम नहीं जाना चाहती।''

''पर क्यों?''

''अगर कभी इनका बाप आया तो?'' मैंने कहा, ''अगर उसे आना होता तो जाता ही क्यों?'' उसने कहा, ''बस कुछ दिन इंतजार करूँगी। कुछ दिन की बात है।''

मेरी आँखों के आगे आदित्य का चेहरा घूम गया। मैडम की कही हुई बात भी याद आई। जो उन्होंने कहा था, वह भी मुझे याद था। एक रात उनकी मरजी के बगैर भी रख सकती थी, पर प्रीतो को यह पूछने का साहस उसमें न था कि कल कहाँ जाओगी? यह मैं जानती थी सिवाय मैडम के उसे कोई आश्रम जाने को राजी न कर सकेगा। यही एक लम्हा था, अगर मैं कमजोर पड़ जाती तो उसके जाने का कल न जाने कब आता। मैंने अपने अंदर के इनसान का गला दबाया और कहा, ''नहीं प्रीतो, यहाँ रहना मुमकिन नहीं है। ये लोग हमारे जेठ की लड़की देखने आए हैं। लड़की कल दिल्ली से आएगी। ऐसे नाजुक रिश्तों के दौरान मैं घर में कोई अनहोनी नहीं कर सकूँगी। तुम पैसे लो। अगर कल सवेरे यहाँ किसी से मिलना है तो टैक्सी में आ जाना। अब तुम जाओ।'' मैंने उसके दोनों बच्चों को उँगली से लगाया। दरवाजे के बाहर जाकर चौकीदार से टैक्सी मँगवाई और बच्चों के साथ प्रीतो को बैठते देखा। उसकी पसीने से तर हथेली में कुछ नोट खोंस दिए। टैक्सी के जाने का इंतजार किए बगैर घर आकर दरवाजा बंद कर लिया।

यह दरवाजा मैंने प्रीतो के लिए बंद किया था या अपने लिए, यह न जान पाई। रात भर मुझे चौराहों के ख्वाब आते रहे। फिर कई दिन मैं दीवारों से पूछती रही, ''कल कहाँ जाओगी?

□

पेंशन

जमींदारी खत्म हुए बरसों हो गए हैं, पर ऊँची हवेली का हाथी दरवाजा अभी भी कायम है। बदरंग पड़ी ईंटों से कहीं-कहीं मिट्टी झर रही है। कहीं-कहीं एक-आध टहनी निकलकर उसकी दुर्दशा की खिल्ली उड़ा रही है। अब यह दरवाजा भव्यता का प्रतीक नहीं; विपन्नता की निशानी है। इसके बाहर-भीतर कुछ नंग- धड़ंग बच्चे खेल रहे हैं। बाहर के मैदान के विशाल बरगद की जड़ों को बाँधकर एक जटाधारी झूला स्वतंत्रता की तरह झूल रहा है। ऊँची हवेली को घेरे मोटी दीवार बूढ़ी औरत की तरह खाँसती है तो उसके यौवन का रहा-सहा बौर झर जाता है। भीतर विशाल प्रांगण में हाथी दरवाजे के अलावा जाने के और रास्ते भी हैं। हाथी दरवाजे से या तो यहाँ बड़े जमींदार आते थे या शादी-ब्याह में दूल्हे का हाथी यहाँ से निकलता था। आज उसके ऊपर एक बंदरिया निश्चिंत और निर्भय हुई अपने लाड़ले सपूत की जुएँ बीन रही है।

आइए भीतर चलें।

घुसते ही दाहिनी ओर घोड़े के बगैर पुराना जर्जर ताँगा आकाश की ओर मुँह किए मौत की प्रतीक्षा कर रहा है। उसके पास एक भैंस जुगाली करती हुई अपने नवजात शिशु के चमकते काले रंग में आँखें झपकाती मूर्खता से उसे देख रही है। शिशु के अगले दोनों पैर रस्सी से बँधे हैं। अभी इस बंधन का वह अभ्यस्त नहीं लगता। वह कभी रस्सी चबाता है, कभी गिरता है, कभी उठ जाता है। उसका पेट भरा हुआ है, फिर भी दूध की टोह में लगता है। बाकी सारे प्रांगण में जमींदारी भव्यता का कोई नक्शा नहीं। बेमन से उगी घास कहीं-कहों कुपोषण से पीली पड़ चुकी है। जहाँ कभी क्यारियाँ रही होंगी, वहाँ गोबर, लकड़ियाँ या कुछ भी नहीं पड़ा है।

इस आँगन के दाहिनी ओर भीतर ऊँची हवेली का मरदाना हिस्सा है, जहाँ

भीतर के आँगन में चारपाइयों पर मर्द बैठे या लेटे हैं। कुछ बुजुर्ग हुक्के की अदला-बदली में राजनीति का आनंद ले रहे हैं। कुछ अधेड़, कुछ जवान लड़के बनियान और धोती में हैं। वहाँ से भाग निकलने का हीला खोज रहे हैं। औरतें अब भी ज्यादातर भीतर ही रहती हैं।

विशाल आँगनों-प्रांगणों से घिरी यह हवेली कभी इंद्रलोक को मात करती रही होगी। सबसे बुजुर्ग दिखाई देनेवाले व्यक्ति सबको सवालिया निगाह से देख रहे हैं। सामने डाकिया खड़ा है। उसके हाथ में रुपए हैं। उसने फिर कहा है—

"हजूर, इस घर में आते-आते मेरी उम्र बीत गई। क्या मैं पते में भूल कर सकता हूँ? यह देखिए, छोटे बाबू, यह देखिए, साफ लिखा है कि नहीं—

लछमा देवी
ऊँची हवेली
रामनगर

"अब इस इलाके में और किसकी ऊँची हवेली है हजूर। नाम भी बड़ी जिज्जी का है। यह देखिए मालिक, एक बार हुक्म हो जाए। हम लौटा देंगे। हम तो नौकर हैं हजूर।" हुक्के की नली एक तरफ रखकर मालिक बोले।

"पर ये ससुर विस्वनाथ कौन है और ससुर लछमा को कैसे…।" उनका चेहरा झुँझलाहट से भर उठा।

एक नौजवान लड़का, जो इन सब बातों से उकता चुका था और वहाँ से खिसकने का हीला ढूँढ़ रहा था, धीरे से बोला—

"भीतर दादी से पता कर आवें।" और उत्तर की प्रतीक्षा किए बिना वह भीतर चला गया। उसने सोचा; अपने कमरे में जाकर एक सिगरेट पीने का यह अच्छा सुयोग है, परंतु औरतों को न जाने कैसे सुगबुगाहट लग चुकी थी। उसकी माँ ने निगाह उठाकर पूछा। एक उकताहट से बेटा बोला—

"अम्माँ दादाजी भी, अब लछमा बुआ के नाम एक तगड़ा मनीऑर्डर आया है। इतनी खोजबीन काहे को? पैसा ले लें।"

"पर किसका मनीऑर्डर है?"

"कहा न लछमा बुआ का।"

"हाँ, पर भेजा किसने है?"

"कोई विश्वनाथ नाम है। पता नहीं कौन है।" उसका वाक्य पूरा होते-न-होते रसोई में झन्न से पीतल की रकाबी के गिरने से माँ का ध्यान भंग हो गया। उसने देखा, लछमा जिज्जी सामने रसोई में बच्चों को नाश्ता परोसती-परोसती

रकाबी गिराकर बाहर आ रही हैं। आँचल से हाथ पोंछते-पोंछते उन्होंने पूछा—

''क्या कहा, किसने मनीऑर्डर भेजा, क्या नाम लिया तुमने?''

''विश्वनाथ।'' लड़का घबराकर बोला।

''हाय दैइया, कैसा मनीऑर्डर और हमारे नाम।''

लड़का बोला, ''उनकी पेंशन है, जो किसी लछमा के नाम है। दादा मालिक कहते हैं विश्वनाथ पता नहीं कौन है।'' लछमा ने पूछा—

''कुछ लिखा भी तो होगा। जाओ, जरा पढ़कर आओ।'' लड़का बोला—

''वह तो दादा ने पढ़ने नहीं दिया।''

लछमा ने बाहर निकलकर अपने भाई को कहा—

''भैया, यह नाम तो उनका है। तुम्हारे जीजा का। देखो तो क्या लिखा है।''

अपनी बहन को जमींदार बहुत प्यार करते थे। उनकी भौंह का इशारा पाकर एक लड़का सबको सुनाते हुए पढ़ने लगा—

''जिज्जी,

बरसों पहले आप जिस लड़के को सोने की माला पहनाकर गई थीं, उसके पिता नहीं रहे। आप आई थीं तो हमने आपको पहचाना नहीं था। उन्होंने भी कभी नहीं बताया। अपनी वसीयत में पेंशन आपके नाम कर गए हैं। सो मिलने पर भिजवा रही हूँ। न मत करिएगा। हो सके तो अपने पोतों को देखने आइए। मुझे भी आपका सहारा है। आपकी छोटी बहन मालती।''

संदेशा पढ़ते-पढ़ते लड़के ने देखा, भरे आँगन में सब मूरत हो गए हैं। लछमा जिज्जी इस बुढ़ापे में भी भागकर भीतर गईं और भाभी के गले लगकर रोने लगीं। उन्होंने दीवार से अपनी सुहाग की चूड़ी फोड़कर बड़ी गोल बिंदी भी मिटा दी। चुप रहनेवाली लछमा जिज्जी का विलाप सुनकर सब आँख झपकना भूल गए।

''मैया रे, हम उनके नाम का सुहाग पहने रहीं। आज राब फोड़ दिया। सब लौटा दिया। भाभी, हमें किसी ने यह भी न बताया कि हम विधवा हो गई हैं। अपने बाप की देहरी की कसम, हम ये पेंशन न लेंगे।'' कलपते हुए लछमा ने कहा।

घर की सभी औरतें इकट्ठी होकर लछमा के गिर्द खड़ी हो गईं। काँच की चूड़ी फूटने से उसकी एक कलाई में से खून बह रहा था। कपाल में देखते-देखते एक गूमड़ उभर आया था। एक दर्द, जो बरसों से उनके मन में था, उसकी छाप पूरे घर पर बिखर गई थी। औरतें स्तब्ध थीं। हँसें या रोएँ। मर्द क्या कहेंगे। इस घर में आज भी रोना-हँसना मर्दों की मरजी पर था, पर लछमा को कोई होश न था। जिस पति का कभी एक बोल न सुना, जिसका सान्निध्य कभी न पाया, उसी की

मृत्यु की पुरानी खबर पर लछमा जार-जार रो रही थी।

अब जमींदार पूरे लश्कर के साथ भीतर आए। बहन उनसे लिपटकर रो उठी। डाकिया अभी भी बाहर खड़ा था। जमींदार खबर को दबा देना चाहते थे। उन्होंने बहन के सिर पर हाथ रखकर पूछा—

''लछमा, पेंशन लौटा दे?''

''हाँ भैया। मुझे कुछ नहीं चाहिए।''

एक कच्चा नामालूम धागा टूटने पर भी इतना दर्द होता है, यह जमींदार न जानते थे। उन्होंने पत्नी को कहा—

''हमारा उनसे कोई रिश्ता न था। हमारी बहन को सारी उम्र न पूछा। अब ससुर ये पेंशन। लछमा, रोना-धोना बंद करो।''

लछमा ने आँख उठाकर भाई की तरफ देखा। उस नजर की ताब जमींदार न झेल सके। फिर बैठक में चले गए।

औरतें बिखर गईं, पर उसकी भाभी, जिसके सारे बच्चे लछमा ने पाले थे, जिससे उसका सहेली जैसा नाता था, वह उसे लेकर उसके कमरे में चली गई। दरवाजा जोर से बंद करने का मतलब था तमाशा खत्म। भीतर भाभी के गले लगकर लछमा खूब रोई। बरसों का रिश्ता आँसुओं से बहकर टूटता रहा। भाभी ने उसे चारपाई पर बिठा के पानी पिलाया। फिर कहा—

''जिज्जी, यह दुःख तुम्हारा अकेला है। तुम हल्की हो लो। चालीस-पचास बरसों बाद अब इसे कोई नहीं ओढ़ेगा। देखा नहीं, तुम्हारे भैया क्या कह गए। मैं कमरे में किसी को आने न दूँगी। तुम लेट जाओ जिज्जी।''

आहिस्ता से दरवाजा उढ़काकर जब वह बाहर गई, तो लछमा के दिलो-दिमाग के दरवाजे भड़भड़ाकर खुल गए।

तब वह मुश्किल से पंद्रह बरस की थी। घर में राज था बाप का। बड़े दबदबे वाले थे जमींदार। एक ही बेटी थी। घर में अनाज था। सोने की मोहरें थीं। हवेली से नूर टपकता था। असामी-रियाया हाथ जोड़े खड़े रहते थे। उन्हीं दिनों एक शाम उसके पिता ने उसकी माँ को बड़े गर्व से कहा था—

''ऐसा दामाद तुम्हारे लिए खोजा है लछमा की माँ, कि देखोगी तो खुशी के मारे बुत हो जाओगी, अँधेरे में बिठाओगी तो उजाला हो जाएगा। तीन लाख का तिलक दूँगा।''

रुपयों की थैलियाँ संदूक में जमाते हुए मालकिन बोली थी—

''बेटी के भाग में सुख हो।''

पिता अट्टहास कर उठे थे, "हा-हा-हा! खरीद लिया है ससुर को। इस इलाके में इतना तिलक सुना है कभी।"

'ससुर' इस घर का तब भी तकियाकलाम था। माँ के चेहरे पर एक काली परछाईं तड़प उठी थी। लछमा ने अपने कमरे की झिरी में से साफ देखा था। माँ ने सोचा था।

लछमा बेटी है। इतनी कुरूप लड़की किसी अभाववाले घर में जाती तो चल जाता। इतना बड़ा घराना और ऐसा सुदर्शन लड़का। क्या लछमा के भाग में सुख है?

माँ चलती-फिरती लछमा को नजरों की जद में रखती। छोटा सा कद, काला रंग और पीठ पर जरा सा कूबड़। कुल मिलाकर यही है लछमा।

फिर फेरे हुए थे। पिता ने उसका हाथ उनके हाथ में देकर कन्यादान कर दिया था। भार हल्का हो गया था। विदाई के वक्त हाथी दरवाजे से उसकी पालकी उठाए जब कहार निकले थे तो ससुर ने पहली मुट्ठी मोहरों की भरकर डोली पर से न्योछावर की थी। दूसरी मुट्ठी उसके पिता ने पकड़ ली थी। फिर दुअन्नियाँ-चवन्नियाँ, रुपयों की बौछार के मारे बार-बार पालकी रुकती थी। उसे रोमांच हो आया था। पहली बार ट्रेन पर बैठी थी। चार औरतें उसके साथ थीं। गहनों-कपड़ों से लदी लछमा के भाग पर सब ईर्ष्या कर रहे थे, पर भाग्य शरारती घोड़े की तरह बिदक रहा था।

फिर उसे याद आया वह सोने का सतलड़ा हार, जिसे फेरों के बाद पति ने उसके गले में पहनाया था। उसके भार से उसकी पतली गरदन झुक-झुक जा रही थी। उसका ठंडा-ठंडा स्पर्श उसे गुदगुदा रहा था। उसे औरतों के साथ अलग डिब्बे में बिठाया गया था। बार-बार प्लटफार्म पर आकर कोई-न-कोई पूछ जाता था। जहाँ भी गाड़ी रुकती, उसका दिल धड़कने लगता, कहीं नौशा ही न आ जाए। फिर रास्ते में एक जगह गाड़ी रुकी थी, कोई भैंसा कट गया था। उसके डिब्बे के सामने ही एक कुआँ था, जहाँ औरतें पानी भर रही थीं। वहाँ गाड़ी काफी देर तक रुकी थी। औरतें मजाक कर रही थीं। दुल्हा कई बार डिब्बे के पास तक आते हैं, फिर चले जाते हैं। लछमा की एक अँगूठी कहीं डिब्बे में गिरी थी। सब ढूँढ़ रही थीं। वह भी झुककर देखने लगी थी। सतलड़ा पतली गरदन में झूल रहा था। अचानक पानी की बोतल के टूटने की आवाज हुई। उसने देखा टकटकी लगाए उसका दुल्हा उसे ही देख रहा था। उसका मुँह खुला था। जैसे कई दिनों की बारिश के बाद सूर्य निकल आया हो। अचानक वह सिर झटककर मुँह घुमाकर चल दिया। लछमा झुकी-की-झुकी रह गई। उसे लगा बोतल नहीं टूटी, उसका भाग्य फूट गया है।

इतना सुंदर पुरुष क्या उसे अपनाएगा। उसने घबराकर आँचल में मुँह छुपा लिया और डर के मारे रोने लगी। औरतों ने समझा कि अँगूठी के लिए रो रही है। एक बोली, ''इस डिब्बे से अँगूठी कहीं नहीं जाएगी बिटिया।''

लछमा ने शकुंतला की कहानी पढ़ी थी। उसे याद आने लगी। उसको लगा शकुंतला की अँगूठी तो मिल गई थी। लछमा की पता नहीं मिलेगी या नहीं। फिर वह चिंता ही में सो गई थी।

सरकती ट्रेन में दूलहे का दिमाग भी झनझना उठा होगा। वे फिर बाद में लछमा ने सुना था डिब्बे में नहीं गए। दरवाजे पर खड़े रहे। पता नहीं कब हरहराती विशाल नदी के ऊपर से ट्रेन गुजरी, कब उन्होंने छलाँग लगा दी। एक कुशल तैराक थे। किनारा पा लिया, पर उसे हमेशा के लिए डुबा गए।

सबसे कठिन वह क्षण था, जब ससुराल में अगवानी करने स्त्रियाँ आईं। दुल्हा गायब था। सास ने पति को देखा। पति ने आँखों-ही-आँखों में बरज दिया। दुलहन भीतर गई। उसे भी मालूम हो चुका था, दुल्हा भाग गया है। उसे तो तभी से मालूम था, जब सूर्य जैसी उज्ज्वल और सुंदर सधी हुई तीर जैसी आँखों ने उसे चकाचौंध किया था। सास भी वैसी ही सुंदर थीं। जब उन्होंने बहू का मुँह देखा तो नि:श्वास लेकर कहा था—

''मेरा बिसवा अब न लौटेगा।''

उसे उस क्षण लगा था वह इस घर की दीवार बन जाए, जिसमें आँखें हों, पर कान न हों। उसके ससुर के हुक्म के मुताबिक उसे किसी ने कुछ न कहा था। ससुर के यहाँ से बुलावे आते रहे थे, पर बाप ने कभी नहीं भेजा।

''हमारे घर में हमारी बेटी के खाने को बहुत है।'' इस ताले ने ससुराल की देहरी बंद कर दी।

जब ससुराल से लौटी थी तो औरतों के चेहरों पर भी ताले जड़े हुए थे। हलवाइयों के साथ सारा चाव भी उठ गया था। लछमा मैके आ गई थी। एक जमाना हो गया।

फिर एक बार हिंदी का अखबार खोला था तो वही खड़े थे, कुछ मृत डाकुओं के साथ। हाथ में डंडा लिये। बहुत बड़े अफसर हो गए थे। तब से लछमा ने नियमित अखबार पढ़ना शुरू किया था। लछमा ने उठकर अलमारी खोली। मखमल से जड़े एक डिब्बे में अखबार की कई कतरनें थीं। उसने एक-एक करके पढ़नी शुरू कीं। जैसे स्त्रियाँ जवानी के दिनों में पति द्वारा लिखे गए प्रेम-पत्र दोबारा-दोबारा पढ़ती हैं।

''कर्मठ ऑफिसर विश्वनाथ डाकुओं के साथ।'' ऐसी कई कतरनें थीं।

"विश्वनाथ ने बीहड़ों में डाकुओं को जा पकड़ा।"

जयप्रकाश नारायण ने विश्वनाथ को भारत माता का कर्मठ सिपाही कहा। फिर एक खबर—विश्वनाथ को पुत्ररत्न की प्राप्ति।

लछमा की आँखें भर आईं। उसने इस छोटी सी खबर को फिर पढ़ा। शायद पच्चीस-तीस बरस पुरानी खबर और उसे याद आया, भाभी के साथ तीर्थ-यात्रा पर गई थी। रास्ते में ही तो पड़ा था उनका शहर। सभी स्त्रियाँ नहा-धो रही थीं। वेटिंग रूम उनके शोरोगुल से चहक रहा था। तभी उसने भाभी से लिपटकर कहा था—

"भाभी, उनका पुत्र हुआ है। तुम्हारे चरण धो-धोकर पिऊँगी, सिर्फ एक क्षण जाने दे। वे तो दफ्तर में होंगे। अगली ट्रेन तीन घंटे बाद है। मैं तीन मिनट में लौट आऊँगी।"

फिर वे दोनों रिक्शा में गई थीं। रिक्शावाला घर जानता था। भाभी तो भीतर नहीं गई। लछमा गई थी। बाहर खड़े संतरी ने पूछा था—

"किससे मिलना है ?"

खून का घूँट भरकर हँसते हुए लछमा ने कहा था, "हमारी छोटी बहन को बेटा हुआ है। सो देखने आई हूँ।"

भीतर द्वार पर उसके पाँव ठिठके थे, पर सोचा शायद जो उसका भी श्राद्ध करे, उसे एक नजर देख तो लूँ। एक नौकरानी उसे भीतर ले गई थी।

पलंग पर बैठी थी वह सुंदर स्त्री, जिसकी गोद में उसका बेटा था। उसके पति का बेटा। पिता जैसा सुंदर बेटा (सुंदर स्त्री उसे काजल लगा रही थी)। पहलौठी का बेटा था। अपनी माँ को कजरारी आँखों से टुकुर-टुकुर ताक रहा था। सुंदर स्त्री ने देखा और अपने चमेली जैसे दाँत बिखराकर कहा—

"आइए, भीतर आइए न।"

फिर पलंग पर ही बिठा लिया। मोटे-मोटे सोने के गोखरू और सतलड़ा ही तो उसे कुलीन बनाते थे।

लछमा ने सुंदर स्त्री को गले लगाया। फिर उसके बेटे को गोद में लिया। गले में पड़ा सतलड़ा उसने बेटे की गोद में डाल दिया। सुंदर स्त्री बोली थी, "यह तो इतना भारी सोना है। उनसे पूछे बिना न लूँगी।"

"उनको कहना यह पीतल है, सोना नहीं है।"

"आप, आप कौन हैं ?"

"मैं उन्हें जानती हूँ। कभी उन्होंने मुझ पर बहुत बड़ा उपकार किया था। सतलड़ा देखते ही वे पहचान लेंगे।"

''पर वे कुछ कहें तो?''

''कुछ न कहेंगे। उनका माल उन्हीं को लौटा रही हूँ। मेरी उम्र भी बबुआ को लगे। अब जाती हूँ बहन।''

''कुछ लीजिए न?''

''बहुत लिया है, अब और नहीं।'' लछमा ने धीरे से बालक को उसकी गोद में दिया और तीर की तरह निकल आई थी।

आज वह भी बाप बन गया है। कितना अरसा निकल गया।

एक कतरन पर लछमा लिखा हुआ मिट सा गया था। फिर भी वह पढ़ सकी।

''जिसकी खबर अखबारों से पता चले, उसका मोह कैसा?'' पर मोह तो था। उसकी रुलाई फिर उमड़ पड़ी।

फिर वह आखिरी कतरन, जिस पर डाकुओं ने उनकी एक टाँग और एक हाथ नाकारा कर दिया था। बच तो गए थे, पर उन्होंने सरकार से विनय करके पेंशन ले ली थी।

तब से उनकी कोई खबर नहीं आई। बस आई है यह पेंशन उनकी मौत का संदेशा लेकर। उसके सुहाग लुट जाने का पैगाम लेकर।

इन सालों में उसने सुहाग के व्रत रखे हैं। पार्वती को पूजा है। त्योहारों पर लाल-हरी चूड़ियाँ पहनी हैं। माँग भरी है। लाल चुनरी ओढ़ी है और पति की अखबारवाली कतरनें और फोटो काट-काटकर संदूक में रखे हैं। न मिला हो पति का संग, पर उम्र तो उसने उनके नाम से ही काटी है।

माँ-बाप चले गए। जमींदारी रूठकर चली गई। वह हाथी द्वार जिससे होकर कभी उसका दुल्हा हाथी पर बैठकर आया था, वह ढहने को है। तब से तीसरी पीढ़ी घर में शोभा बढ़ा रही है। ये सब बच्चे उसने पाले हैं। ये सभी उसे प्यार करते हैं, पर श्राद्ध का हक तो उन्हीं के बेटे का होगा। उसने दीवारों से कहा—

''मैं मरने से पहले भैया को कह जाऊँगी मेरी चिता को अग्नि उनका पुत्र दे। उसी के हाथ से श्राद्ध होगा तो मैं बैकुंठ जाऊँगी, उनके पास। पेंशन भी तो मुझे ही दे गए हैं।'' अचानक वह चारपाई से उठ बैठी। बाहर आकर उसने भाई से कहा—

''भैया, डाकिए को खबर कर दो, दौड़ा दो किसी को। मैं यह पेंशन लूँगी। हाँ, मैं यह पेंशन लूँगी।''

□

धुआँ

फतेहाल ध्यान कौर पिछले दो दिनों से बरामदे में विलाप करती बैठी हुई है। विलाप करती उसकी देह काँप-काँप जाती है। उसके हाथ में लोहे के सात कड़े हैं। इनमें से कोई जमे हुए खून से भरा है, कोई जला हुआ है, किसी से पेट्रोल की बू आ रही है। सब कड़े धुएँ से काले पड़ चुके हैं। उसकी कलाई पर ढीले होते ये कड़े कलाई से बाहर आना चाहते हैं। झुर्रियों से भरे उसके हाथ बार-बार ऊपर उठते हैं तो कड़े उसकी कोहनी पर आकर रुक जाते हैं। ये सात कड़े उसके छह बेटों और पति के हैं। अब इन कड़ों से ही उसे उनके होने का एहसास होता है। वह बार-बार अपनी डबडबाती आँखों से कड़ों को प्यार से सहलाती है और गिनती है।

एक, दो, तीन, चार, पाँच, छह, सात।

दर्द और करुणा की मूरतों की तरह उसकी छह बहुएँ उसके आसपास बैठी हैं। एक का तो अभी चूड़ा भी मैला नहीं हुआ। वह सहमी हुई फाख्ता की तरह अपने घुटनों में सिर दिए बुत की तरह बैठी है। कोई आता है तो और सिकुड़ जाती है। भविष्य का द्वार कोई उसके भाग्य के मुँह पर बंद कर गया है। सभी रो-रोकर थक चुकी हैं। कोई-कोई बिन आवाज बीच-बीच में पता नहीं क्या याद करके सिसक उठती है, शेष की पीड़ा मौन होकर कराह रही है। सिर्फ ध्यान कौर बीच-बीच में सिर पर हाथ मारकर चिल्ला उठती है—

"ओह भैनजी, मेरा करतार कब आएगा?"

यह कहकर वह अपने हाथों के कड़ों को सहलाती रहती है। उसकी इस गुहार का कोई उत्तर नहीं देता। यह गुहार उसके सातवें बेटे के लिए है, जो बच गया है। गुहार से आँगन का माहौल काँप जाता है। बीच-बीच में यंत्रवत यह गुहार कमरे में फँसी गौरैया की तरह चक्कर लगा लेती है।

बरामदे के आगे बहुत बड़ा आँगन है। उसमें धूप भी डर-डरकर पाँव रख

रही है। ध्यान कौर की रो-रोकर थक चुकी आँखें धूप को घृणा से देखती हैं। इस बरामदे के पीछे बहुत बड़ा गैरेज है। बरामदे में ही एक तरफ रात की रजाइयाँ तहाकर रखी हैं। उन पर एक नन्हा बच्चा सो रहा है। ध्यान कौर के पोते-पोतियाँ सहमे हुए इस वातावरण में चुपचाप दूध के गिलास पकड़े बैठे हैं। इन्हें पता नहीं कैसे समझ आ गई है। कोई जिद नहीं कर रहा। सबको लगता है कुछ होगा। कुछ और होगा। पता नहीं वह क्या होगा। ध्यान कौर की आवाज जैसे पूरी निस्तब्धता में तेजी से गुजर जानेवाले पंछी की फड़फड़ाहट की तरह फिर उभरी है—

"करतार बेटा, तुम कब आओगे? मैं किस-किसको रोऊँ बेटा। हे वाहेगुरु, मैं क्या करूँ, मेरी मासूम बहुओं ने तेरा क्या बिगाड़ा था?"

ये आँगन और आते-जाते लोग इस आवाज के अभ्यस्त हो चुके हैं। बड़ी बहू ने बच्चों के हाथ-मुँह धुला दिए हैं। बच्चे कटी टहनियों की तरह अपनी माँओं की गोद में पड़े हैं। न कोई सो रहा है, न जाग रहा है।

सबको करतार का इंतजार है। जब तक वह नहीं आता, तब तक आगे कुछ नहीं हो सकता। करतार द्वारकाप्रसादजी के यहाँ ड्राइवर है। दंगों के दो दिन पहले वह इनकी नई मारुति लेकर बंबई गया था। मारुति द्वारकाप्रसादजी ने उपहार के तौर पर अपने डॉक्टर बेटे को भेजी थी। इधर हालात बिगड़ जाने पर डॉक्टर ने उसे बंबई में ही रोक लिया था।

उसी दिन तो द्वारकाप्रसादजी छत से लुढ़के थे। छत पर जाकर उन्होंने ज्यूँही अपनी चारों तरफ धुआँ देखा, उनके लिए सीढ़ियाँ उतरना मुश्किल हो गया। बरसों पहले भी वे ऐसे ही छत पर चढ़े थे। तब उनकी रगों में जवानी की रवानी थी। आज इस उम्र में भी वैसे ही चारों ओर फैला धुआँ देखकर वे होश खो बैठे। तब भी ऐसे ही आसमान धुएँ से भर उठा था। बीच-बीच में आग के शोले भी आसमान की ओर लपकते थे। उनका सिर घूम गया। सीढ़ियों को देखते ही पहले कड़ाम-कड़ाम करके उनकी छड़ी नीचे गिरी, फिर वे लुढ़क गए। इसके पहले उन्होंने पत्नी को आवाज लगाकर कहा था—

"धनदेई, लाहौर फिर जल रहा है।"

उनकी पत्नी ने जोर-जोर से आवाजें देकर सबको बुला लिया था और बेहोश पति का सिर अपनी गोद में ले लिया था। उनका बड़ा बेटा पड़ोस के डॉक्टर को बुला लाया था। डॉक्टर ने उनका मुआयना किया और उन्हें सोने का इंजेक्शन देकर कहा—

"आराम करने से ये सुबह तक ठीक हो जाएँगे।"

धनदेई पति के सिरहाने बैठी धीरे-धीरे उनका माथा सहला रही थी। बड़ा बेटा सोफे पर पढ़ते-पढ़ते सो गया था। धनदेई कुरसी पर बैठी-बैठी पति का पलंग थामे ऊँघने लगी। कमरे में बिजली की रोशनी के सिवा कोई आवाज न थी।

वक्त कट रहा था। अचानक ऊँघाती सी धनदेई को द्वारकाप्रसादजी के बड़बड़ाने की आवाज आई—

''धनदेई, मकबूल आ रहा है। उसे छुपा लेना। नहीं तो पता नहीं लोग उसका क्या करेंगे।''

धनदेई को घबराहट हुई। अचानक सैंतीस बरसों के बाद यह मकबूल कैसे याद आ गया? उसने बेटे को जगाकर डॉक्टर के पास भेजा। द्वारकाप्रसादजी का बड़बड़ाना जारी था। अब उनकी आवाज कदरे ऊँची और साफ थी।

''धनदेई, अपने गहने कुएँ में डाल दो, वापस आएँगे तो ले लेंगे।

''धनदेई, जल रहा है, सारा लाहौर जल रहा है। कुछ नहीं बचा। सब पत्ते झर गए। मसकीना अब सफाई करने नहीं आएगी। वह राजा की रानी हो गई है। राजा उसे अपने साथ तख्त पर बिठाता है।

''देखो कितना धुआँ है। हमारा बाजार जल गया। दुकान की तिजोरी में मैंने बच्चों की जन्मकुंडलियाँ रखी थीं, वे भी जल गई होंगी।

''देखो तुम्हारा पुलिसिया भाई ट्रक लेकर आ रहा है। बैठ जाओ। सब बैठ जाओ।

''किसी को भेजो, मकबूल को बुला लाए। उसे मैं अपने साथ दिल्ली ले चलूँगा। मेरे सिवाय उसका कोई नहीं है।''

अचानक उनकी आवाज तेज हो गई।

''धनदेई, मकबूल मशाल लेकर आ रहा है। वह हमारा घर जला देगा। देखो धुआँ, कितना धुआँ है। सब जल गया।

''तुम मकबूल को मूलीवाले पराँठे बाँध देना। वह हमारे बाद क्या खाएगा!'' धनदेई उनके सिरहाने बैठी रो रही थी। अब तक डॉक्टर फिर आ गया था। डॉक्टर ने कहा, ''बाहर तो चोट नहीं दिखती। सबेरे हस्पताल ले जाएँगे। अभी एक और इंजेक्शन दे देते हैं।''

दूसरे दिन जब हस्पताल में द्वारकाप्रसादजी को होश आया, तब अपने इर्द-गिर्द सबको खड़े देखकर उन्होंने पूछा—

''आप सब तो बच गए न?''

धनदेई फुक्का मारकर रो पड़ी। रोते-रोते उसने कहा—

"काके के बाबूजी, कैसी बातें करते हो। यह लाहौर नहीं है, दिल्ली है। हम दिल्ली में हैं। अपने वतन में हैं। ये आपके बेटे हैं। ये बहुएँ हैं। हमारा यहाँ बड़ा कारोबार है। भगवान् की दया है। बँगला-गाड़ी सब है।"

अचानक द्वारकाप्रसादजी बोले, "मारुति लेकर करतार बंबई गया था। वह आ गया क्या?"

"शुक्र है, बाबूजी होश में आ गए।" धनदेई ने कहा।

द्वारकाजी की सवालिया निगाहें उसकी तरफ उठी हुई थीं। उसने अपनी खुशी से भर्राई आवाज में कहा—

"हाँ, करतार बंबई गया है। उसे भगवान् ने बचाना था, इसीलिए आपने उसे बंबई भेज दिया।" यह कहकर उसे अपनी भूल का एहसास हुआ। क्या यह उसे कहना चाहिए था? पर तीर तब तक छूट चुका था। धनदेई चुप लगा गई। द्वारकाप्रसादजी को अब पूरा होश आ चुका था। उन्होंने पूछा—

"और उसका परिवार?"

धरती की ओर देखते हुए धनदेई ने उत्तर दिया—

"उन सबको मैंने घर बुला लिया है। गैरेजवाला बरामदा और आँगन उन्हीं के पास हैं। गैरेज भी काफी बड़ा है।" धनदेई ने जोड़ा। जैसे पूरे हादसे की वह खुद जिम्मेदार हो।

द्वारकाजी दुःख और कमजोरी से चुप्पी लगा गए, पर उनकी आँख की कोर बोल उठी। मन में कहीं कुछ तिड़का और यादों के द्वार खुल गए। उन्होंने फिर आँखें बंद करके करवट बदल ली।

लाहौर शहर के वे चंदई दिन और सुरमई रातें, जब द्वारकाप्रसादजी और ध्यान कौर का पति संतोषसिह द्वारकू और सक्खू थे। पतंगें उड़ाते, पेच लड़ाते, किसी भी गली या सड़क पर जरा सी गुत्ती खोदकर कंचे खेलते और रावी में नहाते थे। एक बार घरवालों की चोरी से दोनों बाहर जुता ताँगा लेकर नहर पर नहाने गए थे। ये नहा रहे थे, तभी द्वारकाजी के दादा ने दूसरे ताँगे से आकर दोनों को नहर से निकालकर धुनाई की थी। वे ही दिन याद आ-आकर आँखों की कोर से बहने लगे। दोनों साथ-साथ जवान हुए थे। द्वारकाजी कॉलेज जाने लगे और सक्खू के बाप ने उसे अपनी कुल्फी की दुकान पर हाथ बँटाने के लिए बिठा लिया। कॉलेज से आती बार द्वारका कुल्फी खाकर न जाएँ, ऐसा न हो सकता था। अनारकली की चहल-पहल में सुंदर लड़कियाँ दुकान पर कुल्फी खाने आतीं। दोनों दोस्त तब तक एक साथ रहते। द्वारकाजी को सब यूँ याद आने लगा जैसे अभी-अभी घटा हो।

उन्होंने अपनी कोर से निरंतर बहते आँसू पोंछे। तकिया भीग चुका था। उन्होंने फिर करवट ली। पड़ोसियों की छत पर दो बच्चे बड़ी गंभीर समस्या में उलझे थे। उस दिन सक्खू ने दुकान के गल्ले से रुपए चुराए थे। दोनों यह न समझ पा रहे थे इनका क्या किया जाए। द्वारका ने क्हा था, "एक पोटली में बाँधकर कोयलों की ढेरी में छुपा दो। धीरे-धीरे खर्च करेंगे।" कोयलों की ढेरी में से हाथ निकालते वक्त सक्खू का ढीला पड़ा जूड़ा खुल गया था। उसने दीवार पर हाथ की कालिख पोंछते हुए द्वारका से पूछा था—

"यार, मेरे बापू ने मुझे सरदार क्यूँ बना दिया? गुरुद्वारे में जाकर परसाद खाना तो बड़ा अच्छा लगता है, लेकिन जब बेबे बाल खींचकर जूड़ा कसकर बाँध देती है, तब बड़ा रोना आता है। देखो, बाल कसने से मेरे सिर पर कैसे दाने हो गए हैं।"

तब द्वारका ने बड़ी दानाई से कहा था—

"तुम तो जानते हो सुक्खा, तुम्हारी बेबे के बच्चे नहीं बचते थे। फिर उन्होंने अमृतसर जाकर मन्नत मानी थी। अगर मेरा बच्चा बचा तो उसे गुरसिक्ख बनाऊँगा और तब से तेरे बापू ने ख़ुद भी केश रख लिये।"

"वह तो ठीक है यार, पर रामा और छोटे को तो सरदार नहीं बनाया। मैं और गुरिंदर ही क्यूँ?" सक्खू कुछ झुँझलाहट से बोला था। द्वारका ने अपनी सूझ का परिचय देते हुए कहा था—

"यार, उनका टर्न नहीं आया। एक लड़का सिक्ख और एक हिंदू बनाते हैं। अब तुम ही पहले बच्चे बचे थे, वे भी क्या करते।"

सुक्खे ने कुछ खुश होकर कहा था—

"फिर तो मेरी शादी भी सरदारों के घर में ही होगी?"

"हाँ, वह तो है, तेरी बरात में पगड़ी पहनकर जाऊँगा।"

सुक्खे को पगड़ी सुनकर ताव आ गया था। बड़ी शान से बोला था,

"मर्द की शान तो पगड़ी से ही होती है।"

"हाँ, वह तो है।"

यह कहकर दोनों अपनी दानाई पर मुग्ध हो हँस पड़े थे।

इतने बरसों बाद यह बातचीत याद करके द्वारकाप्रसादजी मुसकरा दिए।

धनदेई; जो उन्हें देख रही थी, घबरा उठी। उसने अपने बड़े बेटे की तरफ देखा। यह उसका मित्र भी था। उसकी आँख से आँसू बहने लगे। एक आँसू पति के हाथ पर गिरा। द्वारकाजी ने आँखें खोल दीं और कहा—

"धनदेई, अब मैं ठीक हूँ, पर क्या तुम लोग सचमुच मेरे दोस्त और उसके

बेटों को नहीं बचा सके?''

धनदेई ने एक बार फिर शर्म से सिर झुका लिया। उसका बड़ा बेटा बोला, ''बाबूजी, जब हम वहाँ पहुँचे, दंगाइयों ने सब जला डाला था। मौसी और उसकी बहुएँ बच्चों के साथ सड़क पर एक तरफ स्तब्ध बैठी थीं। तभी कहीं से हो-हल्ला सुनाई दिया था। मैंने सबको वैन में ठूँस लिया। उनके घर से धुआँ उठ रहा था। बीच-बीच में आग के शोले भी निकल रहे थे। मैं उस तरफ जाने लगा था, पर मौसी ने रोककर कहा था—

'वहाँ कुछ नहीं बचा बेटा। चिताओं को जलने दो।'

तब तक सब खत्म हो चुका था।''

द्वारकाप्रसाद ने एक आह ली, ''संतोषसिंह, पाकिस्तान से तो मैं तुम्हें बचा लाया था, यहाँ न बचा सका। अगर मेरा साला पुलिस में न होता तो हममें से तब कोई भी बच न सकता था, पर तुम फिक्र न करना, अभी द्वारका जिंदा है। तुम्हारे बाल-बच्चों को भूखा न मरने दूँगा।''

द्वारकाजी से बात करने की हिम्मत अब किसी में न थी। थोड़ी देर वे आँखें खोले शून्य में देखते रहे, फिर ऊँघ आ गई।

बड़े बेटे ने माँ से कहा, ''अम्मा, तुम घर जाओ। देखो, मौसी अगर थोड़ा दूध ही पी ले, आज तीसरा दिन है।''

धनदेई ने पूछा—

''करतार कब आएगा?''

''शायद आज ही। मैंने विनोद को बंबई फोन कर दिया था। वह उसे हवाई जहाज से भेजेगा। मैं उससे फोन करके पूछ लूँगा और करतार को हवाई अड्डे से घर ले आऊँगा।''

''ठीक है, चलो। करतार आ जाए तो हरिद्वार चला जाए। जो भी थोड़ी राख होगी, प्रवाहित कर आएगा।''

''जो भगवान् की इच्छा।'' माँ ने कहा।

''मुझे तो जगतार की नई बहू पर रहम आता है। अभी दो महीने पहले ही तो ब्याह हुआ था।''

''वह तो सिलपत्थर हो गई है।''

''चलो अम्मा, मैं भी बंबई फोन करूँगा। तुम नहा-धोकर फिर हस्पताल आ जाना। छोटा तो यहाँ है ही।''

माँ ने बेटे के कंधे पर हाथ रखा, मानो अपनी बात कहने के लिए सहारा ढूँढ़

रही हो। फिर वह सरगोशी में बोली—

“चलो बेटा, पर अपने घर में जाते हुए मुझे बड़ा डर लगता है। आँगन में जैसे श्मशान उतर आया है। सात विधवाओं को देखकर घबरा जाती हूँ मैं। मुझे तो अभी तक यकीन नहीं आ रहा।”

इसके बाद घर तक कोई न बोला।

सड़कें सुनसान थीं। कहीं-कहीं पुलिस की जीपें या फिर ट्रक। हवा में अजीब तरह की दहशत थी। घबराई हुई हवा बिन बोले भागती जा रही थी। ज्यों-ज्यों घर नजदीक आता, धनदेई के मन की घबराहट बढ़ती जाती। उसने सोचा; इस पहाड़ जैसे दु:ख के आगे मेरी हौसला देने की दलीलें राई की तरह लुढ़क जाएँगी।

घर पहुँचकर वह सीधी ध्यान कौर के पास गई। उसी तरह निढाल ध्यान कौर अपनी बहुओं के आगे बैठी थी। एक बहू उसके कंधे दबा रही थी। धनदेई को देखते ही ध्यान कौर ने पूछा—

“कब आएगा?”

“आज ही आ रहा है। अभी हवाई अड्डे पर जाएँगे।”

ध्यान कौर को लगा उसका बेटा सामने आकर खड़ा हो गया है। उसका रोने का गुबार फिर फूट पड़ा। अपनी कमजोर आवाज में उसने फिर बैन पाने शुरू किए। कंधा दबाती बहू के हाथ परे कर दिए।

“क्या जवाब दूँगी बेटा। अपनी माँ से यह नहीं पूछना, तुम्हारे माँ जाए भाई कहाँ गए। अपनी भाभियों के सिर नंगे मत देखना। मेरा तो घर श्मशान हो गया।”

धनदेई ने उसका हाथ पकड़कर कहा—

“बहन, हौसलाकर। इनको देख, ये भी तेरे बच्चे हैं।”

उसकी बात को अनसुनी करके ध्यान कौर बोलती जा रही थी।

“सबको हरिद्वार भेजना है। एक मेरा ससुर मरा था तो सारा घर हरिद्वार गया था। अब सारा घर मर गया है तो वहाँ जानेवाला सिर्फ एक बच गया है। मैं भी हरिद्वार जाऊँगी बहन।” यह कहकर वह निढाल हो गई।

धनदेई ने रोती हुई बड़ी बहू को कहा—

“गीला तौलिया लेकर इनके मुँह-हाथ पोंछ दो। करतार के आने में अभी समय है। बच्चों को नाश्ता दे दो।”

बड़ी बहू फिर रोने लगी।

धनदेई ने कहा, “लाहौर में हमारे घर आसपास थे। छतें मिलती थीं। जैसे एक ही घर था। अब भी यह घर एक ही है। मैं हूँ न!”

ध्यान कौर ने अपनी आँखें खोलकर कहा—

"बीबी, अभी कच्चा घाव है। अभी तो समझ ही नहीं आ रहा क्या हुआ है। मैं रोज-रोज छह विधवाएँ घर बैठी देखूँगी तो कितने दिन निकालूँगी।"

धनदेई ने कहा—

"आज तीसरा दिन है। तुमने मुँह में पानी भी नहीं डाला। क्या न खाने-पीने से वे आ जाएँगे?"

"बीबी, अभी मेरे बेटों के अंग में से धुआँ उठ रहा होगा। घर में मौतें हुई हैं। हम सब मर गए हैं। मेरे पेट में आग लग गई है।"

"एक को तुमने बचा लिया। बंबई न गया होता तो उसे रब भी बचा न सकता था।"

बड़ी बहू सास के कंधे को पकड़कर रोते-रोते बोली—

"बीजी, सुखमनी साहेब का पाठ करो।"

"तुम करो। तुम करो सुखमनी साहेब का पाठ। मेरा तो भरोसा उठ गया।"

धनदेई रोने लगी। फिर कहा, "बहन, भरोसा कहाँ उठता है। वह ले जाए तो भी, दे जाए तो भी, भरोसा तो उसी पर है।"

धनदेई का बड़ा बेटा हवाई अड्डे पर जाने लगा तो ध्यान कौर ने कहा, "उसे छुपाकर लाना। बस एक ही रह गया है।" सब रोने लगे।

हवाई अड्डे पर सुबोध ड्राइवर के साथ खड़ा था। बंबई से आनेवाली सभी सवारियाँ निकल चुकी थीं। करतार की लहरिएदार पाग कहीं भी नजर न आ रही थी। सुबोध परेशान था। सुबह फोन पर इसी फ्लाइट का नंबर तो दिया था। फिर क्या हुआ? उसने ड्राइवर को फिर इधर-उधर देखने को कहा। इक्का-दुक्का मुसाफिर ट्रालियाँ खाली कर रहे थे। करतार कहीं न था। ड्राइवर फिर वापस आ गया था।

तभी गाड़ियों से जगह खाली हुई तो एक गाड़ी के पीछे छुपते-छुपाते एक लड़के पर उनकी नजर पड़ी। उसने करतार जैसी बुशर्ट पहनी थी, पर उसके सिर पर पगड़ी न थी। तो भी ड्राइवर भागकर वहाँ पहुँचा। उस लड़के का झुका हुआ सिर ऊपर उठाया। यही तो था। न दाढ़ी, न केश। आँखों से गंगा-यमुना बह रही थी। सुबोध ने देखकर सोचा; क्या इसी बेटे का इंतजार हो रहा है?

सुबोध को देखते ही करतार हिचकियाँ लेकर रोने लगा। सुबोध ने उसे गले से लगाया और गाड़ी में ले जाते हुए बड़े प्यार से पूछा—

"यह क्या किया करतार?"

"मैं क्या करता, छोटे साहेब किसी तरह न माने। उन्होंने कहा अभी खतरा है।"

घर तक कोई न बोला।

घर पर धनदेई के कदमों में ढेर होकर करतार रोने लगा।

''मौसी, मुझे बीजी के पास न ले जाओ।'' धनदेई भी रो रही थी। उसने बड़े प्यार से करतार को कहा—

''तेरी माँ तीन दिन से तेरा ही नाम जप रही है। धर्म मन में होता है। तुम फिर केश रख लेना। हम तेरे भाइयों को, दारजी को न बचा पाए। अब चलो। मर्द बनो। दिल कड़ा करना पड़ेगा।''

करतार ने रोते हुए कहा, ''माँ को क्या मुँह दिखाऊँ! मैं भी क्यों न मर गया।'' धनदेई उसे सहारा देकर आँगन में ले गई। उसे देखते ही आँगन में से फिर धुआँ उठने लगा। चुप हुआ आसमान रोने लगा। उसकी भाभियों को लगा जैसे अभी उनके पतियों की मौत हुई है।

ध्यान कौर के आगे करतार एक अभियुक्त की तरह खड़ा था। ध्यान कौर अपनी मिचमिची आँखों से अपने जिंदा बेटे को देखने का यत्न कर रही थी। उसकी अवाक् आँखें किसी जले हुए द्वार की तरह खुली थीं।

□

गोरे भैनजी

गरमियाँ हर बरस आती हैं। इनके साथ आती है प्यास। प्यास के साथ-साथ उभरता है हिमालय पर्वत के पसीने से बहता चिनाब। चिनाब के खयाल से प्यास कम हो जाती है। जा सकनेवाले कश्मीर चले जाते हैं। कश्मीर पहुँचते ही पहले 'डल लेक' देखने की इच्छा होती है। घर की रखवाली करती बुढ़िया की तरह वह हमेशा वहीं मिलती है और फिर जिसका बचपन इसकी छाती का दूध पीकर जवान हुआ है, वह उसे देखकर तृप्त हो जाता है।

अपने होटल में सामान सहेजकर मैं बाहर बाग में आ बैठी। एकदम कितनी चीजें देखी जा सकती हैं। यह सोचते समय मैं कहाँ जानती थी कि एक आश्चर्य मेरी प्रतीक्षा कर रहा है। घास में सिर उठाती लिली को देखने में मग्न थी, तभी एक साया मेरे पैरों के पास आकर रुका। एक पत्रवाहक ने एक लिफाफा मुझे पकड़ा दिया। उसके लुटे हुए चेहरे पर अपराध के भाव थे। मैंने पत्र खोला। दो शब्द टेढ़े-मेढ़े लिखे हुए थे—

"पत्रवाहक के साथ चली आओ।"

—गोरे भैनजी

"गोरे भैनजी," मैंने जोर से कहा। वह लड़का कुछ कहने को हुआ। उसकी आँखें गोरे भैनजी जैसी थीं, बाकी शक्ल-सूरत एक दुकानदार जैसी। मैनेजर भी वहाँ खड़ा था। कुछ भी कहने-सुनने की गुंजाइश न थी। पत्रवाहक कार साथ लाया था। मैं उसकी बगल में बैठ गई।

गोरे भैनजी, मैंने मन-ही-मन फिर कहा, इतने बरसों बाद कैसे मुझे ढूँढ़ लिया गोरे भैनजी ने।

कितना बड़ा आँगन था उस स्कूल का। पहले मुझे वही याद आया। आँगन

में कई जलसे भी होते थे। उसे मैदान कहना ज्यादा ठीक रहेगा। यह मैदान पहाड़ी पर था। नीचे एक छोटी सी पतली नदी बहती थी, जिसे वहाँ के लोग खड्ड कहते थे। खड्ड में गए थे, खड्ड पर जा रहे हैं या खड्ड पर चलोगे, जैसे वाक्य बड़े प्यार से बोले जाते थे। मैं पहली में पढ़ती थी। यह पहली कायदे के बाद आती थी, पर मुझे अपना सबक खूब याद था। कुछ इस वजह से और कुछ गोरे भैनजी की वजह से मैं हमेशा तीसरी कक्षा में बैठती थी। गोरे भैनजी भी उसी क्लास में बैठती थीं। तब उस्तानियों को मिस कहने का रिवाज न था। उस्तानी जी या भैनजी कहते। इनका रंग खिली हुई धूप की तरह उजला था। आँखें भैनजी की भी सुंदर रही होंगी, पर मैंने उनका रंग देखकर ही उनका नाम गोरे भैनजी रखा था। उन्हें देखना मुझे बड़ा अच्छा लगता था। अठारह या उन्नीस की गोरे भैनजी मैट्रिक पास थीं। सबसे छोटी। जब भी मैं उन्हें गोरे भैनजी कहती तो उनका रंग धुलकर केसरिया हो जाता और सभी उस्तानियाँ मुसकराने लगतीं। गोरे भैनजी पर मैं लहालोट थी। स्कूल जाना भी उनकी वजह से अच्छा लगता था। सुबह होती, सूरज उगता और स्कूल खुल जाता, गोरे भैनजी आ जाते। यह सब तो याद है।

फिर बँटवारा हुआ था, जिसमें बाँह-से-बाँह और मन-से-मन बँट गए थे। हम जम्मू में थे और मैं चौथी क्लास में पढ़ रही थी। एक दिन प्रार्थना के बाद हल्के भूरे रंग के सूट में दुपट्टा ओढ़े मैंने गोरे भैनजी को खड़े देखा था। आश्चर्य व खुशी दोनों ही हुए। जल्दी से प्रार्थना करके मैं उनके सामने शरमाई सी जाकर खड़ी हो गई। हाँ, गोरे भैनजी ही थे। उन्होंने भी मुझे पहचान लिया था और उनका रंग जो मुझे देखकर हमेशा गहरा जाता था, फीका पड़ रहा था, जैसे सूरज के ऊपर किसी चिमनी का धुआँ बिखरकर फैल रहा हो। मैंने डरकर कहा, "भैनजी" और सहमी हुई अपनी कक्षा में चली गई। आज उन्हें गोरे न कह पाई। उनकी नजर ने मुझे ऐसा बींध दिया कि मैं सारा दिन उदास रही। वे पाँचवीं क्लास को पढ़ाने लगीं। ये स्कूल भी पाँचवीं तक था।

आधी छुट्टी के वक्त मुझे लड़कियाँ घेरकर बैठतीं। दुनिया-जहान के गीत मैं गाया करती। स्कूल की मोटी माई के बनाए गोभी के खट्टे डंठल खाते-खाते वे मेरा गाना सुनती रहतीं। ऐसे स्वाद डंठल बनते थे कि आज भी मुँह में जीभ घूमनी शुरू हो रही है।

एक स्टॉप सिगनल पर कार रुकी थी। एक बेहद कुरूप औरत पैसे माँग रही थी। पैसे टटोलने लगी। जब तक मेरे हाथ में कुछ आता, कार फिर चल पड़ी थी और फिर गोरे भैनजी की रील मेरे दिमाग में घूमने लगी।

आधी छुट्टी की घंटी बजते ही एक दिन वे मेरी क्लास के द्वार पर आ खड़ी हुई थीं। उन्हें देखकर मेरी सब सहेलियाँ बाहर चली गईं। 'मैं' खड़ी डरी सी उन्हें देखने लगी। उन्होंने कहा—

''वह गीत, जो तुम उस दिन गा रही थीं, मुझे सुनाओ। वे उस्तानी की कुरसी पर बैठ चुकी थीं।

मैंने कहा, ''कौन सा गीत?''

''वही 'जो हुआ, सो हुआ'।''

मैं उनके सामने टाट पर बैठ गई और गाने लगी। मैंने आँखें मूँद लीं। शायद उन्होंने भी मूँद ली होंगी। अपनी आवाज को खूब मुलायम और उदास करके मैं गा रही थी—

''ऐ दिल न मुझसे छुपा
सच बता क्या हुआ,
जाने भी दो दिलरुबा
जो हुआ सो हुआ।
तारे गिने रात भर, जाने कब याद में सो गई
वो ख्वाब था मदभरा, जिसमें बेहोश सी हो गई।
कोई नींद में मुझसे रूठकर, मुझको लूटकर चल दिया।''

गीत खत्म हुआ तो मैंने उन्हें देखा। उनकी आँखें बंद थीं। मैं उठकर चुपचाप कमरे से निकल आई। फिर यह काम रोज ही चलने लगा। रोज वे आतीं, यही गीत सुनतीं। अपनी योग्यता का ऐसा निरादर मैंने कभी न सोचा था। मुझे बीसियों गीत याद थे। मैं सोचती गोरे भैनजी कभी किसी और गीत की फरमाइश भी करेंगी। पर ऐसा न होता। गीत के सिवाय हम लोगों में कोई डायलॉग भी न होता था। मैं तन्मय होकर अपनी महबूब उस्तानी को रिझाने के लिए गाती थी, पर वे जैसे मेरी उपस्थिति से बेखबर कहीं और चली जाती थीं। जब उनकी आँखें खुली रहतीं, तब वे शहद के कटोरों जैसी मस्त उन आँखों को सिकोड़े अपने होंठों को सीटी बजाने के से अंदाज में मोड़े न जाने क्या सोचती रहती थीं।

फिर मैं उनकी क्लास में आ गई। तब वे कभी-कभी मुझे देखकर मुसकराती। उनके होंठ किसी सिकुड़ी हुई कली की तरह होते, जो बोलने पर फूल बनकर खिल जाते। वे हमेशा सादे रंग पहनतीं। कभी बिंदी न लगातीं। जैसे उम्र उन्हें काट रही थी। लड़कियाँ मुझे छेड़तीं, ''गोरे भैनजी की पूँछ।'' मुझे अच्छा लगता था। मैं उन्हें बेहद चाहती थी।

पाँचवीं के बाद मैं दूसरे स्कूल में चली गई और गोरे भैनजी वहीं छूट गईं। आज इतने बरसों बाद मेरे मन के कोने में पड़े बक्से की ताली जैसे मिल गई थी। मन धक-धक कर रहा था। कैसी होंगी गोरे भैनजी, यहाँ पर कैसे आ गईं, मेरा पता उन्हें कैसे चला? कौन इन बातों का उत्तर देता। मेरा जिस्म जैसे गरम काँगड़ी था और उसमें से जोरों का धुआँ उठ रहा था। मैं वह गीत याद करने लगी—'जो हुआ, सो हुआ।'

तभी गाड़ी रुक गई। सामने एक घर था, जिसे मैंने एयरपोर्ट से आती बार देखा था। हरे रंग का फाटक, उस पर झूमते देवदार। उर्दू में लिखे नाम। हिंदी में लिखा पता। मैंने उसे खूब ध्यान से देखा था। चटक हरा रंग तनिक हल्के रंग की बेल से गुँथा हुआ था। फाटक के साथ के छोटे दरवाजे से एक औरत बाहर आई। मुझे देखकर कहा, "आइए। मम्मी जग गई हैं।" बरामदा पार करके बैठक के सामने ही वह कमरा था, जहाँ मुझे वह औरत ले गई। एक साफ-सुथरे पलंग पर एक मरीजा कश्मीरी तरह से सिर पर दुपट्टा ओढ़े लेटी थी। मेरा मन गले तक भर आया। मैं सामने जाकर खड़ी हुई। वे मुझे देखकर जरा मुसकराईं। पलंग की पाटी पर सिर रखकर मैं सुबकने लगी। उनके शिथिल हाथ का स्पर्श मैंने अपने बालों पर महसूस किया। मैंने सिर उठाकर पानी से भरी आँखें उन पर गड़ा दीं। वे मुसकरा रही थीं। उनके चेहरे पर संतोष था, गर्व था कि मैं आज भी उन्हें प्यार करती हूँ।

कमरे में ऊँचा-लंबा फौजी था। एक बूढ़े शख्स थे। गोरे भैनजी ने अपनी कमजोर आवाज में उनसे कहा, "यही मुझे गोरे भैनजी कहती थीं।"

फिर उस गोरी लड़की के इस तरह बूढ़े हो जाने का दुःख उनकी आँखों में उतर आया। मेरी तरफ देखकर बोलीं—

"अब नहीं कह सकोगी?"

मैंने उनके दोनों हाथ पकड़कर टूटते-टूटते लफ्जों में कहा—

"गोरे भैनजी।"

"नहीं कह सकती न?" फिर एक आह भरकर बोलीं, "चलो वह गाना सुना दो।"

मुश्किल काम था, पर मैं गाने लगी। गले से गा रही थी और हाथों से मैंने अपना दिल मजबूती से पकड़ा हुआ था। जब गाना खत्म हुआ तो वे सो चुकी थीं। शाम भी घिर रही थी। उसी औरत ने मुझसे कहा—

"मम्मी अब सोएँगी। इंजेक्शन दिया है। अब शायद सुबह ही जगें। आप सुबह आइएगा। उन्होंने आपके लिए एक लिफाफा रखा हुआ है। उनके तकिए के

नीचे है। अगर अभी निकालूँ तो वे जग जाएँगी।''

मैंने उसे देखा। गोरे भैनजी का नाम तक उसके चेहरे पर न था। अपने बाप की काइयाँ सूरत थोड़े मुलायम ठप्पे में थी।

वही लड़का गाड़ी का दरवाजा खोले खड़ा था। मैं उसमें बैठ गई। गोरे भैनजी को देखने के बाद मेरी कल्पनाशक्ति बर्फ की तरह पहाड़ी की चोटी पर जैसे जम गई। बस एक वाक्य याद आ रहा था—

अब नहीं कह सकोगी?

मैं दूसरी तरफ देखकर आँसुओं के घूँट पीने लगी।

दूसरे दिन सुबह मेरी रेडियो पर रिकार्डिंग थी। वहाँ मशीन खराब हो गई। थोड़ा समय लग गया। मैं वापिस होटल पर आई तो वही लड़का बैठा हुआ था। मुझे देखते ही अपनी चाबी को हाथ में लिये वह गाड़ी तक आया। मैं बिना बोले उसकी बगल में जाकर बैठ गई।

आज गोरे भैनजी तीन-चार तकियों के सहारे बैठी हुई थी। उनकी बेटी चम्मच से उन्हें कुछ पिला रही थी। उनके चेहरे का रंग कुछ निखरा था, होंठ भीगे-भीगे और लाल। मुझे देखते ही वे मुसकराईं और बेटी को और पिलाने से मना कर दिया। फिर बोलीं, ''यह मेरी बेटी है। कल जो फौजी खड़ा था, मेरा बड़ा बेटा है। फौज में मेजर है। इसकी बीवी तुम्हारी तरह सुंदर है। आज आ जाएगी। वह मेरा छोटा बेटा है। इसकी बहू भी तुम्हारी तरह सुंदर लाऊँगी।'' यह कहकर उन्होंने जोर से आह भरी। उनकी बेटी बोली—

''माँ, आप लेट जाइए। ज्यादा बात करना डॉक्टर ने मना किया है न।'' गोरे भैनजी ने उसे उपेक्षा से देखा। लेटकर मेरा हाथ अपने हाथों में ले लिया। उनकी बेटी आहिस्ता से दरवाजा बंद करके जा चुकी थी।

गोरे भैनजी कहने लगीं, ''देखो, मैंने सारी उम्र जो कमाई की है, सब बच्चों को बाँट दी, पर एक चीज रख ली है, वह सिर्फ तुम्हें दूँगी। तुम मुझे प्यार करती हो। प्यार तो ये भी करते हैं, पर वह चीज इन्हें नहीं दे सकती।'' फिर वे हाँफने लगीं।

''एक बोझ है, जो चालीस बरस से ढो रही हूँ। तुम्हें दूँगी तो हल्की हो जाऊँगी। जरा वह गाना फिर सुना दो।''

गाना गाते मैं उनकी धौंकनी की तरह चलती साँस में उलझ रही थी। ठीक से न गा पा रही थी। उन्होंने आँखें खोलीं और तकिए के नीचे से निकालकर एक पैकेट मेरे हाथ में दे दिया। बच्चे का तकिया गिलाफ था, जिसमें कुछ कागज थे। मुझे गहरे से देखते हुए जैसे सास अपनी बहू को पहली बार ध्यान से देखती है, बोलीं—

''किसी को कुछ मत कहना, पर मेरे बेटे इस मेजर को…'' जुमला पूरा न करके उन्होंने मेरा हाथ हल्का सा दबा दिया। उनकी आँखें भर आई थीं। उन्होंने घूँट भरा और निढाल हो गईं। मैंने उनके हाथों को धीरे से सहलाया। वे मुसकराईं। मैंने बड़े प्यार से भर्राई आवाज में कहा—

''गोरे भैनजी!''

उनके चेहरे पर एक मुसकराहट और अतीत का दर्द फैल गया। वे धीरे-धीरे सो गईं। मैं उनका हाथ अपने हाथों में से वैसे ही छुड़ाकर उठ खड़ी हुई जैसे अपनी बेटी के सो जाने पर धीरे से उसे अपनी छाती से अलग करती हूँ।

कोई बात किए बगैर मैं कार में बैठ गई। उनकी बेटी मुझे निहार रही थी। एक रहस्य था, जो मैं जान सकती थी। उसे खूब जिज्ञासा थी। उनका बेटा मुझे होटल तक छोड़ गया।

मैं कश्मीर में राहत ढूँढ़ने आई थी। अतीत का दर्द झोली में पड़ गया। न जाने इस लिफाफे में क्या होगा। डर सा लगने लगा। पाँच-छह बरस की वह लड़की भी याद आई, जो गोरे भैनजी की दीवानी थी। सारा दिन उनकी क्लास में बैठी रहती थी। शहर में गोरे पिताजी का इतना सम्मान था कि कोई कुछ न कहता था। फिर अपना सारा सबक मुझे याद था। मैंने पैकेट को कंबल के भीतर कर लिया। दोनों हाथों से उसे पकड़कर सो गई जैसे बच्चा अपनी माँ का आँचल पकड़कर सोता है।

चार बजे चाय लेकर बैरा आ गया। उसकी ठक-ठक से उठी तो वह कहने लगा—

''मीम साब, आपने तो नाश्ता नहीं किया, खाना नहीं खाया, हम आपके लिए चीज टोस्ट लाया है। अब खा लो।''

मैंने कहा, ''अब्दुल, शुक्रिया, मुझे अब भूख की भी याद आ रही है।'' उसने पूछा—

''वो मीम साब कैसा है, आपका कौन है?''

मैंने कहा, ''पता नहीं अब्दुल, वह कैसा है? पर मेरा वह बहुत कुछ लगता है।''

होंठों के द्वार खुलने पर राहत सी हुई। मैंने चाय ढालकर लिफाफा खोला। अब मैं अकेली न रही थी। किसी गवाह की मौजूदगी में ही पढ़ना चाहिए था। किसी बच्चे का तकिया गिलाफ था, जिस पर उर्दू में लिखा था—

'उम्रदराज'—उसे मैंने गोद में फैला दिया।

उसी पर कागजों से छिटककर केसर की कुछ सूखी पत्तियाँ गिर गईं और

केसरिया बयार मेरे नथुनों में घुस आई। मैंने उन्हें गोद में रखा। मेरी आँखें भर आई थीं। चाय की प्याली में एक बूँद आँसू की टप्प से गिरी, तो भी मैं चाय पीती रही और उसे पढ़ने की हिम्मत जुटाती रही।

पता नहीं कब का लिखा वह पत्र था या वक्तव्य, मालूम नहीं, पर पहले ही जुमले से लगा सिर्फ मेरे लिए है। बगैर किसी संबोधन के शुरू होता था—

''उन दिनों जब तुम मुझे गोरे भैनजी कहती थी और मैं लाल हो जाती थी, तब तुम कहाँ जानती थी; मेरी मँगनी की बात चल रही है। बड़े मीठे-मीठे दिन थे। उस दिन जब कहर टूटा, मेरे माँ-बाप उसी सिलसिले में मेरी बात करने मामा के घर गए हुए थे। बँटवारे की बातें तो हर रोज होती थीं, पर वे इतनी खूनी होंगी यह कोई न जानता था। माँ-बाप उस झगड़े के शुरू होने से पहले ही बेटी के टंटे से भी मुक्त हो जाना चाहते थे। हमारी दुकान थी। भाई वहीं पर था। घर में मैं और भाभी थे। दरवाजा न खोलने की सख्त हिदायत थी। हम दोनों थोड़ी सी डरी हुई आँगन में चारपाई पर बैठी सरसों का साग चुन रही थीं। भाभी पहले से थोड़ी भर गई थी। उसका पाँव भारी था, पर इसका ज्यादा जिक्र न होता था। पता नहीं यह बच्चा किस माहौल में आँख खोलेगा। तभी कहीं दूर से शोर सुनाई दिया था। बिफरे हुए कई साँड़ों के लड़ने जैसी आवाजें। हम भयभीत होकर एक-दूसरे का मुँह देखने लगीं। हमारे साथ का घर मुसलमानों का था। हमारे और उनके आँगन की दीवार में एक छोटी सी खिड़की खुलती थी, जिससे आया-जाया जा सकता था, पर वह अकसर बंद ही रहती थी। अपने आँगन में मैंने एक परछाईं झुकी हुई देखी। यह हमीदा था। हमारे पड़ोसी का लड़का। बचपन में ईद के दिन एक बार उसने अपने कटोरे से मुझे सिवैयाँ खिलाई थीं तो अम्मा ने खूब पीटा था। सिवैयाँ उनके घर से अब भी आती थीं। हमीदा की अम्मी बड़ी सुंदर रकाबी में ढककर सिवैयाँ भेजती। मेरी माँ के सिवा हम सब खाते थे और हर ईद को हमीदा पूछता था—

''तुमने सिवैयाँ खाईं आमीना।''

मेरा नाम मीना था, पर वह और उसकी अम्मी हमेशा आमीना कहते थे। मैं शर्म से लाल हो जाती थी। इसी से कभी-कभी मेरी माँ मुझे लाली भी कहती थी।

मैंने ऊपर देखा। हमीदा उचककर कहीं देख रहा था। शोर बढ़ चला था। मैं और भाभी भीतर चले गए। भाभी का रंग सफेद पड़ चुका था। मेरा भी रंग उड़ चुका होगा, क्योंकि भाभी बड़ी हैरत से मुझे देख रही थी। शोर अब हमारे मुहल्ले में आ रहा था। दरवाजे पर जोर से ठक-ठक हुई। मैं भाभी के संग लिपट गई। उसने कहा, ''आओ'' और आँगन में भागकर कुएँ में छलाँग लगा दी। यह कुआँ मेरे

दादा ने मेरी माँ की शादी होने पर आँगन के एक कोने में खुदवाया था ताकि माँ को नहाने खड्ड पर न जाना पड़े। पता नहीं नियति उनके घर की इज्जत को ही बचाने के लिए यह कुआँ खुदवा रही थी। जब तक मैं भी कुएँ में छलाँग लगाती, हमारे आँगनों के बीच की खिड़की से आकर हमीदा ने मुझे पकड़ लिया था। मरनेवाला बेखौफ हो जाता है। मुझे किसी भी चीज का डर न था। मैं मौत को जीत चुकी थी। तभी हमीदा की अम्मी ने मेरा दुपट्टा कुएँ पर फेंका और मुझे अपने आँगन में ले आई। मुझे याद है हमीदा खिड़की बंद करके लोहे की साँकल कील से बंद कर रहा था। तभी हमारे आँगन में हमारा रखवाला हमारा बड़ा दरवाजा धड़ाम से गिर पड़ा था। उसी की लाश पर से हमलावर भीतर आ गए थे। हमीदा खिड़की बंद कर चुका था और उनकी दुकान का सामान जिस कमरे में था, वहीं एक बोरी पर वे माँ-बेटा मुझे बिठाकर बाहर से ताला लगाकर जा चुके थे। उस कमरे के पिछवाड़े में उन्हीं का अहाता था। वहाँ एक दरवाजा भी था। अम्मी ने जाते-जाते कहा था। दरवाजे के बाहर गुसलखाने हैं। जैसे मैं जानती न थी।

सैंकड़ों आवाजें माहौल को पीट रही थीं। मैं बुत हो गई थी। हमारे घर का बरसों का सामान लूट रहा होगा। रात अँधेरी थी। सफाचट, पर तारों की रोशनी थी। पिछवाड़े की सीढ़ियों से मैंने छत पर जाकर झरोखे में से अपना आँगन देखा। आँगन में हमारी रजाइयों को ओढ़े कई लोग सो रहे थे। कई अलाव जलाकर दिन में कत्ल किए हाथों को आग में सेंक रहे थे।

आँगन में मेरी गुड़ियों की पिटारी खुली पड़ी थी। उनमें से एक गुड़िया औंधी पड़ी थी, जिस पर आँगन में टहलते एक हमलावर का पाँव बार-बार पड़ रहा था। जब पाँव उस पर पड़ने को होता, मेरी साँस रुक जाती और मैं थोड़ी देर के लिए मर जाती। वहाँ पास ही में वह कुआँ था, जहाँ से कल तक मेरी भाभी की लाश ऊपर उठकर आ सकती थी।

मैं काफी देर वहाँ बैठी रही। मुड़ी तो सामने हमीदा खड़ा था। उसने वापस आने का इशारा किया। मैंने देखा आसमान में धुएँ के कई गुबार घरों में से निकलकर आसमान से पनाह माँग रहे थे।

उसी कमरे में दो रोटी, सालन और पानी का गिलास लिये अम्मी बैठी थीं। उन्होंने मेरे सिर पर हाथ फेरा तो मैं रो पड़ी। उन्होंने हस्बेमामूल कहा—

''आमीना, अब तुम मेरी बेटी हो। इंशाअल्लाह धुआँ बैठते ही हमीदा से मैं तुम्हारा निकाह पढ़ा दूँगी, पर कुछ दिन तुम्हें यहीं काटने पड़ेंगे। हमीदा के अब्बा मौलवी से बात कर लेंगे। मौलवी साहेब उनके पुराने दोस्त हैं, पर अभी कुछ दिन

तुम्हारी भनक भी किसी को न लगनी चाहिए। जब तक लुटेरे शहर खाली नहीं करते, हर किसी को खतरा है। अभी तक तो सब समझ रहे हैं, तुम भी कुएँ में डूब गई हो, पर कल जब सिर्फ तुम्हारी भाभी की लाश ऊपर आएगी तो बखेड़ा होगा। इसीलिए हमीदा के अब्बा ने कहा है, कुएँ को पाट देना चाहिए, अब देखो।''

थोड़ी देर बाद हमीदा वहाँ छोटी चारपाई और बिस्तर रख गया था। रजाई देखते ही मुझे जबरदस्त ठंड लगी और उन लोगों के जाते ही मैं दुबककर सो गई। दूसरे दिन मैंने सुना सामने के टीले से मिट्टी लाकर कुआँ पाटने का काम शुरू हो चुका था। मेरी भाभी और उसका बच्चा उसी में सो रहे थे। बेआवाज। फिर कई दिन गुजर गए। अब हमारे आँगन में एक हँसता-खेलता परिवार धूप सेंकने लगा था। कभी-कभी मैं झरोखे से झाँकती। पटे हुए कुएँ पर उनके घर की बहू ने मेहँदी और चमेली के पौधे लगाए थे।

फिर कब एक दिन मौलवी साहेब मुझे कलमा पढ़वाकर आमीना कर गए, कब दो बच्चे हुए, कब मैं आमीना दुलहन हुई, पता ही न चला। हमीदा मुझे बेहद चाहता था। उसकी चाहत ने सारे दुःख भुला दिए थे। मैं सुखी थी। घर-भर की आँख का तारा, पर तभी मेरी दुनिया, जो पाँव-पाँव चल रही थी, उजड़ गई। सुना हिंदुस्तान से लोग ट्रकों में आकर अपनी बहू-बेटियों को ले जा रहे हैं। घर-घर में खोजा जा रहा है। मुझे बाहर न जाने की सख्त ताकीद थी। मुहल्ले में तो हर कोई जानता था, पर सबने मुझे अपना मान लिया था। मैं इस दौरान सिर्फ एक बार हमीदा के साथ खड्ड पर गई थी, सो भी बुरका पहनकर। सबको पता था, पर कोई बोलता न था। फिर पता नहीं कौन बोल पड़ा था। घर में सकता छाया हुआ था। हमीदा ने रातों को सोना बंद कर दिया था। कभी नींद लगती थी तो घबराकर उठ बैठता, फिर मुझे कहता—

''तुम्हें ले तो नहीं गए?''

बच्चे भी सहमे हुए रहने लगे थे। घर में कुछ था, जो उनको भी डरा गया था। फिर एक दिन अब्बू बाहर से आए थे। दरवाजे की चौखट से लगकर फूट-फूटकर रो पड़े थे। रोते हुए अपनी मद्धिम आवाज में उन्होंने कहा था—

''नहीं बचा सका, मैं अपने हमीदा की दुलहन को नहीं बचा सका। इसे जाना ही होगा। बस सुबह तक की मुहलत माँगी है। सवेरे आठ बजे ट्रक आ जाएगा। अमीना बी को लेने।'' यह कहकर अब्बू ने अपने कमरे का दरवाजा बंद कर लिया था। उस रात की बात न कर सकूँगी। मैं कितनी बार मरी, कितनी बार जी, पता नहीं। दोनों बच्चे मेरे कलेजे से लगे थे और उनके अब्बा मेरे कदमों में रो रहे थे।

सवेरे पाखाने का लोटा लेकर निकली थी। ताहिर डेढ़ बरस का था। जैनब छह माह की। वह मुझे देखकर मुसकराई थी। ताहिर ने पूछा—

"अम्मी, तिदर जाते?"

मैंने लोटा दिखा दिया था। उसके तकिए का कवर सीने से लगाए मैं हिंदुस्तान आ गई। पता नहीं कौन सा रास्ता था, क्या दिन था?

सीमा पर कई लोग खड़े थे, पर मेरी कई साथिनों को उनके घरवालों ने नहीं पहचाना। देखते ही मुँह मोड़कर चल दिए। मेरे बहनोई ने मुझे ट्रक से उतरते ही पहचान लिया। वहीं से सीधे उनकी दुलहन बनकर मैं उनकी गृहस्थी में आ गई। कई दिन समझ ही न आया, क्या हुआ है। इन्होंने समझा, मैं स्कूल में पढ़ाऊँगी तो दिल और होगा। तभी मैं तुम्हारे स्कूल आ गई थी। मैं मन से मुरदा औरत अपने मामा की स्वर्गीय बेटी की गृहस्थी में जोत दी गई थी।

पर ताहिर और जैनब कभी मेरे कलेजे से अलग नहीं हुए। उनका न कोई पता आया, न मैं कोशिश कर पाई यह जानने की कि मेरे बच्चे कहाँ हैं। कहाँ है मेरा पहलौठी का लाल, जिसके पैदा होने पर उसकी दादी ने मुझे मोहरों का हार दिया था।

मेरा मेजर बेटा जब भी जंग पर जाता है, मैं हर बार उसे बुलाकर कहना चाहती हूँ, पाकिस्तान में तुम्हारी सगी बहन है। सगा बड़ा भाई है मेजर, उन पर गोली नहीं चलाना। इतने दिन कोशिश करके भी मैं उसे नहीं बता पाई हूँ।

यह जंग क्यों होती है? उसे कहना जंग न करे। जंग में माँ-जाए भी मर जाते हैं—

कह दोगी न?"

मैंने लिफाफा जोर से हाथों में भींच लिया और कंबल में दुबक गई। जैसे बँटवारे के दिनों में रात के सन्नाटे के वक्त, घरों के भीतर से होकर गुजरती सर्चलाइट से बचती हुई, मैं एक अँधेरी दुनिया में साँस रोके दुबक जाती थी।

□

सूरज जग गया

“मक्खनी, तुम्हें कुछ चाहिए?”

हुक्के का पेचवान एक तरफ रखते हुए गोविंद ने अपनी बालिका वधू से पूछा। उसकी लाल-लाल आँखों में अजीब सा भाव था।

“बोलो, तुम्हें कुछ चाहिए?”

मक्खनी को शायद सवाल समझ में न आया। वह गोविंद को घूरने लगी। गोविंद ने समझा, डर गई है। उसने कहा, “डरो नहीं, मक्खनी, तुम्हें पता है, मैं कौन हूँ?”

मक्खनी ने अपनी धोती को बड़ी मुश्किल से सँभाला हुआ था। पल्लू सिर पर लपेटते हुए बोली—

“हाँ, पता है तुम गोंद भैया हो। संकटू यही कहती है।”

गोविंद उसकी बात सुनकर और उदास हो गया। उसने कहा—

“मैं संकटू का गोंद भैया हूँ, तुम्हारा नहीं। तुम्हारा मैं पति हूँ। अंतिम बार पूछता हूँ मक्खनी, तुम्हें कुछ चाहिए?”

अंतिम बार क्या होता है, मक्खनी कहाँ जानती थी।

वह सोचने लगी, पर उसकी समझ में यह न आया कि सब इससे क्यूँ डरते हैं। यह तो बड़ा भला आदमी लगता है।

गोविंद ने आज पहली बार उससे बात की थी।

अचानक उसे याद आया, आज बुध है और आज मनिहारिन बुआ आती है। उसने खुश होकर कहा—

“तुम मुझे एक रुपया दे दो।”

गोविंद को अपने मन की उथल-पुथल के परे हँसी खड़ी दिखाई दी। वह मुसकराकर पूछने लगा—

''रुपए का क्या करोगी''

ठुमककर मक्खनी बोली—

''चूड़ी पहनूँगी। आज मनिहारिन बुआ आएगी। मुझे ये शेर के मुँहवाले गोखरू अच्छे नहीं लगते। बहुत भारी हैं। काँच की चूड़ियाँ हल्की होती हैं। बोलती भी हैं। ये शेर सोए रहते हैं।'' इतना बोलती हुई वह शरमाकर चुप हो गई।

गोविंद ने पूछा—

''तुम्हें क्या मुझसे डर नहीं लगता?''

''नहीं, क्या तुम शेर हो?''

दोनों हँस पड़े।

अचानक पेचवान मुँह में डालते हुए गोविंद ने रुपया देकर कहा—

''जाओ।''

मक्खनी अपनी मुट्ठी में रुपया लेकर भागी।

यह बात याद करके उस इलाके के सबसे बड़े महिला कॉलेज की अनुशासन में प्रसिद्धि प्राप्त प्रिंसिपल ने अपने बहते हुए बेआवाज आँसुओं से भीग आई फाइल को अपने आँचल से पोंछकर एक तरफ रखा। फिर इत्मीनान से बड़े टेबल पर अपनी दोनों कुहनियों में मुँह छिपाकर मक्खनी के बरसों पहले के संसार को जगाने लगी।

मक्खनी रुपया लेकर भागती हुई अपने सास-ससुर के कमरे में गई। उनसे जाकर कहा—

''माँजी, माँजी, मैं मनिहारिन के पास चूड़ी चढ़ाने जाऊँगी। संकटू को कहिए न मेरे साथ चले। देखिए गोंद भैया ने रुपया दिया है।''

किसी चिंता में मग्न सास-ससुर के मुरझाए चेहरे खिल उठे थे। सास ने छेड़ते हुए पूछा था—

''और क्या कहा उसने?''

''उन्होंने कहा कि वे संकटू के भैया हैं, मेरे नहीं। मेरे तो वे दुल्हा हैं न?''

''चल परे हट मक्खनी।'' सास फट से बोली।

मक्खनी हैरान हुई। ''क्या ऐसे नहीं कहते माँजी?'' उसने पूछा।

इसके उत्तर में सब हँस पड़े। उसके ससुर बाहर चले गए।

चूड़ी चढ़ाते समय मक्खनी ने मनिहारिन को कहा था—

''मनिहारिन बुआ, तुम ये गोखरू रख लो। हमें पूरी-पूरी बाँह भरके लाल-हरी चूड़ी चढ़ा दो।''

मनिहारिन उसका छोटा सा गोरा हाथ दबाती हुई बोली थी—

''दुलहन, अभी छोटी हो न, गोखरू जानो हो न, भरतार, जब जानोगी तो किसी को न दोगी।''

चूड़ियों से दोनों बाँहें भर गईं तो अपने गोखरू संकटू को देते हुए बड़े लाड़ से मक्खनी बोली थी—

''लो संकटू, ये मैं न पहनूँगी।''

तभी एक जोरदार धमाका हुआ था। देसी तमंचे से गोली छूटी थी। सब आवाज की तरफ भागे थे। गोविंद ने अपनी छाती में गोली मार ली थी। घबराई हुई माँ ने संकटू के हाथ में गोखरू देखे तो बेटे के हाथ में देते हुए कहने लगी—

''ये क्या किया रे, लो इन्हें दान कर दो।''

गोविंद ने अपनी बची-खुची ताकत बटोरकर कहा था—

''नहीं, नहीं। उसे ये अब कभी कोई लाकर न देगा। उसके हैं, उसके, उसे दो।''

तभी वहाँ दौड़ती हुई मक्खनी आई थी। बुझती आँखों से गोविंद ने उसकी चूड़ियों से भरी कलाइयाँ देखीं तो दर्द दबाकर मुसकरा दिया था। गोखरू लेकर उसके हाथों में देकर कहा था—

''ये तुम्हारे हैं। पहिने रहना। अब कोई नहीं देगा।''

इसके बाद जिबह होते बकरे जैसी डकराहट सा स्वर गोविंद के मुँह से निकला था—

''माँ···माँ···।''

और यह कहकर जब छाती से उसका हाथ छूटकर नीचे गिर पड़ा, तब जैसे नाली खुल जाती है, वैसे ही लहू बहने लगा था।

जिंदगी में पहली बार लहू देखा था मक्खनी ने। वह वहीं बेहोश होकर गिर पड़ी थी और उसकी कई चूड़ियाँ टूटी-अधटूटी उसकी बाँहों में घाव करके खून बहाने लगी थीं। संकटू ही उसे उठाकर दूसरे कमरे में ले गई थी। संकटू गोविंद की धाय थी और मक्खनी से उसे बहुत प्यार हो गया था।

कोहराम में जब मक्खनी को होश आया, उसका सिर उसके दादू की गोद में था। बाँहों पर खून जमा था। चूड़ियाँ उतर चुकी थीं।

अपने कमरे में ही दादू के संग चिपटकर मक्खनी ने सुबकते हुए कहा था—

''दादू, मेरी सारी चूड़ियाँ टूट गईं। गोविंद, गोविंद को खून बहा। दादू, वह कहाँ है?'' मक्खनी की बिलखती माँ और पछाड़ें खाते बाप को दादू ने बरजा था। मक्खनी को पानी पिलाकर कहा था—

"घर चलोगी बिटिया?"

"हाँ, दादू, यहाँ मैं न रहूँगी।"

और सफेद रंग के कपड़े से ढँकी पालकी में उसे बिठाकर खुद आगे घोड़े पर चलते हुए दादू उसे अपने गाँव ले गए थे।

इन बातों को जैसे सदियाँ बीत गईं।

डॉ. मंदाकिनी ने बाँहों से सिर उठाया। यहाँ मक्खनी न थी। उसकी नौकरानी अनुसूया थी। एक अपराधिनी की तरह खड़ी सिर झुकाए बुत सी बनी हुई। अपनी मालकिन को कभी उसने रोते न देखा था। इस बात का बड़ा घमंड था उसे। सभी को कहती थी—

"प्रिंसिपल साहेबा तो संत हैं। न रोग, न दुःख, न शोक। हम पापी हैं संसारी जीव।"

डॉ. मंदाकिनी ने आँखें पोंछीं। फिर कहा, "क्या है अनुसूया!"

"साहेब, उस औरत को क्या कहूँ?"

मंदाकिनी की समझ कुछ काम न कर रही थी। एक विधवा स्त्री ने आकर उसे 45 बरस पहले के संसार में ढकेल दिया था। जहाँ मक्खनी थी। गोविंद था। गोविंद के बड़े भाई-भाभी थे। उसके माँ-बाप थे। गोविंद के बड़े भाई का एक छोटा बेटा था, जो मक्खनी की किनारी-गोटेवाली साड़ी को देखकर कहता था, "यह क्या है?" संकटू कहती, "यह दुल्हिन चाची है।"

"ताती।" कहकर हँसने लगता था वह बालक। यह क्या उसी की बहू है? डॉ. मंदाकिनी सचेत हुई। उसने अनुसूया को कहा—

"उसे बैठक में लिवा लाओ। वह घर की ही है। मैं आती हूँ।"

कुछ देर पहले ही तो अनुसूया कह गई थी, एक औरत आई है। बरामदे में बिठाया है। कहती है, रामपुर के जमींदारों की बहू है। एक बड़ा सुंदर तीन एक बरस का बच्चा भी है। विधवा लगती है। आपको पूछ रही है।

अपनी आँखों पर चश्मा चढ़ाते हुए मंदाकिनी बैठक में घुसी और द्वार से एक कदम भीतर जाकर खड़ी हो गई। आगंतुका ने उठकर उसके पाँव छुए। उसकी आँखों से आँसू बहने लगे। उसकी देखा-देखी लड़के ने भी मंदाकिनी के पाँव छुए, फिर माँ को देखकर पूछा—

"माँ, यही छोटी दादी है?"

औरत ने गरदन 'हाँ' में हिलाई तो वह फौरन मंदाकिनी का आँचल पकड़कर बोला—

"छोती दादी, बैथो न?"

जड़ हुई मंदाकिनी में चेतना लौटी। थोड़ा सा संकोच के साथ उसने बालक की उँगली पकड़ उसे सोफे पर बिठाया और फिर खुद भी बैठ गई।

अचानक मंदाकिनी ने पाया, वह भी बेआवाज रोए जा रही है। लड़के की माँ पास की कुरसी में बैठी सिर झुकाए रो रही थी। इस रुदन में सन्नाटा था, जिसे कोई न तोड़ पा रहा था। न जाने कितने सवाल थे, जिनके जवाब मुँह बाए खड़े थे। तभी लड़के ने पूछा—

"छोती दादी, सब क्यूँ लोते हैं?"

छोटी दादी ने उत्तर में उसके सिर पर हाथ रख दिया। लड़का मानो अभयदान पाकर शेर हो गया। बैठक में मेज पर मिट्टी के फल पड़े थे। लड़के ने केले की तरफ देखा और मंदाकिनी को कहा—

"दादी, तेला खाओ!"

मंदाकिनी आँसुओं के दरिया के किनारे आ लगी थी। उसने लड़के को प्यार से कहा—

"तुम खाओ।"

अचानक मंदाकिनी को खयाल आया, ये तो खिलौने हैं। पिछली बार उसकी एक पुरानी सहेली दे गई थी। उसने अनुसूया को आवाज देकर कहा—

"इसे ले जाओ, केला, मिठाई, दूध, जो माँगे, दो।" बालक उठकर जाने लगा। उसने अनुसूया का आँचल पकड़ा और मुड़कर बोला—

"दादी, मेला नाम आलंद है।"

दोनों औरतें मुसकरा दीं।

मौन का बाँध टूट चुका था। अब बहना चाहता था।

मंदाकिनी ने पूछा—

"अब कहो, यह सब कब हुआ?"

"छह महीने पहले। पीछे हवेली की मरम्मत करवा रहे थे तो शहतीर···।" यह कहकर वह सुबकने लगी।

मंदाकिनी ने पूछा—

"और यहाँ कौन है?"

"मेरे भैया हैं। जेठजी ने कहा कि तुम अलग रहो। चार-पाँच महीने तो रोते-धोते ही निकल गए। फिर सासजी भी न रहीं। ये जिस दफ्तर में काम करते थे, वहाँ से कुछ रुपया आया था। कुछ इंश्योरेंस का था। सब रुपया बैंक में था। फिर

माँजी के जाने के बाद जेठजी ने एक दिन कहा, रुपया निकालना पड़ेगा। हवेली की मरम्मत होगी। असल में उनकी छोटी बिटिया की शादी थी।

"पहले मेरे गोखरू माँगे कि धुलाएँगे। जब मैंने दे दिए तो कई दिन बाद गोखरू वापस आए। काफी सोना निकल चुका था। माँजी ने हाथों में लेकर तोलते हुए जेठजी से पूछा था—

"ये गोखरू इतने हल्के कैसे हो गए?"

तब जेठजी ने कहा—

"साफ होने में कुछ तो हल्का होगा ही। मैल का भी भार होता है।"

मुझे तब सासजी ने ही कहा था, "अब कभी कोई गहना धूलाई को न देना।"

"मेरे भैया को कहकर उन्होंने बैंक में गहने रखवा दिए थे। तभी से जेठानी ठीक से बात न करती थी। फिर जब माँजी न रहीं तो एक दिन जेठजी ने कहा, "पैसे निकाल दो।" मैंने भैया को बुलवा लिया। भैया ने उनसे कहा, "इन पैसों पर आनंद का हक है। पैसे फिक्स डिपॉजिट में आपकी माँजी के होते ही करवा दिए थे।" तब जेठजी ने कहा—

"पैसा बैंक में रहेगा और खाएँगी हमारा।"

'हवेली के किराए से ही घर चलता है। जेठजी तो मुअत्तिल होकर घर बैठे हैं। भैया ने उनसे कुछ न कहा, मुझे लिवा लाए। भैया को लोगों ने कहा था, हवेली का किराया मुझे मिल सकता है, पर भैया न माने। जेठानीजी ने कहा था कि जो बैंक में इसके गहने हैं, उनमें माँजी के भी हैं। मेरे घर से चले आने पर यह बात दब गई।'

थोड़ा रुककर वह बड़े संकोच से बोली—

"जब कॉलेज में एक औरत की खाली जगह का विज्ञापन देखा, तब भैया ने ही कहा था कि यहाँ की प्रिंसिपल तुम्हारी चचिया सास होती हैं।"

"मैंने मैट्रिक किया है। इस नौकरी के उपयुक्त हूँ।" कुछ रुककर वह कहने लगी—

"मेरी सास चाचीजी को याद करती थीं तो आपके बारे में भी बताती थीं। उनके न रहने से मेरी तो ससुराल ही खत्म हो गई।"

मंदाकिनी अपने दिमाग पर जोर डाल रही थी। उसने पूछा, "शायद जिज्जी का एक ही बेटा था। साल भर का। वही तुम्हारा जेठ है।"

"हाँ, मेरे पति उनसे बारह साल छोटे थे। माँजी कहती थीं, जब दादी जिंदा थीं, तब उन्होंने इन्हें गोद में लेकर कहा था—

"यह मेरा छोटा वापिस आ गया है।

"आनंद भी अपने पिता पर है।"

मंदाकिनी को इसका उत्तर न सूझा। उसने कहा, "तुम आज यहीं रह जाओ। अँधेरा होने लगा है। फिर सुबह मैं कॉलेज जाकर देखूँगी, क्या हो सकता है।" सकुचाए हुए स्त्री ने कहा—

"भैया-भाभी चिंता करेंगे।"

"उनका पता बता दो, मैं चपरासी के हाथ चिट्ठी भेजकर उन्हें सूचित कर दूँगी।"

फिर मंदाकिनी ने सोचा, उनके बारे में कुछ पूछना चाहिए।

"तुम्हारे भैया के घर कितने लोग हैं?"

"तीन बच्चे हैं। तीनों के लिए यह आनंद खिलौना है। मुझे एक कमरा अलग से दिया है, पर सारी उम्र क्या मैं वहाँ रह सकती हूँ? किसी पर भी बोझ नहीं बनना चाहती, चाहे भैया ही क्यों न हों।"

थोड़ा रुककर वह बोली—

"अपने बेटे को मैं खुद पालना चाहती हूँ। बैंक में से हर महीने ब्याज आता है। कुछ मैं भी कमाऊँगी तो गुजारा हो जाएगा।"

दादू की मृत्यु के बाद आज पहली बार मंदाकिनी ने अपने कमरे में दूसरा बिस्तर लगवाया। आनंद बाहर लॉन में कुत्तों के संग खेल रहा था। खाना खाने के बाद थकावट के मारे उसे नींद आ रही थी। फिर भी उसने मंदाकिनी के पास जाकर कहा—

"छोती दादी, चिलिया की कहानी तुम्हें आती है?"

मंदाकिनी प्रफुल्लित हुई। रात जैसे अनगिनत चंदाओं से भर गई थी। भतीजे व भतीजियों का अच्छा-खासा रेवड़ था, पर दादू के डर से कभी किसी बच्चे ने उससे कहानी सुनाने की जिद न की थी। उसके कमरे में आनेवाले को सुनाई देता—

बुआ पढ़ रही हैं।

पर आज यह आनंद उससे कहानी सुनाने की जिद कर रहा था। मंदाकिनी ने उसे अपनी चारपाई पर बिठा लिया और कहा—

"तुम सुनाओ, मुझे तो नहीं आती।"

आनंद हँसकर बोला—

"इती बली हो गई दादी, तुम्हें कहानी नहीं आती?"

मंदाकिनी ने मुसकराकर उस पर अपनी चद्दर डाल दी। आनंद उसकी गोद में हाथ रखकर तुरंत सो गया। मंदाकिनी ने बत्ती बुझा दी। कितनी देर अँधेरे को

घूरती रही। फिर मन के भीतर का दीया जल उठा। फिर किसी ने पेचवान एक तरफ रखकर पूछा—

''मक्खनी, तुम्हें कुछ चाहिए?

कुछ चाहिए, कुछ चाहिए?''

दोनों माँ-बेटा सो गए थे। डॉ. मंदाकिनी जग रही थी।

नामी जमीदारों के घर बड़ी मुरादों से पैदा हुई थी मक्खनी। दादा ने तो नाम मंदाकिनी रखा था, पर दादी इतना मुश्किल नाम बोल न पाती थी। इसीलिए उसे मक्खनी कहती। फिर मक्खनी नौ बरस की हुई, तभी इतने बड़े घराने से रिश्ता आया था। दुल्हा थोड़ा बड़ा था। शादी भी दूसरी थी, पर दादी अड़ गई। इतना सुंदर, इतना पढ़ा-लिखा लड़का था, जैसे चाँद हो। जब ब्याहने आया तो उस पर नजर न ठहरती थी, परंतु दादी उम्र को लेकर गच्चा खा गई। दुल्हा अपनी पहली पत्नी को न भूल पाया। एक साल तक तो मक्खनी मैके ही रही। फिर सास-ससुर ने यह कहकर बुलवा भेजा, ''बहू यहाँ खेले या वहाँ, क्या फर्क पड़ता है। हमारे सामने रहेगी तो उसे घर से मोह होगा।''

मंदाकिनी को आज उस घर के बड़े-बड़े-कमरे, बड़े-बड़े आंगन कहाँ याद हैं।

लाल रंग के डोले में गई थी मक्खनी। सफेद रंग के डोले में वापस आ गई।

दादू ने पूरा वैधव्य खुद भी निबाहा था। इतना बड़ा व्रत क्या ग्यारह बरस की बच्ची ले सकती थी। दादू निर्जला एकादशी रखवाते तो गरमियों में पंखा झलते रहते। खुद भी निर्जल रहते। धार्मिक कहानियाँ सुनाते। व्रत तोड़ने के समय पिछवाड़े लगे लाल-लाल मालटों का रस अपने सामने निकलवाकर उसे पिलाते। गरमियों में व्रत रखकर मक्खनी निढाल हो जाती तो उसे पंखा झलते। गीले कपड़े से उसका मुँह पोंछते। धीरे-धीरे मक्खनी को आदत हो गई। उन्हीं की आँखों के आगे मास्टर आए, प्रोफेसर आए। दादू एक सजग पहरेदार की तरह बैठे रहते। मक्खनी के कमरे में परिंदा भी पर न मार सकता था। दादू ने देखा था। वह कैसी नामी प्रोफेसर बनी। दादू को पता था वह प्रिंसिपल भी बनेगी। फिर क्यूँ मरते वक्त उन्होंने मक्खनी को कहा था, उसका हाथ अपने काँपते हाथों में लेकर रोते-रोते कहा था—

''तुम्हारा गुनहगार हूँ मक्खनी। मुझे माफ कर दो तो प्राण छूटें।''

मक्खनी जैसे उस वक्त रोती रही थी। उसने पाया था, आज भी रो रही है। आज इतने बरसों बाद उसे प्रो. नीरज कैसे याद आ गए। बस यहीं एक जगह संयम टूटते-टूटते बचा था।

प्रो. नीरज उसके कुलीग थे। शादी न की थी। उनकी पुकार मंदाकिनी के द्वार से टकराकर लौट आती थी, पर आवाज तो करती थी। दादू की तीखी निगाहों ने भाँप लिया था। नौकरी पर वे तो उसी के साथ थे। कुछ कहते न थे, पर उनका देखना मंदाकिनी को कँपा जाता था।

और प्रो. नीरज ने तो कह ही दिया था—

''मंदा, उस हादसे को भूल जाओ। तुम चाहोगी तो हम विदेश जाकर बस जाएँगे। तुम उस वक्त अनजान थीं। बच्ची थीं। जो दूसरों का दोष है, उसे अपना कर्तव्य क्यूँ समझती हो?''

''नहीं प्रोफेसर,'' बड़ी दृढता से मंदाकिनी ने कहा था, ''मैं नहीं भूल सकती। वह हादसा मरा नहीं है, मैंने उसे अपने साथ बड़ा किया है। जिलाकर रखा है।''

''मैं, मैं तुम्हें प्यार करता हूँ मंदा।''

''मेरी ट्रेनिंग में त्याग सिखाया गया है, प्यार नहीं।''

''त्याग भी तो प्रेम है।''

''मैं त्याग ही करूँगी। आज दादू रात-भर टहलते रहे, सोए नहीं। वे मेरे दादा ही नहीं हैं, दोस्त भी हैं। नहीं नीरज, यह नहीं होगा।''

यह कहकर मंदाकिनी घर आ गई थी। उसने कहा था, ''दादू, कुछ दिन घर चलिए।''

दादू के साथ दो महीने की छुट्टी के बाद जब वे लौटी, प्रो. नीरज विदेश जा चुके थे। उनका पत्र उसने खोले बिना हाथ में पकड़कर तब तक जलाया था, जब तक आग उँगलियों को नहीं जला गई।

नहीं, मुझे कुछ नहीं चाहिए।

लंबे घुँघराले काले स्याह बालों पर सफेदी चाँदनी की तरह उतरती गई। दादू गए, माँ-बाप गए। सुना था सास-ससुर भी चले गए।

एक बार आई थी सास। जब मंदाकिनी स्कूल में दाखिल हुई थी। उसने कहा था, मिन्नतें की थीं, ''इसे भेज दीजिए, मेरा पुत्र-शोक कम हो जाएगा।''

दादू ने कठोर लफ्जों में कहा था—

''आपका शोक तो कम हो जाएगा, पर इसका शोक बढ़ जाएगा। कौन बाँटेगा उसे?''

सास ने जाते वक्त सिर पर हाथ फेरकर कहा था—

''तुम्हीं मेरा गोविंद हो। कभी आना बहू।''

मक्खनी के कलेजे में कुछ घुमड़ा था। एक ऐसे व्यक्ति के लिए छाई थी

वह बदली, जिसकी उसे कुछ ज्यादा याद न थी। ससुराल से उसका एक ही धागा अटका रहा 'संकटू'।

वह कभी-कभी आती थी। उनके बाग में उसे कभी गोविंद की बातें सुनाती। जैसे वह जिंदा हो। कैसे वह अपनी बहू को चाहता था। कैसे जचगी में उसके मरने पर रोया था। कैसे तबाह हो गया। उसी ने बताया था। कई हजार जुए में हार गया था गोविंद, तभी तो तमंचे से अपनी जान ले ली।

मंदाकिनी उत्सुकतावश सब सुनती रहती, पर जब वह इसे छोटी बहू कहती तो मंदाकिनी उठकर भीतर चली जाती। यह शब्द उसे हिला जाता था। अखरता भी था।

पता नहीं उस रात कब आँख लग गई थी। नन्हे आनंद की साँस उठ-गिर रही थी। उसकी पीठ पर हाथ रखे सो गई थी मंदाकिनी। तभी उसे ख्वाब में सुनाई दिया था—

छोटी बहू, कुछ चाहिए?

माँगो, कुछ तो माँग लो।

नहीं, मुझे कुछ नहीं चाहिए। रुपया भी नहीं। तुम झूठे हो। चूड़ियों के लिए रुपया देकर खुद मर जाते हो। मुझे नहीं चाहिए रुपया। नहीं चाहिए। ख्वाब में वह काँप रही थी। तभी उसे महसूस हुआ, दो छोटे-छोटे हाथ उसे झिंझोड़ रहे हैं।

उसके कान में आवाज आई—

"छोती दादी, उथो। सूलज जग गया। उथो न?"

मंदाकिनी ने आँख खोलकर उसे देखा और पास लाकर कहा, "हाँ, सूरज जग गया।"

□

शेरा करक्क

अखबार पढ़कर दोहरा करते हुए सरला ने दरवाजे की तरफ देखा। दरवाजे पर गोदरेज का लैच लगा था। वह निश्चिंत सी हुई। आए दिन, दिन-दहाड़े होनेवाले हादसों की खबरें पढ़-पढ़कर वह परेशान हो गई थी। रसोई की तरफ अभी दो ही कदम बढ़ाए होंगे कि बाहर की घंटी बजी। उसने रसोई की खिड़की से देखा मैली सी जींस और ढलके से कुरते में एक आदमी की पीठ दिखाई दी, उसने लैच जरा सा खोलकर पूछा, ''कौन चाहिए?''

''आंटीजी, आप ही को मिलना है। आपने बरसों पहले एक ड्राइवर रखा था सुखपाल…''

उसकी बात काटकर सरला ने दरवाजा बंद करते-करते कहा, ''मैं किसी सुखपाल को नहीं जानती।''

दरवाजा बंद होने से पहले आवाज भीतर आई, ''शेरा, शेरा करक्क।''

इन लफ्जों ने जादू का असर किया। सरला ने पूरा द्वार खोलते हुए पूछा,

'' शेरा, शेरा करक्क, कहाँ है वह? आओ, भीतर आओ।''

''आंटीजी, शेरा तो हस्पताल में है। बुरी तरह जख्मी है। डॉक्टरों ने कहा है 24 घंटे काट गया तो बच भी सकता है।''

सरला ने घबराए हुए स्वर में पूछा, ''क्या हुआ उसे?''

''जी वह लंबी बात है। मैं चलूँगा। उसके लिए खून का इंतजाम करना है।''

''खून का, क्या बहुत लगी है?''

''सारा जिबह कर दिया हरामियों ने।''

''किसने, कौन लोग थे?'' सरला ने पूछा।

''वह तो जी शेरा बच गया तो बता सकता है। अभी तो बेहोश है। आपका पता शेरे ने कई बार दिया। कई बार आपका जिक्र करता है। इसलिए मैंने सोचा

आपको बता दूँ। उसका अपना तो यहाँ कोई नहीं है। आप भी जल्दी करिएगा, कहीं ब्रेक फेल न हो जाए। शेरा फलाँ हस्पताल के जनरल वार्ड में है।''

यह बात उसने सीढ़ियाँ उतरते-उतरते कही और वह सरला को स्तब्ध छोड़कर गायब हो गया।

सरला दरवाजे को जोर से पकड़कर याद करने लगी। उसे ध्यान न रहा, दरवाजा बंद भी करना है। वहीं खड़ी-खड़ी वह दस-बारह साल पीछे चली गई। जब वह यहाँ न रहती थी। एक शादी में आई थी। एक मित्र को कहकर 15 दिन के लिए ड्राइवर रखा था। छोटा सा लड़का देखकर उसे अटपटा भी लगा था, पर उसने सोचा; गाड़ी ठीक न चली तो कल से बंद कर देगी, पर जब ड्राइवर ने गाड़ी चलाई तो उसे यूँ लगा जैसे दरिया पर अकेली नाव तीर की तरह जा रही है।

वह मंत्रमुग्ध सी स्टेयरिंग का बेआवाज फिरना देख रही थी। छोटा है तो क्या हुआ, गाड़ी तो ठीक चलाता है।

गाड़ी से बाहर पान की पीक थूकते हुए शेरे ने अपनी कौतुक भरी छोटी- छोटी आँखों से देखते हुए कहा था—

''आंटीजी, कहाँ चलेंगी?''

उसके संबोधन से अपने साथ जुड़ते रिश्ते को स्वीकार कर सरला बोली थी—

''चलो कुतुब मीनार चलते हैं।''

''कुतुब जाकर क्या करेंगी? साहेब ने तो कहा था, शादी पर आई हैं।'' सरला को हँसी आ गई। उसने कहा, ''तुमने कुछ पढ़ाई की है?''

''नहीं जी, किताब पढ़कर क्या करेंगे। उससे दिमाग में गरमी होती है।''

सरला ने कहा, ''अच्छा, कभी स्कूल नहीं गए थे?''

''उसी बात का तो झगड़ा है। गया तो था, पर मास्टर किसी काम का न निकला। पहले ही दिन उसने मेरे हाथ पर दो डंडे मारे। तीसरी बार मैंने डंडा पकड़ लिया। घूरकर देखा तो मास्टर अपनी कुरसी पर बैठ गया। फिर क्या करने जाता जी। जो आदमी, आंटीजी, डरा न सके, उससे पढ़ना कैसा। अच्छा तो बताएँ; कहाँ चलना है?''

''मैंने कहा, कुतुब चलो।''

''कहा न, वहाँ कुछ नहीं है आंटीजी। दो-तीन डंडे हैं, जिन्होंने उस पर चढ़कर छलाँग लगानी हो, वही जाते हैं। वैसे आपको चलना है तो चलिए।''

''देखो मैं घूमना चाहती हूँ।'' सरला ने कहा।

शेरा चमककर बोला, ''घूमना छोड़िए जी, टैम जाया करना है। फिल्म देखिए

'पुत्त जट्टां दे'। मैं 24, दफा देख चुका हूँ। आप चलेंगी तो एक नीचे की टिकट मुझे भी तो दिला देंगी। पूरे पच्चीस बार हो जाएगा।''

सरला ने कहा, ''मैं फिल्में नहीं देखती।''

वह बोला, ''आपके भी क्या शौक हैं। कुतुब देखेंगी। चलिए मुझे क्या है। हमने तो चक्का घुमाना है।''

अब कुतुब जाने का उत्साह मर चुका था। सरला ने कहा, ''चलो खड़गसिंह मार्ग पर चलते हैं।''

शेरा बोला, ''वही जो हनुमान मंदिर के सामने गुरुद्वारे के पास है? अजी, जो कोई बाहर से आता है, यहाँ जरूर आता है। ये भी जी भरकर लूटते हैं। पिछली बार एक मेम साहेब बारह सौ रुपए खर्च करके एक मूरती लाई थीं। इन पढ़े-लिखे लोगों के दिमाग भी ठीक से काम नहीं करते।''

सरला ने कहा, ''इसीलिए तुम स्कूल से भाग लिये, क्यों?''

वह एक खिसियानी सी हँसी हँसकर कार चलाने लगा, पर ज्यादा देर चुप न बैठ सकता था। उसने एक डिब्बे से पान निकाले और मुँह में ठूँस लिये।

सरला अब उसमें काफी रुचि लेने लगी थी। उसने शेरा को छेड़ा—

''यह क्या, तंबाकू खाते हो?''

''हाँजी,'' उसने मुँह का पान अपने गुलगुले से मुँह में फिराते हुए कहा। उसके चेहरे पर खचरी सी मुसकराहट आ गई। चलती गाड़ी का दरवाजा खोलकर उसने पीक थूकी। फिर एक हिचकी निगलकर बोला—

''आंटीजी, पैट्रोल तो रात को पड़ता है। यह ऑयल है। इससे बॉडी में कचरा नहीं फँसता।

सरला ने आँचल मुँह पर रखकर अपनी हँसी छुपाई। शेरा जान गया, उसकी इस सादगी पर आंटीजी कुरबान हो चुकी हैं।

शेरे की शरारती आवाज फिर कानों में पड़ी, ''ओए मच्छर, रास्ता देख के चल।'' एक स्कूटरवाला मुश्किल से शेरे की एंबेसडर का झटका बचाकर निकल गया। सरला ने कहा—

''उसे लग जाती तो तुम्हारे पीछे पड़ जाता। कसूर किसी का भी हो, बड़ी गाड़ीवाले को ही भुगतना पड़ता है।''

सरला की इस बेवकूफाना बात पर शेरा हँसा और बोला—

''आंटीजी, उसका डर नहीं है। मेरा यह क्या बिगाड़ेगा। दो धर दूँगा तो सीधा माँ की गोद में जाकर पार्किंग करेगा।'' सरला ने चुप रहना ही ठीक समझा

था। उसे शेरा की बातें सुननी अच्छी लगने लगी थीं। दूसरे दिन सरला ने कहा—

''एक दिन आगरा चलेंगे।'' उत्साहित होकर शेरा बोला, ''अभी चलिए। दो घंटे में पहुँचा दूँगा।''

''नहीं, आज नहीं, फिर किसी दिन चले चलेंगे।''

शेरा को कुछ याद आ गया। पान थूककर उसने हाथ से मुँह पोंछा और हाथ अपने घुँघराले बालों पर साफ कर लिया। फिर बोला—

''पिछली बार आगरा गया था। बड़ा डरपोक बाऊ बैठा था मेरे साथ। हमारे साहेब ने कहा था, इन्हें आगरा दिखा लाओ। हमारे खास मेहमान हैं। आंटीजी, उस दिन रात को मैंने पैट्रोल कुछ ज्यादा ही डाला था। सुबह सिर में माड़ी-माड़ी चिनगारी उठ रही थी। मैंने एक पऊआ जमाकर पान खा लिया। अब बाऊ को क्या पता, मैं गाड़ी क्यों उड़ा रहा हूँ। उसके चेहरे पर उड़ती हवाइयाँ देखकर मैंने उसे चिढ़ाने की सोची। सड़क के बीचोबीच दूर से बिफरे हुए साँड़ की तरह एक ट्रक आ रहा था। मैंने भी गाड़ी बीच सड़क में डाल दी। वह भी कोई अपना ही भाई था। फिर ट्रक का मालिक। वह भी न हटा। अब ट्रक तो सड़क का बादशाह होता है जी। बाऊ ने आँखों पर हाथ रख लिये। मैंने ट्रक के टकराने से पहले गाड़ी बाएँ कर ली। वह गाली देकर चला गया। मैंने मुड़कर देखा। बाऊ गोल सा हो गया था। मैंने कहा, बाऊ, उठ जा, ट्रक चला गया। वह बोला, मुझे यहीं उतार दो। मैंने आगरे नहीं जाना। मैंने कहा, बाऊ, यह नहीं हो सकता। साहेब का हुक्म है। तुम उनके खास आदमी हो। तुम्हें बीच सड़क में छोड़कर कैसे जा सकता हूँ। तू क्या मेरी नौकरी लेना चाहता है ? बैठ जा। आगरा तो तुम्हें मैं ले ही जाऊँगा। वहाँ से भले तू कहीं चला जाए। आंटीजी, बाऊ भी कम न था। एक जगह लाल बत्ती आई तो वह उतर गया। मैंने उसे देख लिया और उठाकर गाड़ी में पटक दिया। शीशे चढ़ाकर गाड़ी लॉक कर दी और कहा—देखो, वैसे तो मैं शरीफ आदमी हूँ, पर तुम दोबारा गाड़ी से उतरे तो शरीफ न रहूँगा। मेरा कोई भरोसा नहीं है। साहेब का हुक्म है तुझे आगरे पहुँचाऊँ। वह तो बच्चू, मैं पहुँचा ही दूँगा। भले ही कुछ हो और हाँ, साहेब के तुम खास मेहमान हो। इसलिए कुछ न कहूँगा। रास्ते में पानी-बीड़ी चाहिए तो बोलना।'' हँसते-हँसते शेरा ने बताया—

''सारे रास्ते बाबू भीगी बिल्ली की तरह बैठा रहा। मैंने भी न छेड़ा। जब आगरे जाकर उतारा तो बाबू की टंकी फुल्ल हो चुकी थी, वह भागा।''

इतनी चिंता में भी सरला मुसकरा उठी और यही मुसकराहट उसे वर्तमान में खींच लाई। उसने आसपास देखा। यह उसका घर था, दिल्ली की सड़क नहीं।

उसका दरवाला खुला था, जिसे खुला छोड़ना चोरों को आमंत्रित करना है। भीतर जाकर उसने जल्दी से कपड़े बदले और ताले लगाकर सीढ़ियाँ उतरने लगी। सीढ़ियों पर उसे घर के कई काम याद आए, पर नहीं, आज तो सबसे पहला नंबर शेरा का है। उसकी आँखें भर आईं। उसने बह जाने दीं। संबंध सिर्फ खून का ही नहीं होता। इनसान इतनी सुंदर वस्तु है। एक-दूसरे से उसका नाता आदिम युग का है। उसके लिए रिश्ता आड़े नहीं आता। एक औरत गृहस्थी की जिम्मेदारी घड़े की तरह सिर से उतारकर सिर्फ एक आदमी की चिंता करती हुई जा रही थी।

सरला ने एक खाली स्कूटर रुकवाया और अस्पताल का नाम बता दिया।

जैसे सरला शेरे की गाड़ी में जा बैठी। यादों का रास्ता था। शेरा गाड़ी के आगे बैठा बड़े इत्मीनान से गाड़ी चलाता हुआ बोले जा रहा था। बीच-बीच में दूसरी गाड़ियों पर जुमले भी उछालता जाता था। एक शैवरलैट अपनी मस्तानी चाल से चलती सड़क की दूसरी गाड़ियों को लज्जित सी करती गुजरी। शेरा ने जुमला कसा—

"होए सँभल के, तुम्हारी घोड़ी बड़ी मुँहजोर है।"

शैवरलैटवाला ड्राइवर हैरानी से उसे देखता हुआ आगे बढ़ गया। शेरा हँसा, फिर कहने लगा—

"आज मैं रात भर नहीं सोया। अब जागते रहने के लिए कोई शुगल तो जरूरी है न। क्यों जी, आप क्या कहती हैं?"

सरला ने पूछा, "तुम सोए क्यों नहीं?"

"यही जी मैं असल में टैक्सी के अड्डे पर सोता हूँ। नौकरी कंपनी की करता हूँ। असल में जब मैं गाँव से आया था तो इसी अड्डे पर आया था। यहाँ मेरा चाचा काम करता था। अब अड्डे का मालिक मेरा बाप बन बैठा है। मैंने भी अपना बिस्तर वहीं रखा है। जब मैं ट्रक चलाता था, तब बिस्तर उसी पर लगाते थे। जैसे दो मंजिला मकान होता है न, तिरपाल के नीचे-ऊपर लोग सोते थे। मतलब दूसरी गाड़ियोंवाले भी। तिरपाल के रस्से पर हैंगर से कोई बनियान लटका देता, कोई कमीज। असली मेले का मजा आता था। रात को सब मिलकर गाते थे। वह गाना हिंदी का, जो राजकपूर की फिल्म, वही जिसमें वो वैदा रहमान को गाड़ी में भगा ले जाता है।"

सरला को हँसी आई। उसने कहा, "'तीसरी कसम' की बात कर रहे हो?"

"हाँजी, बड़ी पुरानी फिल्म है। सैकंड रेट पर लगी थी।"

सरला ने कहा, "पर वह तो अपनी मरजी से गाड़ी में गई थी न।"

"हाँजी, एक ही बात है। वह गाना था न, पिंजरेवाली मुन्नी।"

"हाँ-हाँ वही," सरला ने सोचा गाना कोई भी रहे अगर ये मुनिया को मुन्नी कहे, मेरा क्या जाता है, पर उसे लगा शायद किसी से मारपीट करता रहा है। एक ममता उस ड्राइवर के लिए उपजी थी। उसने पूछ लिया—

"रात को जगते क्यों रहे?"

"लो आंटीजी। क्या बताऊँ अड्डे की बात। सुबह-सवेरे औरतें गुरुद्वारे जाती हैं तो ये उन पर छींटे कसते हैं। मुझे गुस्सा आता है। कभी-कभी अड्डे पर कोई खराब औरतें भी आती हैं। समझती हैं न। जो औरत अपनी मरजी से आए, वह खराब होती है। कल ही एक औरत आई थी। मेरा यार आकर बोला, चलो एक औरत आई है। मैंने उसे सोते-सोते ही दो लगा दिए। पता नहीं क्या हुआ। उसका खून बहने लगा। तीन-चार जने आकर मुझे मारने लगे। मैंने भी अपना सिर भिड़ा दिया। सिर जानती हैं न, जैसा मेढ़ा मिढ़ाता है। मेरे सिर की मार से सब डरते हैं। सब अपने-अपने ठिकाने चले गए। वह औरत भी भाग गई। अगर मैं कभी इन लोगों से कहता हूँ न कि आती-जाती औरतों को क्यों छेड़ते हैं तो पता है मुझे क्या कहते हैं। हैं आंटीजी, कहते हैं, तेरी माँ-बहन है क्या?

"अब आंटीजी, आप ही बताइए, जो माँ-बहन नहीं होतीं तो उन्हें छेड़ना चाहिए क्या है, क्या उन्हें छेड़ना चाहिए?"

खटाक से स्कूटर अस्पताल के आगे रुक गया। आँखें भरी होने के कारण सरला पैसे ठीक से न गिन पा रही थी। स्कूटर के ड्राइवर ने पैसे खुद गिनकर ले लिये। सीढ़ियाँ चढ़कर सरला ने कब शेरे का बेड ढूँढ़ लिया, उसे पता ही न चला। एक वार्ड में परदा लगाकर उसका बेड एकदम ओझल था। उसे ग्लूकोज और खून दोनों चढ़ रहे थे। सिर पर पट्टियाँ थीं और बाकी जिस्म कंबल से ढका था। एक नर्स ग्लूकोज में कोई दवा भर रही थी। उसने इशारे से कहा, अभी बाहर जाकर बैठें। वह नर्स सरला को देखकर खुश हुई थी। शेरे की पहली महिला रिश्तेदार। नहीं तो ड्राइवर ही दौड़-भाग कर रहे थे। घर तो उसका पंजाब में था। शेरे ने ही एक बार बताया था—

"आंटीजी, घर में जमीन से ज्यादा आदमी हैं। सब बाहर काम करते हैं। बापू जमीन देखता है। घर में भैंसे हैं, गायें हैं। गोबर है, दूध है। माँ से एक दिन झगड़ा हो गया। असल में मेरी बड़ी भाभी मेरी शादी अपनी भतीजी से करना चाहती थी। वह बारह-तेरह साल की थी। हमारे घर भी आई थी। असल में आंटीजी, वह टेढ़ी थी। मतलब भैंगी। देखती कहीं और चलती कहीं। फिर उसका बड़ा नुक्स यह था

कि वह जिस-तिस को देखकर हँसती रहती थी। एक दिन मुझे भी देखकर हँसी। असल में वो भैंस के ऊपर बैठे कौए को देखकर हँसी थी, पर उसका निशाना ठीक न बैठता था। मुझे तो यही लगा, मुझे देखकर हँसी है। मैंने एक धर दिया। गुस्सा तो मुझे और था। अब उस भैंगी से कौन शादी करता। भाभी तो बड़ी सुंदर हैं, पर आंटी, उस झापड़ से उस लड़की का खून बहा तो मैं भागा। जो भागा हूँ तो भाग ही रहा हूँ। चार साल से घर नहीं गया। माँ चिट्ठी लिखवाती है, तो कभी-कभी पैसे भेज देता हूँ। आंटीजी, बचता कुछ नहीं है। एक असूल है दारू कोई पिला भी दे, खाना कोई नहीं खिलाता। फिर पान का जिम्मा तो कोई लेता ही नहीं।''

बाहर सख्त बेंच पर सरला बैठी थी। उसने तीन-चार लड़के अपनी ओर आते देखे। इनमें वह भी था, जो सुबह उसे घर पर बुलाने आया था। आते ही बोला, ''इन सबको खून देने के लिए लाया हूँ।'' सरला ने उन्हें पैसे देकर कहा, ''जाओ, मौसमी के बड़े गिलास जूस पी आओ।''

''नहीं आंटीजी, रहने दें।''

सरला ने पैसे जबरदस्ती उसकी जेब में डाल दिए। उसे लगा शेरा होता तो कहता—

''आंटीजी, यह जूस भी कोई पीने की चीज है।''

एक रिश्ते में बाँध लिया था शेरे ने। जब जाने लगी थी तो कहा था, ''आंटीजी, आप अगली बार आएँ तो भी मुझे ही बुलाएँ। अगर कोई सुखपाल न समझें तो शेरा कहें, शेरा न समझें तो करक्क, शेरा करक्क। करक्क समझती हैं न, जो पै जावे। मतलब बिना सोचे-समझे अटैक कर दे।'' अंग्रेजी के करैक की ऐसी व्याख्या सुनकर सरला बेसाख्ता हँस पड़ी थी।

हँसते-हँसते ही उसने शेरा को छेड़ा था—

''तो क्या वैसे तुम सोच-समझ सकते हो?''

शेरा कुछ सीरियस होकर बोला था—

''ऐसी बात नहीं है। अड्डे का सरदार मुझ पर बड़ा भरोसा करता है। घर में कोई सिनेया भेजना हो तो मुझे ही भेजता है। असल में मैं छोटा भी हूँ न, तो सब मुझ पर भरोसा कर लेते हैं। सरदार मुझे बेटे की तरह मानता है। यह तमाकू का पान उसी ने लगाया है। कहता था इससे आदमी गाड़ी में सोता नहीं है। सवारी भी खौफ खाती है। पीने की आदत तो अड्डेवालों ने लगा दी। जब-जब ट्रक चलाया, पिए बगैर चलाया ही नहीं। असल में उसकी बॉडी बड़ी होती है। उसे खींचना आसान नहीं होता। स्टीरिंग भी बड़ा होता है। कुछ पेट्रोल तो ड्राइवर को भी चाहिए न।''

थोड़ी गरमी हो रही थी। सरला ने कहा था, "सुखपाल, ए.सी. चला दो। गरमी हो रही है।"

"आंटीजी, आप कहें तो चला दूँ, पर इस मशीन से इनसान की गाड़ी का चक्का जाम हो जाता है। समझती हैं न, जुड़ जाता है। पसीना कितना भी बहे, परवाह नहीं। मैं ये मशीनवाली गाड़ी नहीं चलाता, पर नई गाड़ी यही थी और आपके लिए तो सबसे अच्छी गाड़ी चाहिए न। आंटीजी, हम भी सवारी देखकर बात करते हैं। अब हर किसी से तो कोई बोलता नहीं। कई बाऊ तो ऐसे आते हैं जैसे लॉण्डरी की दुकान से सीधे निकलकर आए हैं। मेमसाहेब भी अपने को असली मेम समझती हैं। ऐसों को मैं भी बीच-बीच में ब्रेक लगाकर झटका दे देता हूँ।

"अब मेरा क्या कर लेंगे जी।"

फिर एक मुँहजोर बस के ड्राइवर की तेजी को फटकारते हुए एक दिन बोला था—

"होये घोड़ू, देखकर चल।"

सरला ने पूछा था—

"ये घोड़ू क्या है?"

वो खचरी हँसी, हँसकर लापरवाही से बोला था, "हम बस ड्राइवरों को घोड़ू ही कहते हैं जी। क्या नाम है घोड़ू।"

वे चारों लड़के जूस पीकर आ गए थे। अब वे कम सुस्त लग रहे थे। सरला ने उस लड़के को जो उसे बुलाने आया था, पूछा, "यह सब कैसे हुआ?"

"आंटीजी, सुना तो यह है कि एक लड़की का मामला है।"

सरला ने कहा, "भई, मुझे तो बता दो।" कुछ हिचकते हुए वह बताने लगा।"

"आंटीजी, असल में चार-पाँच दिन पहले अड्डे के पास एक लड़की गायब हुई थी। तब से रोज उसका बाप वहीं घूमता रहता था। उसने पुलिस को रिपोर्ट तो नहीं की, पर खुद पागल सा सुबह से शाम तक खंभे से लगा खड़ा रहता था। कोई भी उसकी बात का जवाब नहीं देता था। शेरा सवारियाँ लेकर बाहर गया था। उसे कुछ पता न था। उस आदमी ने इसे कहा—

"मेरी लड़की यहीं से होकर खरीददारी करने जा रही थी। यहीं से गायब हुई है।"

शेरे ने पूछा होगा, कितनी बड़ी लड़की थी। वह आदमी रोने लगा। उसने बताया, लड़की सत्तरह की है। उसकी शादी तय कर दी है। न पुलिस को बोल सकते हैं, न किसी और को। लड़की का मामला है।

"शेरे ने कहा होगा, मैं देखूँगा। पता चलेगा तो आपको बताऊँगा। वह आदमी उसके पैरों पर गिर गया। गिड़गिड़ाते हुए बोला, बेटा, तुम्हारी बहन होती तो तुम बैठे न रहते। मेरी इज्जत तुम्हारे हाथ है।"

"शेरा के पाँव आज तक किसी ने न पकड़े थे। न ही कभी शेरा किसी के पाँव पड़ा था। एकाध बार जेल भी हो आया था। जैसे ससुराल जाते हैं। बस ताव आ गया। उसने उस आदमी को कहा, बाऊजी, आप घर जाइए, मैं देखता हूँ।"

"अड्डे के एक लड़के को उसने खूब दारू पिलाई तो उसे पता चला कि लड़की अड्डे से ही गायब हुई। एक आदमी का नाम भी पता चला। उस लड़के को वह बुद्धा पार्क के सामने जंगल में रात को ले गया। उसकी चुनाई की। उसे एक दरख्त से बाँध दिया। उसी ने पता बताया था। शहर की अनजान गलियों की एक ताले जड़ी कच्ची कोठरी से लड़की बरामद हुई। वही कपड़े पहने सहमी हुई बैठी थी। शेरे ने उसका बाप के हाथ का लिखा हुआ पता बताया और लड़की को गाड़ी में बिठाकर उसे घर छोड़ आया। उसके बाप ने शेरे के बाप को कसम दिलाई है कि वह पुलिस को न बताए।"

सरला ने पूछा, "वह लड़की यहीं है ?"

नहीं जी, उसके माँ-बाप उसे लेकर कहीं चले गए हैं। मैं आपके घर जाने से पहले उनके घर गया था। वहाँ ताला लगा था। फिर मुझे आपका खयाल आया। जब भी आपके घर के आगे से निकलता था, कहता था, 'यहीं मेरी आंटीजी रहती हैं। कभी चाय-पानी पीना हो तो मेरा नाम लेकर पी आना।' "

सरला की आँखें भर आईं। कैसा रिश्ता था। इतने सालों बाद भी बना हुआ था। सरला के मन में शेरा के लिए ममता और गहरा उठी। उसने रुआँसी आवाज में पूछा—

"यह सब किसने किया ?"

वह लड़का कुछ राजदाराना अंदाज में कहने लगा—

"जी, पता तो हमें है, पर बाद में देखेंगे। उन्होंने रात को शेरा को मरा हुआ समझकर सड़क से दूर डाल दिया था। किसी की नजर वहाँ न पड़ती, पर उसका खून बहकर सड़क पर जमा था। वहीं से पुलिस की जीप गुजरी और उसे अस्पताल ले आई। वहाँ आसपास कहीं भी कोई भी न था। नहीं तो पुलिस जब तक बयान लेती, यह वहीं सड़क पर लावारिस मर जाता। अब पुलिस हमसे पूछती है। अब आंटीजी, आपसे क्या छुपाना। लड़की छुड़ाकर शेरा मेरे ही पास आया था। फिर हम ढाबे पर खाना खाने गए थे। वहीं उसने सारी बात बताई थी। उसने उस दिन

जरा ज्यादा ही चढ़ा ली थी।''

सरला ने पूछा—

''क्या बचने की कोई उम्मीद है?''

''पता नहीं। ये पुलिसिए तो होश में आने पर उसका बयान लेना चाहते हैं। इसलिए हम लोगों को अंदर नहीं जाने देना चाहते। पहले वे पूछताछ करना चाहते हैं। हम खून भी दे रहे हैं तो भी भीतर नहीं जाने देते। पता नहीं कैसा कानून है।''

सरला को याद आया कि अड्डे पर उसका कोई चाचा भी था। उसने पूछताछ की तो मालूम हुआ, वह घर पर गया हुआ है। भीतर से किसी के धीरे-धीरे रोने की आवाज आ रही थी। परदे के पीछे डॉक्टर किसी को जिलाने में जुटे थे। रोनेवाली शायद उसकी बहू थी। अचानक सरला ने सोचा अगर शेरा की शादी हो गई होती और इसी तरह होता। उसने एक चैन की साँस ली। कम-से-कम कोई मासूम अल्हड़ गँवारिन इस हालत से जूझने से बच गई। फिर उसे खयाल आया, ये लड़के भूखे होंगे। उसने कहा, ''तुम लोग कुछ खा आओ।''

''नहीं जी, हम तो कहीं नहीं जा सकते। पता नहीं कब होश आ जाए, पर आप चले जाओ आंटीजी, इसे होश आएगा तो हम फोन कर देंगे।''

सरला को अचानक खयाल आया। उसने कुछ खाया नहीं है। बच्चे तो दो बजे से पहले न आएँगे। तब तक तो रुकी ही रहूँगी। फिर वह बोली—

''नहीं, मैं भी नहीं जा सकती। मेरे पीछे होश आया तो…'' उसकी आवाज रुआँसी हो गई। लड़का एक गँवार ड्राइवर था, पर उसने वक्त की नाजुक चलती नब्ज को थाम लिया। मजाक करता हुआ बोला—

''आंटीजी, 12 घंटे तो निकल गए। अब लगता है बच ही जाएगा यार मेरा।''

सरला ने बेंच से उठकर एक-दो कदम साधे, फिर वार्ड में झाँककर देखा, नर्स उसकी ओर देख रही थी। उसने इशारे से भीतर आने को कहा।

सरला का मन उसके चेहरे के इत्मीनान को देखते हुए आश्वस्त था। फिर भी धड़कते हुए मन में आशंका के बादल भी थे। वह जाकर चारपाई के पास खड़ी हो गई। खूनवाली नली निकल चुकी थी। ग्लूकोज चढ़ रहा था। शेरा की साँस बोल रही थी। सरला ने उसे देखकर नर्स की ओर देखा। नर्स ने कहा, ''अब ठीक है। फिक्र तो टल गया है। आप इसकी कौन हैं?'' सरला के आँसू, जो अब तक किसी अशुभ घड़ी को टाल रहे थे, एकदम बेआवाज बह निकले। उसने रोनी आवाज में कहा—

''नर्स, इस धरती पर हर इनसान दूसरे इनसान का कुछ-न-कुछ तो लगता ही है।''

नर्स ने अपने गले में झूलता हुआ बड़ा सा क्रॉस माथे से लगा लिया, फिर कहा—

"प्रभु चाहेगा तो यह बिल्कुल ठीक हो जाएगा।"

शायद दो औरतों की आवाज कानों में पड़ी होगी। शेरा की पुतलियों में हरकत हुई। सरला की हिचकी फूट पड़ी। नर्स ने उसे बरजा और बीमार पर झुक आई।

"यैस मैन, कैसा है, देखो कौन आया है? सुबह से तुम्हारे लिए बैठा है मैन। तुमको ईशु से माँग लिया मैन, तुम बच गया।" नर्स की आवाज मौत को पछाड़ती हुई जिंदगी के सामने काँप रही थी।

सरला ने देखा मासूम बच्चे की तरह निश्चल शेरा उसे देख रहा था। प्रसन्नता से उसकी मांसपेशियाँ उठ-गिर रही थीं। वह सरला को देखकर मुसकराने की कोशिश करने लगा। सरला ने उसके माथे की पट्टियों पर हाथ रखकर कहा—

"शेरा, तुमने बहुत अच्छा काम किया है। तुम नहीं मर सकते। तुम अब ठीक हो। बाहर तुम्हारे बहुत से दोस्त तुम्हारे लिए खून देने को खड़े हैं। मुझे सब पता है शेरा, पर अपनी जान पर कोई खेलता है क्या? मुझे पता है, सब पता है।"

शेरा के सूजे-सूजे हुए होंठों पर हरकत हुई। होंठों की हरकत से लहू की एक बूँद उसके होंठ को फाड़कर निकल आई। इतनी सी मशक्कत से शेर जैसा शेरा निढाल होकर मिचती आँखों से सरला को देखने लगा। उसके होंठों की हरकत से सरला को लगा, उसने कहा है—मैं करक्क हूँ न, शेरा करक्क।

□□□